心海涛声

王慧俊 著

北方文艺出版社

图书在版编目（CIP）数据

心海涛声 / 王慧俊著. -- 哈尔滨：北方文艺出版社，2023.2
　ISBN 978-7-5317-5668-2

　Ⅰ.①心… Ⅱ.①王… Ⅲ.①散文集–中国–当代 Ⅳ.①I267

中国版本图书馆 CIP 数据核字（2022）第 116808 号

心海涛声
XINHAI TAOSHENG

作　者 / 王慧俊　　　　　　　排版设计 / 王淑梅

责任编辑 / 赵　芳　　　　　　装帧设计 / 书香力扬

出版发行 / 北方文艺出版社　　网　址 / www.bfwy.com
邮　编 / 150008　　　　　　　经　销 / 新华书店
地　址 / 哈尔滨市南岗区宣庆小区 1 号楼
发行电话 /（0451）86825533

印　刷 / 成都兴怡包装装潢有限公司　　开　本 / 880mm×1230mm　1/32
字　数 / 186 千　　　　　　　　　　　印　张 / 8
版　次 / 2023 年 2 月第 1 版　　　　　印　次 / 2023 年 2 月第 1 次印刷

书　号 / ISBN 978-7-5317-5668-2　　定　价 / 58.00 元

序一

平凡而精彩的人生

胡世宗

　　文字可以记录生活，又不仅仅是记录生活。当文字变成文学呈现时，它远远超过了像镜子一般、像照相机一般反映生活，它融入了写作者的想象，它更融入了写作者像海涛一般汹涌起伏的情感。

　　我与王慧俊从未谋面，仅通过手机和网络联系。我们彼此尊重、友好，互通信息，十分亲近。拜读这部《心海涛声》的书稿，让我更多也更深地认识了慧俊，这应该就是文学的魅力和作用吧！

　　通读《心海涛声》，我看到了慧俊的人生轨迹，看到了他经历的平凡而精彩的生活，看到了他强烈的家国情怀，看到了他真挚的亲情，看到了他笔下当代中国文坛的若干人物，看到了他对这些文坛巨匠由衷的崇敬和爱戴。

　　家庭是社会的细胞。家是小小国，国是千万家。每个家庭都是我们民族的一个小小分子。慧俊是特别看重家谱和家风传承的人，他曾专程回到家族园地与族人相聚，他记录了家规家训给家族带来的气象："从第七代人开始，爷爷就提出了'男人孝，女人贤，兄弟和，姐妹团'等十条家规。最让我们感动的是第七代人共有兄弟六个，每人都有妻室儿女，可大家心往一处想，劲往一处使，一个铁锅做饭，一个水缸盛水，你推磨，我割草，男人团结，女人和睦，家里家外的活计都是你争我抢的，从来没有吵嘴打架互相推诿的现象。""善为本，德为高，和为贵，坦荡做人，宁折不弯"是王家的祖训；"女人善良贤惠过日子，男人正直孝顺靠得住"，如此朴实的叮嘱和提醒，却最为难得和重要。

最让我感动的是慧俊笔下的母亲，这位因剪纸而闻名十里八村、被人称作"巧娘"的老人，虽瘦弱，却无比惦记儿子，唤儿子的乳名，瞭望着公路盼儿子归来……当这位母亲的生命难以挽回时，孩子们同样的孝心，却因科学与迷信发生了重大分歧。每一环，每一扣，每一分，每一秒，都那么令人揪心。最后，科学战胜了迷信，也战胜了愚昧，当看到那救命的药物赶时间送到医院的段落，我激动的泪水不由自主地流淌出来了。读《黑夜，我抓住了那束生命之光》这样的散文，我看到了人性可以如此美丽。

在这样一本散文集中，我们可以经由作者之笔，见识到在我国文化界颇有影响的一些人物：启功、茹志鹃、王安忆、冯其庸、浩然、周明、屠岸、张同吾、周国平、红孩、鲍尔吉·原野……他们的音容笑貌，他们的举止言谈，他们的生活状态，他们的不凡人生。

跟随作者之笔，我们看到了住"瓜饭楼"的91岁仍笔耕不辍的冯其庸；我们见识了大书法家启功先生，他那间因"一拳之石取其坚，一勺之水取其净"而获名的18平方米的"坚净居"，四周靠墙都是书籍，中间有一张1.4米×0.8米的写字台，那丈二匹的宣纸无法展开，先生在写字台的一头拼接了一个折叠的小方桌，才勉强把这宣纸展开。读至此处，我立即想到我身边的书法家或书法爱好者，有许多人的书写条件都超过启功先生啊！难怪作者发出这样的感慨："一点一横打造着自己静气、正气、雅气、贵气，自然通达的书学思想""一撇一捺培养着自己学为人师的品格"。他说："此刻，我似乎明白了启功先生为自己的书斋取名'坚净居'的深意。坚者，代表着坚持、坚韧、坚决，是启功先生对事业一往无前追求的精神，是先生坚定做人的风骨；净者，代表着清洁、净心、纯净，表现了启功先生心地纯净，不掺杂质，正直立品，清白传家的高贵人格，体现了先生一生干干净净做人的道德修为。"此时他与家人、友人正在创办赤峰启功书院。他有这样的感悟，有这样的向往，即使有再多的困难，也不会不成功的。

　　慧俊凭借着自己刻苦的学习和辛勤的写作，赢得了许多宝贵的文学机缘。我在中学时就读过茹志鹃的名篇《百合花》，对小说中的人物和情节记忆极深，也特别佩服写出这样令人铭记的作品的作家。可我就没有慧俊这样幸运。我很羡慕慧俊能获得面见茹志鹃的机会。茹志鹃的女儿王安忆可以说是"青出于蓝而胜于蓝"，她的作品也同样令人仰视。当时年轻的王安忆管慧俊叫一声"内蒙古王大哥"，这是多么近便而又亲切的称呼啊！慧俊为我们真切而细致地描述了这对文坛清新、柔美的母女花。茹志鹃告诉慧俊写作成功的"秘诀"是"夜以继日地坚持。要是有一点动摇和犹疑，一切将不复存在"。这是多么重要的忠告啊！茹志鹃在慧俊本子上留言："学习认识人，首先要学习认识自己，学习别人之所能，克服自己之不能。"这是每一个作家都应该具备的自觉。

　　慧俊笔下的浩然、张同吾、鲍尔吉·原野、红孩和程云海，都是我十分熟识的作家。三十多年前，慧俊在居住地赤峰市元宝山区文联成立大会上，见到了平易近人的作家浩然。慧俊写浩然，说他根本不像一个大作家，倒是像农村生产队的一个大队干部。这就是1985年7月22日慧俊与浩然先生的一次晤面的记录和感慨。

慧俊写到鲍尔吉·原野，特别注重写他的善良与朴素。他记述了作家给他留下的重要的印象："鲍尔吉·原野的散文是有翅膀的，一脉温情朴素的文字飞进你的心里，充满一种好奇，像穿越山涧与平原的水流，时而奔放激越，时而平缓惆怅，但始终保持流动的速度。他在《大地自然》一文中写道：'作为好的艺术家，其朴素何止于衣衫，更多在心灵。心灵朴素，犹如兰生幽谷，不香自香。追求朴素近于追求真理，因为真理朴素，它如此本真地显露自我，而无须在自我之外再加修饰或解释。河水、青草、太阳和月亮都没有包装，都可以用朴素和真理命名。'鲍尔吉·原野基于一颗朴素的心，其文字显得厚道、丰盈、富饶，不仅将自己淳朴的人格与悲悯的爱心跃然纸上，而且还脚踏实地地做一个好人。"我非常熟悉鲍尔吉·原野，我觉得慧俊对这位著名作家的挖掘和把握十分到位。

这样多暖人的作家和暖人的文字，由慧俊给我们引见、引述，让我们眼界大开，收益多多。仅看这一条，这部作品的价值和意义就已经很不得了了。

我衷心祝贺慧俊这部《心海涛声》出版，我和众多读者一样，希望读到慧俊更多、更好的作品。我相信慧俊不会让我们失望的！

2021年12月22日于海南琼海博鳌金湾云墅

序二

最赏心性入华章

王 玮

慧俊先生发来即将付梓的电子书稿嘱我先睹为快,我欣然领受;及至读毕,慧俊先生与我交流之时又热诚相邀为之写一篇序评——这倒让我颇有些踟蹰。其一担心我的拙文分量不够,恐不足以承其厚望,其二担心此前对作者的创作心路和既往成就知之不多,无法像一些更熟悉他的朋友那样如数家珍地枚举他生活里、写作中诸多生动细节,因而无法推荐给读者一个别人不晓为我独知的王慧俊……然而读后感肯定是有也肯定是要写的,作为这本散文集首批读者之一,本真说来是我的责任与义务,夸张点言也算一次难逢的挑战自我的机会。我所能做到的,或可借这样一个机会道出阅读过程中一些属于我自己的初始感受,一种对于作者文字的理解与感佩,一种以印象批评方式为基调的诠释与解读,这对后续阅读此著的朋友们当有或多或少的裨益。这样想,便也使前面自己的两个担心在很大程度上得以释然。

言归正传。拜读此著最先映入眼帘的当然是"心海涛声"这四个字,初相见感觉平实、寻常却又气势不凡。随着阅读篇章的推进,则愈发体会到作者以此定为书名真是恰到好处。通览全书，可以负责任地说，这部散文集很好地印证了"言为心声"的古训，乃是作者的用心之作，心血的结晶。笔墨所及之处，通过对自我心绪、心境和心迹的摹写，无不彰显着作者的心志、心胸与心性。率真与浓情充溢诸篇、贯穿始终，是作者行文中最值得赏读的亮点，也是这部散文集一大突出特色，特别是在当下文坛浮躁、浮华、浮浅之作时有所现的情况下，尤其值得点赞。

回望自己的成长经历，还原文学创作一路走来的坚实脚印，是《心海涛声》内容的重要组成部分。从《脚印会说话》《命运命运》，到《一篇小说与一个人的命运》《燃烧的作家梦》，直至《追梦让我年轻》，可以视为作者的"心灵自传"，是作者对自己几十年来心路历程大胆剖析后的忠实笔录。许多篇目中都充满了不加修饰的感情，读后引起我强烈的共鸣。生活中的慧俊先生是一个饱含真情实意的人，表里如一，心口相符，诚恳为人，踏实做事。与他交往相处，只要你自己是一个真诚坦荡的人，就会彼此发现，彼此欣赏，彼此确证，觉得多一个真正的朋友。他把这种心灵深处最宝贵的东西毫无保留地投射到他的散文中，文如其人，同样率真，同样浓情，同样透明，因而也自然同样感人。

个人的成长离不开生活乳汁的哺育，而在构成生活的诸多元素中，家风家教是最为初始也至关重要的"乳汁"来源之一。因此，写家族、写老家的"寻根"文字建构了《心海涛声》的重要单元。《家风这面镜子》《炒米房的记忆》《南山飘来那朵云》《老家的味道》《绿色的力量》等，让我们看到了人们尊称"河南王"的王氏家族"男人孝，女人贤，兄弟和，姐妹团"的家风和"善为本，孝为先，德为高，和为贵，坦荡做人，宁折不弯"的家训，在作者内心打下的深深烙印——"家风是社会和谐的细胞，是一个家庭或家族的传统风尚，也是我们立身做人的行为准则"。而《远方那颗星》则以浓情重笔,将儿子对父母的热爱与思念表达得情真意切、淋漓尽致。《黑夜,我抓住了那束生命之光》是感情尤为浓烈的一篇,面对病重的母亲,儿子的所思所想、所作所为,字字句句都抵达了震撼人心的境地,足以让读者感动不已。回顾人生走过的路,年近古稀的作者仍从人子的角度思考问题,打心底认为,今天之所以能取得学养上的此番成就,得益于爷爷留下的"财富",更是源自父母的培育与关爱,感恩之心溢于言表:"感谢母亲给我积淀了爱的素材,父母的爱锻造了我顽强拼搏的性格。"

在写家乡的篇章中,《锡伯河岸边的药香》《印山之美》《水比蜜甜》等偏重写家乡的变迁、家乡的今貌。用散文去激活历史,用散文来记录当下,自是这批散文的题中之意。这里,有记叙性的铺陈,也有抒情式的感怀,但作者并非以"局外人"的身份旁观,而是始终以一个家乡之子的心态抒发着感言,甚至为之代言。在作者的笔下,自有充满爱恋的对家乡独特的审美感兴,"'横看成岭侧成峰,远近高低各不同'的印山像一部辞典,印着故乡小镇过去的人文地理,也印着今天的理念和精神"。虔敬之辞,发自肺腑。即使不是写家乡,祖国的山水在作者视域中也染上了广义家乡的感情色彩。《眉山竹情》《多彩的阿克苏》是游记,但又不同于一般性的记游文章。作者寓景于情,更是借物言志,在景观存在中彰显主体的情思。通过对竹子、白杨、胡杨,以及新疆棉花的礼赞,赋予人格化的表征与内蕴,从而表达了一种人文情怀。

人总是生活在一定的社会关系之中,收入《心海涛声》中的多篇作品正是这种关系的生动写照。而其中形成一道最美风景线的文字则是写文人之间"如云如水,水流云在"般的往来——作者对文坛前辈大家的景仰，以及与师长、文友们的交谊。与师友们的交往，作者"感觉是在读着一本厚重的书，心里充满了敬佩和欣喜"。世上常有"文人相轻，自古而然"之说，读罢慧俊先生的散文，你会感到这一"铁律"在他的真心真情面前不知已经被颠覆了多少次。

真诚是君子所专有的一种道德情操，在这里可外化为对象化的作品。慧俊先生本身就是一个很真诚的人，所以能够"修辞立其诚"，诚于中而行于文。我们看到，《燃烧的作家梦》中作者简笔勾勒出丁玲的音容笑貌，也让读者跟随作者一起感受到了这位集"文小姐"与"武将军"于一身的文学大师"像妈妈一样慈祥"；《91岁高龄仍笔耕不辍》中的冯其庸、《火种的传播人》中的周明、《诗是心灵之光的灼射》中的张同吾、《润物细无声的滋养》中的屠岸，这些文学成就卓著者无论你是熟悉还是相对陌生，也都给人剪影般清晰的轮廓；《与浩然先生的一次晤面》，慧俊先生看到了一个农民作家、人民作家的"甘于寂寞，埋头苦写"，也让自称为"农民的儿子"的作者本人找到了楷模与坐标，从而激励自己"自强不息，奋斗不止"。身为赤峰启功书画院的院长，作者的"启功情结"在《"坚净居"的魅力》《多重意趣飞动灵奇》等篇中展露无遗。他一次次拜访启功故居，是怀着虔诚的心态学艺取经，更是肩负着推动文化的传承、创新的时代担当与历史使命。"坐在启功先生曾坐过多年的椅子上，倍感骄傲。仿佛启功先生就在眼前写字作画，他是那么虔诚、善良，此时我感到自己既像是在接受着洗礼，也像在接受着检阅。目睹着启老家里一本本无声的书籍，心里充满了一个个有声的誓言：木欣欣以向荣，泉涓涓而始流，我要努力学习，一定用文化的火把点燃理想的希望。"这样的描写"带入感"极强，其文字的力量不是源自技巧的高超，而是源自情感的真诚！拜访长辈大家其人、拜谒长辈大家其居，慧俊先生怀着一颗虔诚的心。接待同辈文友，慧俊先生同样拥有一份友善之情。《爱的暖流》写活了读者熟悉和喜爱的、野性而富有童心的鲍尔吉·原野，而通过《自然之光》和《程云海的文学梦》，读者也可"结识"相对陌生的作家荆永鸣、程云海。作者的真诚还表现在对文友的一视同仁，即便是对于文学创作的起步者，慧俊先生也是倾其满腔热情，寄予厚望与厚爱。在《芳香的五寨》中，我们可以读到身为《山河》主编的慧俊先生慧眼识俊才，对尚不知名的作者热心扶持、热情鼓励的故事，多年后朴平（刘笑梅）、赵东方等人令人刮目相看的佳作频出，便是对慧俊先生这位"伯乐"的最高奖赏。

"施人于恩，不发于言；受人之惠，不忘于心"是慧俊先生处世哲学的一体两面，这是笔者在这部散文集字里行间读出的"潜台词"。他帮助人、扶助人、赞助人，却从来不图回报。而在他本人成长、成才的道路上，凡有恩于自己的人和事，甚至地域之"地"，他都常怀感恩之情，念念不忘。散文集中多次提及七彩云南，多次提及《个旧文艺》，因为这里是他文学创作的起步圣地，更是他百尺竿头再出发的不竭动力的源头。在《命运命运》中，那位送他钢笔鼓励他为文、临别却未能与之见上一面的方指导员，作者几十年里从未间断牵念，笔者揣测此位有恩之人不知会多少次走入他的梦中，我甚至替作者突发奇想：于今倘方指导员能够奇迹般地读到这部《心海涛声》，该会多么欣喜与快慰啊！

慧俊先生深耕散文创作多年，对不同选题的把握与驾驭早已得心应手，收入本部散文集中的作品内容的丰富和文本的多样即可窥见一斑。《家风这面镜子》曾荣获第七届冰心散文奖，其他篇目也多见诸报刊，产生过广泛而良好的社会影响，获得盛誉也在情理之中。因为这些文章，几乎每篇都言之有物、言之有情，那种洋溢着向上生机与充满深情的表达，既质朴真挚又性情毕露。我想唯有集思想者的深沉大度与艺术家的敏感细腻于一身，方才有此精深描写吧。因而，我十分珍视这部散文集，也希望《心海涛声》的读者能与我有相同的感受。

雪落无声影独倩，砚罢方惊岁云暮。"序"有境，"绪"未止。本文煞笔之时，极不寻常的2021年便将画上一个艰辛而完满的句号，不觉亦有心潮起伏、心海逐浪之感。遥想此刻慧俊先生谅也在轻击键盘或奋笔疾书，是在与师友、亲朋交流还是在酝酿、结构佳篇？虽不可得知却断为情同此理。那么，谨在此遥祝慧俊先生2022年心笔双健，再续生活与创作的华章。

2021年岁尾于沈阳

目 录
CONTENTS

家风这面镜子 / 001

脚印会说话 / 006

爱的暖流 / 017

炒米房的记忆 / 024

程云海的文学梦 / 029

印山之美 / 033

风景这边独好 / 035

黑夜，我抓住了那束生命之光 / 041

"坚净居"的魅力 / 052

文自心发构佳章——读王天夫《读书，快乐一生》 / 059

金山银山马鞍山 / 063

命运命运 / 069

南山飘来那朵云 / 074

水比蜜甜 / 079

"百合花"往事 / 083

追梦让我年轻 / 087

燃烧的作家梦 / 093

火种的传播人 / 098

文出山河 / 105

山坳坳里的味道 / 108

我为那次"说谎"而心慰 / 118

润物细无声的滋养 / 122

高耸的丰碑 / 126

诗是心灵之光的灼射 / 135

谁为新春揭盖头 / 138

锡伯河岸边的药香 / 140

自然之光 / 143

与浩然先生的一次晤面 / 148

收获美好和幸福 / 152

一篇小说与一个人的命运 / 156

芳香的五寨 / 165

老家的味道 / 171

海南奇遇 / 174

眉山竹情 / 179

多彩的阿克苏 / 184

远方那颗星 / 193

无边的温暖 / 198

"小米"表弟 / 201

向往的邢台 / 208

多重意趣　飞动灵奇 / 213

绿色的力量 / 220

91岁高龄仍笔耕不辍——访著名国学大师冯其庸先生 / 229

春天魅力无限 / 234

后　记 / 236

家风这面镜子

　　母亲很爱讲故事，故事讲得生动有趣，让你饭不想吃觉不想睡。到现在我还对《锯大缸》《红灯记》《媳妇不分家》和《爷爷背书》的故事情节记忆深刻。我曾问过母亲，你没读过书也不识字，故事是怎么学来的？母亲说有的是听姥姥讲的，但大部分是听爷爷奶奶讲的。

　　说起爷爷奶奶，我并没有见过他们。每当看到别人和爷爷奶奶在一起的时候，我就羡慕那三世同堂的幸福场景。羡慕过后不知为什么竟然还悄悄地滋生出一种嫉妒的感觉，为啥他们能那么快乐地和爷爷奶奶在一起，我却不能？为什么爷爷奶奶走时连一张照片都没有留下？

　　上小学的时候，我写毛笔字使用的砚台和墨盒是爷爷用过的。砚台是一块黑色的方石，背面刻写着两行小字，但由于年代久远字迹已看不清了。墨盒是铜质黄色的，比64开纸还要小一些，精美秀丽，盒盖上也刻着一行小字。父亲说爷爷是位私塾先生，不但能背诵很多诗词古文，毛笔字写得也非常漂亮，伪满时期当地的村公所和警察署里都挂着他的字。我不知道爷爷长什么样子，但从父亲的体形看，爷爷个子一定很高大，说话肯定是文绉绉的。所以每当我握笔写字时，心里就有一种特殊的感觉，感觉像是爷爷坐在跟前很严肃地看着我。父亲经常叮嘱我要好好学习，长大了也像爷爷那样当个教书先生。母亲说爷爷可是锡伯河川很有名望的"王五先生"，慕名到我们村曹凤仁家门楼前观看"旧家风"的人数不胜数。

我出生在1953年。那时家里穷，吃了上顿没下顿。我常抱怨说爷爷教过那么多的学生，走时也不给家里留下点"宝贝"什么的。母亲说爷爷的日子过得很清贫节俭，学生家长给送来的一双布鞋都要退回去。爷爷叫王凤仪，兄弟中排行老五，村里老人常以爷爷为榜样，说他大高个子，一说话总是笑眯眯地先向人鞠躬弯腰点一下头，知书达理，热情善良，就连盘在头上的那根辫子都有着为人师表的样子。邻居们说爷爷是一位守德爱才的好先生，无论春夏秋冬，从没听见他骂过学生一句，更没见过他赤身露臂气势汹汹地和别人拌嘴吵架，身上那件马褂年复一年地穿着，既朴素又干净。

爷爷的私塾就设在我们院里的三间厢房内，每天鸡不叫爷爷就起身背书，等太阳露红，院子和学堂已被他打扫得干干净净。曹凤仁家是我们的邻居，住在我们房后，相隔不到50米远。记得我第一次去他家门楼前看字是由哥哥领着去的。那时哥哥在读中学，我刚上小学一年级。曹家是我们村里的一个大户，蓝瓦盖顶的"人"字形门楼面积并不大，也就能容小马车通过。可门楼牌匾上"旧家风"三个金色的大字，却写得刚劲有力，大气磅礴，端端正正地镶嵌在一块绿色背景的木板上。那时我根本不懂得"旧家风"的含义，哥哥说他也不懂。我们就蹲在地上，一边看一边用手指不停地比画着书写。

曹凤仁的毛笔字写得很好。从他嘴里我们才知道爷爷是经过考试中的秀才。他说爷爷的学生很多，常年分甲乙两个班学习，父亲、二叔和他都是乙班的,而家族里的二哥王会卿和三五十里地以外住在学堂的王树平在甲班。甲班学生的学习成绩比乙班要好一些,经常到村公所和警察署帮助写文书和标语。一次,一个家住外地的王姓甲班学生因没背下书来,在爷爷批阅卷子的工夫从厕所溜走了。爷爷发现后便边喊边追,追到半路,爷爷便口吐鲜血,倒在地上再也没有醒来。后来这个学生家长带着孩子来向奶奶磕头赔罪,奶奶不但没有怪罪,还把爷爷的几本诗书送给了那个孩子。孩子说他以后一定要好好报答奶奶,传承好爷爷的文化。新中国成立后,这孩子果真当上了乡里的第一批教师兼乡粮助理。

看着"旧家风"三个字,我的心里充满了敬仰和自豪,我经常和别人炫耀说爷爷是新中国成立前的私塾先生,他有好多好多的学生都当上了大官儿。从那以后,我一有时间就去曹家门楼前看"旧家风"这三个大字,从小学就看,到了中学还去看。冬去春来,年年岁岁,一直看了六年多,直到"文革"时曹家门楼被扒掉,才停下了观看的脚步。

转眼几十年过去了,"旧家风"就像一张照片牢牢地印在我的脑海里,一有时间我就思考着爷爷写这几个字究竟要倡导什么、宣传什么?我知道,孔子在《论语》中曾说过"子以四教:文、行、忠、信",即文学、品行、忠心和信实。爷爷的教学就是遵循孔子的因材施教法,以德教为基础。为了弘扬中华文化,古人把家风总结为五常八德,即仁、义、礼、智、信和忠、孝、仁、爱、信、义、和、平。"衣冠重整旧家风,道是无穷却有功。扫却当途荆棘刺,三人约议再和同。"品味着这四句话,感到寓意深刻,意味深长。原来爷爷倡导的是高尚的文明,是传统的道德文化。"旧家风"既有五常,又有八德;既有振奋精神,开辟道路，不怕困难，不怕险阻之意，又有互相尊重，莫忘旧情，共同团结，志同道合的理念。难怪我国近代史上的民族英雄林则徐，虽居高位，但清廉自好，忠于职守。为了勉励后辈儿孙，亲手撰写了"子孙若如我，留钱做什么？贤而多财，则损其志；子孙不如我，留钱做什么？愚而多财，益增其过"的家训。

我们王氏家族是一个大户人家。据史料记载，祖籍为河南省彰德府武安县王家庄。1738年，因黄河泛滥，太祖母携儿子和娘家侄子迁徙到现在的内蒙古赤峰市喀喇沁旗大乌珠穆沁麒麟山脚下。当时三人身无分文，连一个窝棚都搭不起，只好在山脚下挖了一个地窨子暂住下来。贫瘠的生活，使得他们拿黑天当白天过，有苦同尝、有难同当。祖辈三人就是靠着团结一心，不怕困难的坚强意志，互相鼓励着活了下来，在家里不但活出了志气，在家外还活出了信誉。从此，王氏家族有了"河南王"的尊称，发展到今天的800余口人。从第七代人开始，爷爷就提出了"男人孝，女人贤，兄弟和，姐妹团"的十条家规。最让我们感动的是他们共有兄弟六个，每人都有妻室儿女，可大家心往一处想，劲往一处使，从来没有吵嘴打架互相推诿的现象。老二王凤鸣是大家公认的家庭大总管，他忠厚坦荡，广结贤良。为了树家风严家规，每天清晨起来的第一件事就是挨家逐户地检查，看看女人们有没有起身做饭，男人们是不是在挑水、劈柴、喂马、扫院子。据说一个年三十的午间，全家48口人喝的是用两碗高粱米面做的稀粥，只宰了一只公鸡就算是过年了。就这样老老少少也无怨无悔，艰难度日，传承着"忠厚传家久，诗书继世长的美德"。

外地人评价说，娶媳妇找王家的姑娘，善良贤惠会过日子；选女婿找王家的男人，忠诚坦荡靠得住。直到今天，无论是远在黑龙江、山东、内蒙古和北京，还是在生养之地上成长起来的王氏家人，有很多人都与外省市的知己喜结良缘，但大家都在认真遵守着"善为本，孝为先，德为高，和为贵，坦荡做人，宁折不弯"的家训，为王氏家族的"家风"增光添彩。

父亲常和我说，你是家族里的一个大文化人了，写过文章出过书，骨子里流淌着家族的血液，应该好好地传播一下文化，多培养出几个人才来。说句心里话，我从小就向往教师的职业，也喜欢琴棋书画。可参加工作后，不知为什么竟迷恋上了文学，整天伏案写作，写自己的所看、所思、所感。后来虽然工作变化了几次，但我没有忘记爷爷的"旧家风"。在我的影响下，孙子孙女从小就爱读书爱写作，他们说王氏家族有一个好家风值得骄傲，必须继承遗志，也像爷爷的爷爷那样，让"旧家风"灿烂的文化感染着我们。

家风是社会和谐的细胞，是一个家庭或家族的传统风尚，也是我们立身做人的行为准则。家风是和谐的尺子，是文明的镜子，非常感谢爷爷给我们留下的宝贵财富，我终于明白了"旧家风"厚重的历史内涵。

（此文获第七届冰心散文奖）

脚印会说话

曾有人这样问我："你走过人生两万四千多天了，相当于走过人生百分之八十的历程，相信脚印会说话吗？"

我说凡是人走过的地方，就会有印迹的，无论土石路，还是光滑平展的水泥路、柏油路，或是沙漠以及泥泞的道路，只要扎扎实实、一步一个脚印地走，脚印会说话的。

孤独中前行

S是拉丁字母中的第十九个字母。从形状上看，弯弯曲曲的。我的童年和少年很像这个字母的样子，充满了曲折和坎坷。

我是八岁上小学的，时间从1961年春天算起。炒米房的家是我人生道路开始的起点，杨家营子学校是道路的终点，两点相距三公里。我们上学走的那条沙石路，要经过一条沟、一个村庄和两座山，很像S字母弯弯曲曲的样子。村里七八个同伴，每天都风雨无阻地在这条路上艰难地行走着。那时我很自卑，看着其他同伴都穿着体面干净的衣服，背着鲜艳好看的书包，我却没有，别看买个书包才五角钱，可那也买不起。母亲听说别人家孩子上学买回了新书包急得直搓手，最后没办法，便把家里的一块旧毛巾洗了洗折叠过来，两边用针线缝死，然后用两根带子穿起来便成了我的书包。我穿的衣服都是舅舅家孩子穿剩下的，补丁摞补丁，袄大裤子小。脚上那双鞋就更见不得人了。有次我挎着篮子给姐姐家送去一只小猫，说是她家里老鼠多，会糟蹋粮食。姐姐在篮子里给我装了几样蔬菜和水果让带回家里。吃完饭我趁姐姐不在屋的工夫，慌忙地把柜子下姐夫的一双鞋放在菜篮子里用蔬菜掩盖起来，准备上学穿。等回家一看，妈呀，竟然把鞋拿错了。左脚的鞋面是黑色的，是姐姐的，右脚的鞋面是蓝色的，是姐夫的，而且两只鞋子的大小还不一样。可有鞋总比没鞋强吧。有的同学看见我穿的鞋笑话我："奇怪了，看你的左脚是女人，看你的右脚是男人，你是个不男不女的人呀？"那一刹那，我是多么难堪啊！好在有一件事还算开心，老师在发给我的语文课本和算数课本上，认认真真地写上了我的名字。全班三十多人，叫王令的有两个，一男一女；叫刘华的有三个，两个女的，一个男的，我的名字只有我一个人专属。

班主任老师刘鑫，二十多岁，大个子，瓜子脸，穿着一身很干净的家做衣服，一说话便面带着微笑，牙齿很白很白。他教我们读 a b c d 的拼音就像唱歌那样好听。

开学那天，刘老师跟前围着很多学生，他按桌号的顺序填写着一张表格。当轮到我时，刘老师问我家庭几口人，父亲和母亲叫什么名字，我都回答上来了。可问到家庭成分时，我却皱了眉头，什么叫作家庭成分呀？站在我身边的王东强忙推了我一把，小声说：地主。王东强我俩是东西院的本家族，他比我大两岁，属于留级生，肯定不会弄错的，于是我就报了个地主。"啊，你家是地主？"刘老师用怀疑的眼神看着我。这下可惹了麻烦，放学后班级里便有人叫我"小地主"了。由于我的个子矮，胖乎乎的，穿的衣服也不好，一顶没有帽檐的很旧的黑帽子像碗一样扣在头上。几个同学下课后，也包括我们村子的两个同伴，蹦跳着到我跟前指点着说："地主羔地主羔，剥削穷人拿着刀，穿破鞋戴旧帽，背着一个手巾包。"

讥笑和捉弄，让我难以忍受，既来气又害羞。等我回家把事情和父亲一描述，父亲瞪了我一眼，说："你看我们住着露着蓝天的两间老瓦房有几十年了，摇摇欲坠的样子，外面下雨，屋里下；外面不下，屋里仍在滴答，这能是地主吗？"

从那天开始，我的心像被撒上了辣椒面，火烧火燎般难受。干脆，我不和同伴们一起上下学了，自己早走晚归。不久，私底下的议论还是传进我的耳朵，有说我是"红皮子鸡蛋各道种"的，也有说我是"怪人"的。"六一"儿童节前的一天下午，因老师统一去总校开会，提前放半天学。我很高兴，可以回家帮着母亲干点活了。没承想，我们班的王东强和樊景荣早就跑到学校门口等候上了，命令我们村里的同学都得跟着他俩到河套抓鱼去。

"我不能去，回家还有事呢。"说着，我就要走开。

"人家女同学都去，你为什么不去呀？"王东强两手已经攥成了拳头，瞪着圆圆的眼睛看着我。

"我得回家割猪草呢，不然猪就没有食物吃了。"

"你……不回去，我看猪……饿死了……了吗！"说着樊景荣上前摘下我的帽子，蹦跳着跑了。几个同学看见后什么也没说，绵羊一样低着头跟在他俩后面。义愤填膺的我，把舌头都咬出了血。

樊景荣细高个儿，角瓜状的脑袋上没有几根头发，一句话要结结巴巴地说个脸红脖子粗，学习成绩一点也不好，但有把力气，总爱伸手打架，绰号"西门庆"。可能由于他父亲在生产队当保管员，他的书包里成天装着三四个小米面的馍馍，谁帮他做作业，就分给谁一两个。早晨上学时，他和同伴们一起出发，结果出了营子便跟着牛羊倌上山了。

"走，今天上午……你跟着我上山……抓……抓鸟去，连帮着我……把昨天的作业……做完。"樊景荣气喘吁吁从后面跑上来拉住我说。

"不行的，今天是我值日。不能去。"

"午间我给你……两个……馍馍吃。"

樊景荣带的馍馍我曾吃过，大多数是小米面的，而且里面还有黄豆面，又香又甜，比我家用野菜做的要强百倍。

"你看看，我的鞋都坏成了这样，还能上山吗？"我犹豫地伸出一只脚给他看。他眨了眨眼睛，拽住我的衣领使劲向后推了一把，我的书包被他抢走了。

一路上我垂头丧气，走走停停，脚下如有千斤重。上学吧，书包和书本都没有，老师肯定会批评的；回家吧，又怕惹母亲生气，我犹豫着不知如何是好。

母亲常年患病，两条腿肿得又粗又亮，鞋都穿不下。由于没钱医治，整天拄着一副拐杖在屋里屋外踱着步，稍不小心碰一下，便疼得满头大汗呻吟起来。母亲的人缘很好，家里经常有邻居来看她，送些米面和蔬菜，并帮忙做些针线活儿。

我很爱母亲，一看到她那痛苦不堪的样子，我的眼泪就要掉下来。当时我家在村子的路边住，不敢饲养大牲畜，担心让过路人给偷走，家里经常吃上顿没下顿，哥哥饿得头发都脱光了。父亲特别老实，他在生产队里扶过犁，纺过绳，放过牛。为了多挣点工分改善生活，在生产队报名当上了饲养员，住在队里，家里捡柴喂鸡全成了我的活。我每天起床的第一件事,先去鸡窝看看小鸡是否下了蛋,有了蛋就有了钱,就可以给母亲买药治病了。一次母亲犯病了,连早饭都吃不下。我小心翼翼提着六个鸡蛋去了八里外的药店,给母亲买了两包止痛片,又去供销社买了两斤食盐及一瓶墨水。等回来时为了走近路赶时间,结果半路上被一条大黑狗咬了,墨水瓶被摔坏,衣服和装食盐的口袋全洒上了墨水,好在给母亲买的两包药完好无损。一路上我伤心地哭着。那天午间我没有吃饭,等把猪和鸡喂好背起书包上学时,母亲把我叫到跟前,亲切地抚摸着我的头说:"都十岁了,男儿有泪不轻弹。别难过了,吃一堑长一智,好好读书吧,不吃苦中苦,难得甜中甜啊!"尽管母亲不让我哭,可她的双眼里涌满了泪花花。

我升入三年级以后,学习进步很快,光荣地加入了少年先锋队,戴上了鲜艳的红领巾。刘老师说红领巾是红旗的一角。是用革命烈士鲜血染成的,一定要好好珍惜。我珍爱地托起红领巾放在鼻子下闻了闻,的确有一股血的味道。等放学一走进村子里,七八个同学中,男生唯有我系着红领巾。结果这也成了王东强和樊景荣围攻我的理由。他俩一递眼神便把我摁倒,把我的帽子摘下来扔了很远,抢过红领巾用一个木棍挑起来边走边嚷嚷着:"快来看,快来看,'小地主'的红领巾是用红皮子鸡蛋染的啊!"

我几次咬着牙紧紧攥起拳头,可又慢慢地松开了。我想起了父亲经常告诉我的那句话:"多做好事,小不忍,则乱大谋。"由于我的学习成绩不断进步,又加之上下学的路上主动帮助行人拿物品和抱小孩,多次受到老师的表扬。王东强和樊景荣对我受到表扬更是来火,因为老师在表扬我的同时也在批评着他俩,训斥他俩拉帮结伙,整天吆五喝六不好好学习,影响班级的名誉。一次睡午觉时，我脱下的一只鞋突然不见了，我在教室找几遍了也没有。放学后，我只好挽起裤腿光着一只脚回了家。第二天，鞋终于找到了。刘老师正在黑板上写字，我穿姐姐的那只鞋"咣当"一声从黑板后掉了下来。同学们站起来哄堂大笑，我感到脸上火辣辣的，又害羞又委屈地哭了。以后睡午觉我再也不敢脱鞋了。

我学习的进步，与刘老师有着很大的关系。刘老师经常给我们读《中国少年儿童报》上越南儿童抓鬼子的故事。我问刘老师，这些故事是谁写的？刘老师看看我说是记者写的。于是我就暗暗下定决心，长大了一定当一名记者，也写好多好多故事让人们去读。有了这个想法后，我每当见到书籍和报纸，就宝贝一样收藏起来，回到家里，一遍遍地学习。那时村子里每到过年时，一些富裕人家就要买报纸把屋子糊一下，既新鲜又干净。为了能得到主人允许我进家去读读报纸的机会，我就主动帮助人家干些活计，如挑水、推碾子等。看到报纸上那么多的消息，我真像饥饿的人扑到面包上，赶紧把好的语句抄写下来记在小本本上。结果过了不长时间，有的同学便在班级里造谣，说我的作文全是抄袭报纸上的。好在刘老师说我写的作文是真人真事，证明了我的清白。

六年级时，"小地主"的绰号没有人再叫了。我们一个村子的几个同学都相继不念书了，每天上下学的路上就我一个人，但路况比以前好多了，不再有那么多的弯道，有些学生开始骑自行车上下学。看到他们幸福的样子，我盼望自己快快成长。我知道，成长是一种进步，是一种自我的觉醒。我暗暗发誓：作家高玉宝也是小学文化，却能写出《半夜鸡叫》的小说。我要努力学习，读书这条路一定要矢志不渝地走下去，读完小学读中学，然后读大学。人生的起点并不是人生的终点，只要坚持不懈地往前走，脚印会说话的。

香甜的"豆腐块"

豆腐是很有营养价值的食物。尤其是把它切成小方块放上盐在太阳下晒一晒，便浓缩成很坚硬的"豆腐块"，既便于储藏，又提升了口感，吃起来筋道可口，味道十足。

不知从什么时候起，这种日常的饮食流传到文化教育生活中，人们把刊登在报刊上的一些小文章称为"豆腐块"。无疑，这种快餐式文化，很对人们的胃口，方便阅读，便于记忆。

1975年秋，我读完了《为人民服务》那篇文章突发灵感，写出了一篇《永做人民公仆》的稿件。那是我参加教育工作两年后的第一篇投稿。说实在的，为了武装自己，多吸收文学营养，每天天不亮我就爬起来，拿着文学书籍出去阅读，背诵名人名言和唐诗宋词。我觉得要写作，必须多读书，只有多学知识，才能有生命的灵性和智慧。

记得一天晚上，我要投稿却没有稿纸，坐在办公室里皱着眉头冥思苦想了两个多小时，连学生的作业本都翻遍了，也没找到方格稿纸，最后无奈决定用钢板刻印几十页稿纸。稿件投出后，杳无音信，于是我又开始写第二篇。我猜测第一篇没有被刊用的原因，很大程度上是因为稿纸不符合要求。没办法，我就厚着脸皮去一里外的山上公社广播站找李站长买一本稿纸。李站长并不认识我，我说我是中学的王老师。当他听说我在教他孩子的数学课后，很热情地给了我两本稿纸。一周后，邮递员把《昭乌达报》编辑部的一封信交到我的手上。我忙打开看，信上说我的文章有修改的空间，要求压缩到八百字以内再邮寄给他们。待我定神一看，原来编辑部老师的来信说的是第一篇稿子《永做人民公仆》。我激动得热泪盈眶，高兴得要跳起来。报社编辑部给我的来信，像一股春风吹遍了全校，领导和老师们纷纷向我表示祝贺。那天晚上我做了一个香甜的梦，梦见自己坐着飞机在天空上飞，高兴地往提包里摘着一朵又一朵白云。

一个星期六的上午，我骑了四个多小时自行车到《昭乌达报》见编辑部的老师。我拿出修改后的稿子往编辑老师跟前一站，心里慌得像敲鼓，嘴唇哆嗦腿直颤，汗水不停地往外冒。编辑老师四十多岁，穿着一件蓝色的中山装，留着很时尚的寸头。他时而用红笔画个圈，时而写上几个字。我一看，心里像十五个吊桶打水——七上八下的，连喘气都紧一阵慢一阵的。估计编辑老师看出了我的不安，告诉我说，不要紧张，有几个字和语句有点毛病，要改过来。他看完后，放下笔，微笑地问我："你读过恩格斯的著作？"我摇摇头说没有。他吸口烟笑笑说："不可能吧？你在文章中引用恩格斯说的这段话很好，这就是文章的精髓。别看是八百多字的豆腐块，道理讲得很深刻。"说着，他站了起来和我握手说："祝贺你，如果没有特殊情况，稿子下周就见报。"

那天，我骑着自行车行驶在返回学校的公路上，一副豪情满怀的样子。

春天的景色太美了，湛蓝的天空，空气像过滤了似的清新。路边生机勃勃的鲜花，微笑地摇着头散发着浓浓香气。唯一让我感到遗憾的是，忘了问问那位编辑老师姓啥，叫什么名字。等我第二篇八百多字的"豆腐块"发表后，我更是心潮澎湃，万分喜悦。晚上我一个人坐在学校的篮球场上，静静地观察着天上那轮弯弯的月亮，感觉像是父亲在微笑地看着我。

我的两篇"豆腐块"发表，第一个要感恩的自然是报社的那位不知姓名的编辑老师，感谢他逐字逐句精心推敲把关，一个错字和标点都不放过；另外要感谢的是给我稿纸的李站长；再就是要感谢邮电局，那时邮电部门有规定，向报社和电台投稿不用粘贴邮票，邮电局门前竖立着的那个绿色的邮箱，很像是一个人张着嘴向我微笑着，更加坚定了我的向往和追求。

好运不是祈求来的，而是用一步一个脚印的汗水浇灌出来的。《昭乌达报》《百柳》《七台河日报》连续刊出了我写的《勤奋者的眼睛》《风雨之路》《晚秋夜话》《暗室》几篇"豆腐块"，其中《暗室》还在湖南获了奖，选在"全国屈原杯文学大奖赛"获奖作品集里。当我回到家乡时，村里人告诉我，大家在劳动休息时，还互相传看我发表在报纸上的文章呢。听后我立刻热血沸腾，当时只有一个想法，就是一定要多读书多写文章，永远都不能和学习说再见。

陶行知先生说过："处处是创造之地，天天是创造之时，人人是创造之人。"为了做个"创造"之人，我开始给自己制订写作计划，详细落实写作提纲。每到周六、周日休息时，我便一个人悄悄出外调查采访，积累素材。

走在乡间的小路上，风是那么柔和，空气是那么清新，心情是那么舒畅。难怪著名作家祖慰先生叮嘱我："哪里人多别去哪，独辟蹊径。"其实我在高中读书时，就喜欢一个人在僻静的树林或是小河边读书读报，只是由于学校居住偏僻，距离市区较远，看不到更多的书籍和报纸，偶尔去老师办公室，看一眼《人民日报》《光明日报》和《辽宁教育》及《语文教学》等报刊上的文章，心里就会痒好几天。为了刻苦读书，我决定勒紧裤腰带，从节省穿衣费和伙食费入手，一顿仅吃三两饭和一角钱的蔬菜，衣服和鞋袜缝缝补补接着穿，把节省下来的一分分，攒成一角角，再把一角角攒成一元元。之后，便徒步到城里买回了《国际知识》《辽宁青年》和《理论与实践》等书籍杂志。我想为啥有那么多人在书上发表文章，他们肯定是独辟蹊径，头脑像浩瀚无边的大海，知识广博，而我为什么不能呢？

"十七八岁，正是长身体的时候，我看你怎么一天天见瘦啊？"母亲心疼地看着我问。

"放心吧，娘，我不会亏待自己的。"我和母亲说。

短短两年的时间，尽管我瘦了十多斤，却读完了十几本文学名著，写作思路开阔了，词语运用自如了，通过所看、所思、所感写起文章来不再空洞无物了。语文老师鼓励我说："千里之行，始于足下。书犹药也，善读可以医愚！"

我曾做过很多很多关于写作的梦。梦见我把一篇篇作品投递给《鸭绿江》和《辽宁青年》，不几天的时间，邮递员便把刊发文章的《鸭绿江》和《辽宁青年》给我送来，那高兴劲儿就别提了，虽然是"豆腐块"，但钢笔字变成铅字读起来味道就不一样了，觉得书面上的语言比我原来的语言好多了。农历八月十四的夜晚，我躺在洒满月光的床上，梦见那些因公外出和在外读书、工作的人，中秋节不能回家与亲人团圆，有的站在柳树下嘴里衔着一片柳叶静思着，有的在湖边手里拿着一艘纸船，秋风吹来，他们是多么忧伤和思念家人啊！于是我爬起床开始构思一首诗歌。没过半月，便接到了从山东寄来的《文化天地报》。我写的诗歌《游子》发表了，这篇"豆腐块"真是在梦中构思的，仿佛是黑夜中行走的人捕捉到的一丝亮光。

一篇篇"豆腐块"的发表，给了我结集出书的野心。散文集

《情》《超越梦想》《心丝絮语》和报告文学集《在事业的坐标上》《使命的回声》等，先后由内蒙古人民出版社和国际华文出版社出版。我知道我为写那些"豆腐块"，熬了多少个不眠之夜，跑了多少个风雨之路，但"豆腐块"的写作历练了我，让我牢牢记住了思想家、文学家罗曼·罗兰说过的那句话："生活是一场艰苦的斗争，永远不能休息一下，要不然，你一寸一尺苦苦挣来的，就可能在一刹那间前功尽弃。"

（刊于《天津文学》2020 年第 10 期）

爱的暖流

在那片新鲜的土地上,矗立着鳞次栉比的楼房。历史上一场罕见的大雪很快就被太阳融化了,化成了一条条流动着的小溪,千百条小溪在黄色且新鲜的沙土地上静悄悄地流淌着,弯弯曲曲,闪着银光。

河堤犹如美术大师在沙滩上画出的一条条皱起的沙垄,特别好看。一个六十多岁、一米八的个头、背着小包的人,正站在沙地上构思,他一会儿面向北观看,一会儿又转动身子向西向南注视,时而从那双聪慧的眼睛里流淌出两条晶莹的小溪,他拿出洁白的纸巾擦拭后把纸巾保存起来。那双疲劳的眼睛,像是刚刚在贡格尔草原上寻找完藏在马蹄坑里的故事,也许,两条晶莹的小溪是对草原故事不舍的眷恋吧,他是那么热爱生他养他的大草原。

他叫鲍尔吉·原野,成吉思汗的后裔。这里是他故乡的赤峰建筑工程学校。他来这里几次了,在校园里建起了"原野文学社",倡导师生们"要做一个好人"。但我是第一次见到他。听说他从1981年开始文学创作,出版了很多书籍,如《掌心化雪》《最深的水是泪水》《哈萨尔银碗》等散文、报告文学和短篇小说集。作品被广泛收入大学、高中、初中和小学语文课本里,曾获中国少数民族骏马奖、百花文学奖、蒲松龄短篇小说奖、内蒙古自治区文学艺术特殊贡献奖及第七届鲁迅文学奖。

"原野老师，您写了几百万字的作品，出版了十几部著作，读完您的文章会让人产生一种独特的喜悦。特别是您对家乡、对草原、对人类的爱，以及对跑步的钟情令我特别敬佩。"我紧紧地握着他的手动情地说。

"写作对所有写作者来说都不是顺利的事，如同跑步对所有跑步者均艰辛。我那时练习写短篇小说，写出来投寄各家文学期刊，之后都石沉大海。在那个时代，从事文学创作的人非常多。时代由封闭到部分开放，人们由集体无语进入，可以把自己写的钢笔字变成铅字。那时，像顾城那样背着一兜作品投寄出去然后积累一抽屉退稿信的文学习作者也非常多，只有少数人凭着他们的敏锐、才情与运气在数量很少、版面很小的期刊报纸上发表作品。"

"您有过被退稿的时候吗？"我不好意思地问。

"有过，还不止三五次呢。1981年，我在内蒙古文联的《草原》杂志上发表一组诗《假如雨滴停留在空中》和一篇短篇小说《向心力》。按照过去的说法，这是第一次在省级刊物上发表文学作品，意味着步入文坛。但我彼时并不会写作。这像小孩子画画一样，信手涂鸦却受到称赞，但他并不知是怎样画起来的，他对线条、对色彩的规律并不懂。几乎每个小孩都经历过这个阶段。"

原野老师的话幽默风趣，很有说服力。我俩边说话，边悠闲轻松地跨越过操场沙垄下静静流淌着的小溪，他那双深情的眼睛像是要把《善良是一棵矮树》《不要和春天说话》里的故事一一告诉我。突然，他友好地拽了一下我的衣角，回身停住了脚步。

此时,太阳暖暖的,蔚蓝蔚蓝的天空,时有鸟儿飞过。他抬起手指着镶嵌在一座四层楼顶上的十二个红色大字说:"学习改变命运,技能成就人生。"他反复读着这两句话,咂嘴称赞,像是比品尝糕点还香甜。

"听说你师范毕业后本打算从事教育工作的,可后来是什么原因让你从事上文学创作了?"

"其实,我从小就想当一名教师,从骨子里就热爱教育,如今写作也没有离开教育,会经常到学校里体验生活。二十世纪八十年代初,百废待兴,文化繁荣,文学期刊、报纸的刊载量完全无法应付全国性的写作浪潮。从阅读也可以看出人们对文学的热情。当刊登报告文学《哥德巴赫猜想》的《人民文学》到达赤峰市新华书店后,购买者从新华书店排队一直蜿蜒到马路上,占领了十字路口,汽车停止行驶也排起了长队。我想说,爱文学在那个年代是再正常不过的一件事,像吃饭喝水一样,我只是其中一人而已。而这些人,后来绝大多数'事竟不成'。不是他们没才华,是持续开放的社会给他们提供了更多选择的机会。"

说着,他从衣兜里掏出一支烟给我,我谢绝了。他自己点燃,然后走到一个白云般的雪堆前蹲下身子,像有什么故事要讲给我。我顺便也蹲下身子,祈盼地看着他。他吸了口烟,指着一点点融化后的雪水说:

"1987年,我们全家迁居沈阳,一切都变了。我从小地方进入大城市生活,在一个陌生领域里工作,起初完全不适应,没有从容的心态写小说,可又不愿放弃文学梦想,转而写篇幅较短的散文,至今三十多年了。最开始,我不知道散文怎么写,所写的仅是一些文学笔调的情景记录、人物速写和读书笔记。摸索着写到今天,更加不会写了,因为在今天我看到了文学的浩瀚星空与大海。来到海边的人，会顿悟自己的渺小。"

"历经三十多年，你成功了。你通过写文学作品认识了自己，提升了自己，锻造了自己的人生价值。难怪当代著名文学大师王鼎钧称你的文字诚挚朴实，应叫'玉'散文呢！"

他低头吸着烟，吸一口，烟头处闪起红红的亮光。他停顿了一会儿看着我说："千万要让孩子们记住，只有知识才能融化他们。知识就像这小溪的源头，必须从这里开始。技能如同一条条小船，只有百舸争流，千帆竞发，才能彰显出我们职业教育的特色，才能看出人生大海的无比壮丽！"他说话不紧不慢，由浅入深，含义深刻。形象的比喻，令我心潮澎湃，真感到有一幅美的画卷在眼前展开，一股潮热的暖流立刻湿润了双眼。作家啊，作家，真不愧是蒙古草原上的一张绿色名片啊！文章写得优美，话语讲得动人。此时，我感到他不仅仅是在和我谈教育，而是在谈理想、谈志向、谈人生的价值！

我饶有兴趣地注视着眼前潺潺流淌着的小溪是如何慢慢由白雪化成清水的，而水又是如何跟大地建立起亲密无间的情感的。"你看，办学的理念多好，抬起头来走路，挺着脊梁做人，雄赳赳气昂昂，多豪迈，这就是做人的精神和价值，太有内涵了！"鲍尔吉·原野说完，拿着一根柴草棍在地上反复地书写着一个"人"字，之后，用草棍轻轻地在一个沙垄处打开个小缺口，把一股清清的溪水引进来。他看着我说："人要昂起头，挺起胸，不能总是一潭死水，只有乘风破浪，才能踏平坎坷成大道，你说是不是？"他微笑着说。我看着他点头称赞，我俩交换着眼色感受一种文化理念的魅力。不一会儿，他站起身来微笑地看着校园，那笑容像溪水一样清澈，比绸子还柔软。交谈中，我感觉他的一颗心是用爱浇筑起来的。他不仅仅爱书籍、爱文学、爱家乡，还爱教育、爱人民，难怪在他的作品里，处处体现着人性和同情，温暖与进步，真不愧是中国文艺界的"草原三剑客"之一啊！

我从读书中了解到，鲍尔吉·原野先生是依偎在曾祖母怀里，聆听着曾祖母咏唱史诗《格萨尔王》和讲述《成吉思汗箴言》长大的。他说"是大草原练就了自己一双翅膀。这次之所以飞到学校这片土地上来，是责任和历史使命感让我追寻着建筑大师贝聿铭，文化大师冯其庸，艺术大师韩美林，思想家、教育家周国平等人的足迹来的，我要把根扎在这里。我要在这里办好'原野文学社'，也和他们一样献出爱心，做一个好人，做一个有着信仰追求善良高贵的好人"。

野性而富有童心的鲍尔吉·原野先生，把《成吉思汗箴言》中的"与友人交往像花牛犊一样温顺，与亲人交往像黑牛犊一样温顺，与兄弟交往像黄牛犊一样温顺"归纳为"善良"，并把它作为自己的座右铭。他说做一个善良的人比做一个作家更重要。说起做一个善良的人，我从他那双刚劲有力不断传递着文化、文字和文学信息的手上感觉到他确实是一个善良的好人。一位评论家赞美他说："豪放、幽默、睿智、雅洁、细腻皆是鲍尔吉·原野作品的特色。他毫无困难地把这些因素融合，以其独树一帜的风格从容宁静、自领风骚。但最鲜明的，是他笔下倾心描写人间的美善，使人回味不已。"台湾作家席慕蓉称鲍尔吉·原野是"中国大陆最好的散文家"。

鲍尔吉·原野的散文是有翅膀的，一脉温情朴素的文字飞进你的心里，充满一种好奇，像穿越山涧与平原的水流，时而奔放激越，时而平缓惆怅，但始终保持流动的速度。他在《大地自然》一文中写道："作为好的艺术家，其朴素何止于衣衫，更多在心灵。心灵朴素，犹如兰生幽谷，不香自香。追求朴素近于追求真理，因为真理朴素，它如此本真地显露自我，而无须在自我之外再加修饰或解释。河水、青草、太阳和月亮都没有包装，都可以用朴素和真理命名。"鲍尔吉·原野基于一颗朴素的心，其文字显得厚道、丰盈、富饶，不仅将自己淳朴的人格与悲悯的爱心跃然纸上，而且还脚踏实地地做一个好人。记得在沈阳的百鸟公园里，曾相传着他这个好人的一则故事。一天，两只刚刚出生不久的小鸟被人从树上弄到地下，羽毛还未丰满的它们张着稚嫩的小嘴在拼命挣扎着向树上喳喳求救。一个个游人路过，却没人驻足停留。两只大鸟在树上急得跳来跳去，撕心裂肺地鸣叫，就在这时，鲍尔吉·原野来了，他看到眼前的一幕，担心浪费掉一分一秒都会有使两只小鸟失去生命的可能。于是，没来得及细想，急中生智地用路边的树枝条编织了一个鸟窝，在一位好心路人的帮助下，以"人梯"攀到树上，将装有小鸟的鸟窝放在树干的三角杈处。不一会儿，他在树下高兴地看到一只大鸟不顾一切地飞向鸟窝。那一刻，他顿感一股暖流涌遍了全身，两眼流出了晶莹的小溪。那天，他回到家里高兴地喝了很多酒，感到如在百花园中追逐着蝴蝶和蜜蜂，在尽情观赏着朵朵争奇斗艳的鲜花般高兴！从那以后，他觉得自己年轻了许多……

好人是一生平安的。鲍尔吉·原野先生用悲悯之心温暖了许多人，不论他自掏腰包花钱买棉帽子送给"路边乞丐"，还是像雷锋一样帮助行走艰难的路人提行李，他总是把善良送给别人，把平安送给别人，让人感到有幸福的暖流在心里流淌。当我向他请教应该如何看待人生和理想时，他微微一笑拍拍我的肩膀说："因上努力，果上随缘。云在青天水在瓶，用智慧点亮灯火满城。"

走在冰雪消融的道路上，我感到特别温暖，这哪是冬天呢？柏油路上溪流淙淙像雾一样在蒸腾着，南来北往的人流、车流汇成了巨大的暖流。我情不自禁地吟诵起鲍尔吉·原野先生写过的一句话："爱，实在是天下最有力量的事情，它常常产生着奇迹……"

（刊于《中国散文》2016年第3卷）

炒米房的记忆

　　汽车已经走出很远了，可那五彩的丝线还没有扯断，我泪水涟涟地思念着老宅，想着那浓浓的亲情、乡情和友情。

　　老宅是我 1972 年亲手参与修建的。修建时是光着膀子流着汗，早迎鸡鸣晚看星星。我家是全村最后一栋房舍，半亩多面积的院子，三间土瓦房，且最靠着山根。三四十米高的山坡上长满半人多高的酸枣树，坡下是一条很宽很高灌溉用的水渠，房前屋后由一排排杨树、榆树环绕着。等春季一到，山花烂漫，流水潺潺，鸡觅食，鸭凫水，羊吃草，绿树、红瓦、白墙和果实累累的酸枣树构成了一幅美丽的画卷。

　　1985 年正月初九的下午，刺骨的西北风减弱了许多。我决定让妻子和孩子离开老宅，搬到我工作的地方——元宝山区。我顾不得清点搬家要带走的物品，站在院子里静静寻找着逝去的岁月：房上的红瓦是我找拖拉机夜间从砖厂运回来的；铁管井我亲自动手挖了三次，每次都是二十多米深，可惜最终也没有挖出水来；菜园的小土墙，是我和妻子光着脚，在秋天的月光下一锹锹用泥土垒起来的，鲜嫩嫩的小葱、韭菜、白菜和萝卜在不断改善着我们的生活；几十棵杨树和榆树是我用两个暑假栽植完成的；宽厚的土院墙有些倾斜了，那是我们祖孙三代人修缮过的"护家长城"；我的小说处女作《绝路逢生》，就是在挂满冰霜的大西屋里完成并获奖的……

记忆像风刮着书本纸一页一页地翻卷着，读着数不清的文字，心里比吃酸枣还酸。妻子听说要搬走了，感到很是突然，一边拾掇着东西，一边流着泪水。她把很多不需要带走的物品擦了又擦，洗了又洗，害怕颠破了它们的陈年美梦，因为在这每一寸土地上，都重重叠叠地印着她数不清的脚印，诸多的物品里都包含着她省吃俭用的过往。

住在本村60多岁有一双小脚的姑姑听人说我们要搬家了，摇头怀疑了五六分钟，等求证消息属实后，便气喘吁吁地往家跑，赶忙给我9岁的儿子和12岁的女儿煮上几个鸡蛋。她把还很烫手的鸡蛋往棉袄兜里一装，一连摔了三个跟头依然摆手追着我们的汽车；邻居好友赵桂珍见我们要搬家走了，拦住汽车抱着妻子哭着回忆十几年的友谊；我的老父亲背着手低着头慢慢地跟在车后，一句话也不说，显得特别无奈和难过。

炒米房，是生我养我的地方。其实它的原名叫炒米坊。据说有一个骑枣红大马的蒙古人经常来这里卖炒米和奶制品。他的炒米粒大香脆，飘香的奶茶吸引着很多过路客人。后来，他便在路边盖起了两间小房经营生意，因此这里便叫炒米房了。

我在炒米房生活了35年之多，后来离家工作，可每次回家和父母说起话来，儿时的记忆便像放电影一样闪现。从小学读书，到参加教育工作，看到村里的一草一木和每一个人都感到特别亲切。我不仅清楚地记得张王李赵家的居住位置，还记得他们的人口、生活和文化状况，尤其是1984年底全村的三个数字让我记忆犹新：48户人家居住在42户土打墙的房舍里（其中有6户是父母和儿子分家各过，但因无房只好居住在一起）；在213口人中，仅有4人高中毕业，109人没有读完中学；没有一家存款超过万元。记得我晚上躺在炕上，父亲、哥哥都和我唠了很长时间，从南到北，从东到西一家不落地把每家的经济和生活状况细数一遍。最后，他们总是叹着气说一句："你离开这个破地方就对了，多少年来炒米房人没有危机感，缺乏想大事儿的脑子啊！"

1986年8月，父亲来到我安在元宝山城里的新家，我很高兴，看到父亲高兴中带些羡慕，我便问："爸，你羡慕什么啊？"父亲咂咂嘴说："真没想到你们做饭不用烧柴了，用上了电饭锅和电炒锅。屋里还有卫生间，雨天雪天不用往外跑上厕所了，过去地主家也没有这样的日子啊。"我很得意地笑笑说："这就是城市和农村的差别嘛。"父亲说："还是你长心念书起了作用，你看看从小和你在一起念书的那几个人，不是全在家受着苦累呢吗？"爸爸到家来，我领他坐上小轿车，一起出去看风景。我高兴地陪他上饭店进商场，陪他到孙女王淑香工作的学校去转转。现已70多岁的父亲20世纪四五十年代在日本人开的煤矿背过煤，如今的煤矿工业发达了，全是由运输带从井下往上送煤，我带他参观了现代化采煤技术，寻找一下对过去的记忆。

父亲没有文化，一生的爱好就是干活。的确，他对各式农活很是精通，种地、托坯、打墙的粗活不必说，纺麻绳、榨麻油和秋天打场等精细农活也干得很出色，常常获得生产队高工分的奖励。他曾多次很后悔地跟我说，他从小就有个好的家庭环境，爷爷是位私塾先生，常年教着20多个学生，可他和叔叔就是学不进去，经常逃学。有年夏天开学了，我升入了小学二年级，父亲把我叫到跟前，嘱咐我要像爷爷那样好好读书，书读多了就会看到"黄金屋"的。我很纳闷地问什么是"黄金屋"，父亲把一个比64开纸大一点的铜盒递给我。他说这是我爷爷留下的一个墨盒。我很是惊喜地前看后看，只见盒盖上有两行小字，但已看不太清楚了，盒底有一朵小花，像是梅花，盒里面有着黑黑的痕迹。父亲说墨盒有 50 多年的历史了，是爷爷的心爱之物，是他讲四书五经获得的奖励。奖励就是"黄金屋"啊！

几天后，父亲要回家了。我执意要给他检查一下身体。他说我工作太忙，等放寒假再说吧。临上车时他哽咽地叮嘱我："从土窝到糠窝不容易，千万要好好工作，一定要少发脾气多团结人。"汽车启动了，我看见父亲在不停地抹眼角，我哭了，好半天都望着汽车远走的背影。

1993 年中秋节的前两天，我从长春外出回来，下狠心要先回老宅住两天陪父母好好说说话。等进家一看，只有母亲一人在家。母亲说父亲和哥哥都喝喜酒去了。我忙问是谁家的孩子结婚，母亲说不是结婚，是邢全和郭维信家两个孩子都考上重点大学了。

嗅着 9 月的花香和果香，我在老宅的院子里仔细寻找我第一篇小说的梦境，寻找着山和水给予我的无限的吸引力。我走出院子，从家家的袅袅炊烟，到每一处院落；从每一棵树，到每一条小路，我都在尽情地回忆着。从老宅西山坡的酸枣树到古榆树东的生产队，南来北往的很多人都不太熟悉了，很多漂亮的房舍也不熟悉了。才仅仅十多年的时间，为什么故乡就这样陌生？如果不是别人说，我简直不敢相信那是某某家的房舍和某某家的孩子。王东全和我是同一个家族的人，且小我一辈相差十多岁。他的情况我最清楚不过了，结婚时的那三间小土房就已经有 40 多年的房龄了，冬不挡风，夏不避雨。没想到现在四间高大的红砖房坐落在山脚下，院落宽敞，窗明如镜，旧房的痕迹一点也找不到了。友人告诉我说王东全的两个孩子正在读着高中，他很能干，每天都出外干活，年收入五六万元以上。还有李树利家、郭景山家靠种植中草药发财致富；邵汉武靠科学种植蘑菇变得富裕；曹彦国靠蔬菜大棚的西红柿买上了汽车……那天晚上，父亲、哥哥和我开心地唠了很长时间。哥哥一改常态地说："现在的炒米房可不是头几年了，全村出了十几个大学生，五六家买上了小汽车，几乎家家都有了摩托车，男人大部分在城里搞建筑做买卖，存款超过十万元的家庭几乎占全村一多半。"

去年4月，我去台湾旅游，觉得宝岛山清水秀，风光迷人。回到家里准备向哥哥和嫂子详细描述一下。哥哥听完后笑笑说："你从赤峰坐车回来没看见一路发生的变化吗？从飞机场到八家的公路上全部安装了节能路灯，路两边全是新栽的风景树。一会儿你再到山上看看去，从去年开始全部栽上了松树、杏树和苹果树，东河套两岸护坡要建橡皮坝，咱这山清水秀，风光优美很快就要实现了。"

兴奋之余，我一口气登上了满山绿色的西山坡，放眼一望，哇，炒米房如同画卷一样美丽啊，楼房林立，人来车往；王栋树家中西结合的四层小楼设计新颖，别致独特；王东江和王东峰家的三层楼房红顶白墙，美观大方。有几家的门前分别停着小轿车和中型货车。变了，变了！展望着鲜花绿树，蓝天和白云，我感到如同站在台湾的阿里山上一样。于是，我兴奋无比地打开了相机的广角镜头，从我家老宅开始，逐一摄下30年后发生天翻地覆变化的炒米房，可惜，父亲母亲不在了，好在我还保存着他们的音像资料，我要把美好的记忆永久保存在心里！

（刊于《中国工商报》2017年9月20日）

程云海的文学梦

　　认识程云海老师是在 2015 年 8 月,《悦读》杂志执行主编金鑫老师做的介绍。那年程云海 46 岁,是辽宁省正值壮年的作家,还是沈阳市作家协会特聘的讲师,负责培训辅导全市中小学文学社团和社会文学爱好者。去年,他为我们《山河》写了《磨刀》和《收废品的女人》两篇散文,文字简练,语言优美,读他的作品是美的享受,他对社会、对人生哲理的深刻揭示,让人茅塞顿开,给人启发,让人心灵感动。

　　程云海老师文学功底深厚,写了诸多作品,也获得了很多奖项。他说他的文学启蒙老师是一本本连环画,从小就爱读爱看那五颜六色的一页页,痴迷时竟忘记吃饭,晚上关灯后躺在被窝里打开手电也要读。他还喜欢演讲,通过演讲锻炼自己的记忆力和口语表达能力。读小学时他就梦想着将来能当个作家,因此立言、立志,每天早晨五点半,准时醒来打开收音机,静静听着袁阔成、单田芳、刘兰芳、田连元说书的腔调,他还十分喜欢《杨家将》《水浒传》《三侠五义》《岳飞传》。他每每听书,最担心听到"要知后事如何,请听下回分解"这句话,下回的故事如何?每每让他的心悬在空中,猜测故事将如何发展。于是他就去书店和供销社买连环画,买不起成套的,就买单本的,等下次再去买别的，卖没了，只能遗憾而归，甚至懊恼许久。

程云海对文学的喜爱得益于教过他的几位老师。小学时的王昌老师，后来还成了他的同事。王昌老师后来被调到县教育局办公室，做了局长秘书，也仍不忘和他谈文学、谈创作。初中的高德君老师，现在是区党校教研室主任；还有周日老师也给了他很多帮助。这几位老师的文学底蕴和素养都给了他很大的帮助。

1987年，程云海走上了教书育人的岗位。文学创作成了他最大的梦想。一次，他根据生活原型采写了一篇两千多字的人物通讯——《敢担风险的年轻人》。写完后，兜子一背，兴奋地骑着自行车，用了两个多小时到了位于沈阳市三经街的辽宁日报社，找到一位名叫赖增力的编辑帮他看稿。那位编辑大约三十岁，看了下稿子说："可用！"然后拿起笔便在稿子上勾勾画画起来。程云海的心在怦怦地跳着，每当编辑删去一个字，他的心都在滴着血，他时刻担心稿子被枪毙掉。最后那位编辑放下笔叹口气说："给你发个简讯吧，百八十字的。""什么？"程云海几乎不敢相信自己的耳朵。他一看，稿子改完后，除了题目和作者名字外，文字所剩无几。他心有不甘地说："赖编辑，要不我拿回去再补充完善一下吧？"

程云海闷闷不乐地骑车赶往沈阳北郊马三家镇范屯村，去村委会采访书记、村主任，采访当事人马云程，回去再修改提炼。几易其稿，他的处女作终于在《辽宁日报》上发表了，六元钱的稿费让他欣喜若狂，虽然文章距离纯文学还有一定距离，但这毕竟是他在文学路上收获的第一桶金，他要再鼓干劲，争取尽快写出一篇纯文学作品。

二十世纪九十年代初期，一股朦胧诗风席卷祖国大江南北，中学生、大学生诗情洋溢，才浪奔涌，一句句滚烫的诗行哲语荡涤着无数颗驿动的心。程云海也未能免俗地投入诗文爱好者的洪流中，被退稿多少次他记不清了，只记得最先收到的是从外地寄来的《儿童文学》的样刊，他的一首叫《乡村女教师》的诗歌被刊用了。兴奋激动之余，他对编辑产生由衷敬佩，不以名气大小做刊登稿件的标准，实在难得。翻翻目录，束沛德、樊发稼、沈虎根……与他同期发稿的不少人竟是国内知名的儿童文学前辈！责任编辑罗英，这个名字深深镌刻在他的脑海中。他不知罗老师是男是女，年长还是年轻，是位慈爱的长者还是惜才的青年？他心中猜度过多次，虽然没有通过信、打过电话，更不可能有机缘一见，却留下一份朦胧的美，一份真挚的情，一段温馨的记忆……

　　1996年，程云海受邀参加了文化部、全国总工会宣教文体部和共青团中央宣传部主办的"鲁迅杯"文学艺术作品大赛，喜获诗歌类一等奖，得到评委、著名词人乔羽的肯定，并在人民大会堂参加了颁奖仪式。时任全国人大常委会副委员长的王光英、布赫为他颁奖，颁奖仪式上了中央电视台《新闻联播》节目。《沈阳晚报》及时刊发了程云海诗作获全国大奖的消息。之后，他的文学作品如雨后春笋般出现，先后得到刘绍棠、袁鹰、铁凝、舒乙、黄世衡、程树榛、陈模等名家的关注和肯定，他创建的文学社团的学员们的作品也陆续发表或获奖，文学梦深深扎在他和孩子们的心中。

　　北京鲁迅文学院名家荟萃，二十世纪九十年代的院长是著名诗人贺敬之先生，常务副院长是当代新诗第一人雷抒雁先生。受孟翔勇老师之约，程云海领着少年作家班的几个孩子到了鲁迅文学院，接受专家们的辅导。浩然、曹文轩、樊发稼、毕淑敏、孙云晓等名家们欣喜地为孩子们讲课。当程云海走进雷抒雁老师的办公室，雷老师与他长谈了一个多小时，他把自己写好的几篇诗文拿给前辈看，雷抒雁老师细心指点，当即推荐他进青年作家班学习。临走时，雷抒雁老师为他题写了一句赠言："文学可以成为我们的精神家园！"

在那些很有影响的名家中，浩然老师给程云海留下了深刻的印象。程云海儿时曾看过由浩然的作品改编的连环画《艳阳天》和电影《金光大道》。此时浩然老师已经七十多岁，身体不佳，但在暑热难耐的阳光下仍坚持用颤抖的手给孩子们签名，微笑着和学员们合影。作家毕淑敏老师在鲁院小礼堂里生动活泼地讲述着自己的生活经历和创作心得，让孩子们在哈哈大笑之余，收获了无穷的创作乐趣……

鲁迅文学院的学习，给程云海留下了难忘的记忆，也为他的文学创作插上了一双有力的翅膀。他欣喜地看到，自己亲手培养出的一批批小作家，愉快地走进了大学校园和新的工作岗位，那一篇篇清新的文学作品透着丝丝花香，给人们送去了美的享受。

程云海陶醉了，他感到自己如在五彩的云里雾里飞翔，他看到自己一个个充满着追求的文学梦，也在飞着……

（刊于《作家天地》2016年第4期）

印山之美

也许是出生在山洼里的缘故,我平时就喜欢登山。登过"会当凌绝顶,一览众山小"的泰山,"春如梦、夏如滴、秋如醉、冬如玉"的庐山,"且持梦笔书奇景,日破云涛万里红"的黄山……登山可以领略风光,开阔视野,强身健体,培育性格。

坐落在我家乡王爷府镇锡伯河北岸的印山,一年四季登山的人络绎不绝。

印山如一道天然屏障,成了人们心中的一座丰碑,凸显着刚正不阿、威严肃穆的自然美。

登印山,柏山是必经之路,它与印山连绵接壤。站在柏山半腰处回头展望,能清楚看到建于清康熙十八年(1679)的喀喇沁亲王府。王府依山傍水,规模宏大,建筑群体与自然环境有机结合,别具民族风情和地域特色。距离王府两公里之遥的锡伯河对面,大山排成行,远处的丘陵高低有致,近处的层层叠叠。在阳光的照耀下,犹如大海掀动的波澜,呈现出密密匝匝的波峰浪谷。浪谷中,缥缈的云烟忽远忽近,若即若离。河岸边传说的十八罗汉神情庄重肃立成一排。弯弯曲曲清澈闪光的锡伯河如一条洁白的哈达,绕山缓缓流淌着。

印山虽然貌不惊人,却有着别样风情。看它顶峰错落的岩石，既不张牙舞爪，也不冷漠高傲，而是紧紧地拥抱在一起，就连岩石缝里长出的一丛丛树木都展示着团结和谐的姿态，真似一幅优美的画，一首深情的歌。

在印山的半山腰，我看到了一把形象逼真的石椅，椅子前是一方惟妙惟肖的方印。方印不偏不倚，在石台上展示着公正无私、正大光明的形象。

印山海拔不足千米。当我们行进在山腰的一片松林里，阵阵松涛像在鼓掌欢迎着我们，松树摇头，柏树招手，几只喜鹊鸣叫着飞来飞去，林子里一束束粉色的、黄色的、白色的小花竞相开放。印山储有价值不菲的萤石。萤石色彩鲜明，玲珑剔透，具有极高的工业和科研用途。有古人评价"非玉非金音韵清，不雕不刻胸怀透。甘心埋没苦终身，盛世搜罗谁肯漏"。

山虽无言，然非无声。行走在印山，我们还看到了沟岔里几户人家低矮的房舍，石墙石房的农家院，书写着山里人的幸福吉祥。早上七八点钟的阳光，暖暖地"踱"进家家户户，随着一声声鸡鸣狗叫，揉揉睡眼，看到冉冉升起的团团白烟已经缥缈于青山之间。随着红日渐渐升起，烟雾化成一片片紫色的云霞，慢慢远去……令人兴奋的是，在印山的沟底，有潺潺泉水在流淌，饮一口是那么甘甜。泉水如琼浆玉液从印山的胸腔和喉管里流淌出来，亮晶晶的，尽情地和石头嬉笑玩耍着。我喜欢"飞流直下三千尺，疑是银河落九天"的壮观，但更偏爱小溪这诗情画意的吟唱。

"横看成岭侧成峰，远近高低各不同"的印山像一部辞典，印着故乡小镇过去的人文地理，也印着今天发展的理念和精神。我读着它兴趣极浓，浮想联翩。虽然是座不会说话的石峰，但我知道它有无数个与江河共情、与大地相亲的故事。

（刊于《中国纪检监察报》2020 年 11 月 20 日）

风景这边独好

太阳就要落山了，街上行人的脚步比翻动着的书页还要快。由于在书店里没有买到王蒙先生的《这边风景》，我的心情很失落。看到路上行人匆忙的脚步，我觉得应该马上飞到北京或是上海的书店买回这本书才好。

公路上有些人为了和红绿灯争抢时间，脚步匆匆忙忙。忙乱中，我看到了一张熟悉的面孔，他和一个女人很守规矩且脚步沉稳地与我迎面擦过。红灯立刻让我停下前行的脚步回头张望。他一米八几的个子，秃头顶，那件白衬衫已经很不适合他那魁梧的身材了。和他说着话的是一个穿红格半袖的披肩发女人，个子也就一米六五左右，身材很苗条。

是他，走路很像。看着两人远去的背影，我从侧面的小路上悄悄赶了过去。他姓赵，叫赵什么来着？在飞快的回忆中，我挑选着最优的答案，可苦想了半天也没有想出他的名字。我害怕认错了人，只好收回了恋恋的眼神。

夏天，是百花盛开的浪漫季节。看来他们是在无事闲庭信步，两人手拉着手，笑容满面地说着话，似乎是在寻找着逝去的记忆，缓缓地行走在人行路上。

在这千百人注目的大街上行走，两人肯定是夫妻关系了，神态自然、和谐,我下意识判定着。我决定赶到商业大厦前去等候,因为那里是转弯通行的必经之路。我绞尽脑汁在苦想着他的名字,等待着他俩快一点到来。他似乎看到了前边有人在站着,只轻轻瞟了一眼便绕开走了。我忙上前拦了一把,很礼貌地问他:"您是赵先生吗?"他一愣,看看我又很快平和下来。他端详了我半天:"你是?""你好好想想吧。"我微笑地望着他说。他手扶着光亮的脑门思索地看着身旁的她,半分多钟后使劲拍了一下脑门说:"想起来了,你是不是工商局的王大哥?""哈哈,是的,是的,你到底想起来了。""我是赵玉树,那些年你可没少关照我。"我俩紧紧地握着手,几乎想把失联三十多年的话在这一刹那都说出来。她站在一边很惊喜地看着我俩。"您还记得雷厂长大年三十砸玻璃的那件事吗?"我有意提示他。"记得记得,那年的玻璃工艺改革很有成效,工人年三十晚上的电视节目都没有看,坚持加班生产,终于试产成功第一块玻璃,雷厂长一家人都到厂子庆贺去了,那可真是个沸腾之夜啊!"玉树说完忙向我介绍他身边的夫人小迟。圆脸柳叶眉的她很俊秀,热情中透着精干,笑声爽朗,笑得披肩发一抖一抖的,像是滚动着的波浪,一看就是一个很有个性的人。

见到玉树,了却了我三十多年的心愿。虽不是一母同胞,但我俩情深意长,胜过磕头兄弟。我说在我的心里一直思念着他、闫荣辉和闫荣民这三个人。赵玉树是从建筑公司走向玻璃厂的,从秘书干到副厂长,他积极改革旧的管理模式,使厂子扭亏为盈,是公认的"小神仙";闫荣辉是初中物理教师,他的课堂教学理论联系实际,攻克了一个个教学难题,被学生们称为"小诸葛";闫荣民出身富农家庭,可他敢于挑战自己,在"唯成分论"的年代,敢于和村党支部书记、革委会主任称兄道弟,娶了一位贫农的女儿为妻，被称为"小能人"。

三十多年的岁月沧桑在每个人的脸上刻下了一条条痕迹。我对玉树说："思念的滋味是最难受的。一晃三十多年毫无音信，我真想去中央电视台《等着你》栏目寻找你们了。""王大哥，你刚才说的闫荣民是当教师的那个吗？"玉树问我。"是啊，我俩是一个村的，关系很好。"他又一拍光亮的脑门说："你放心吧，远在天边，近在眼前。他的弟弟闫荣辉与我在一个单位工作呢，明天就让你见到他们哥俩。"玉树满是喜悦地和我说。

那天的晚饭我吃得特别香，尽管没有买到王蒙的《这边风景》，但明天就会见到一别三十多年的老朋友了。

第二天下午，赵玉树夫妇领着我们老两口，来到了距离我家不远的明珠花园小区，在一幢楼前停了下来。两对男女站成一排早就等候在楼下了。我认出来了，黄裙子旁边穿白衬衫的那位是闫荣民，高个女人右边穿黄半袖上衣的是闫荣辉。我忙跑上前握手问候。多年不见，真是岁月不饶人啊，闫家兄弟俩也已两鬓斑白，但精神不减当年，快乐和真诚不减当年。这次相见，我很是高兴。

闫荣民，大我几岁，我俩是一个村的。1971年至1973年，我们在生产队共同种过地，收过庄稼，感情很好，论辈分他叫我二舅。闫荣辉小我几岁，和荣民是亲兄弟。我和荣辉在一起教过书，他是我们乡中学赫赫有名的"小孔明"。

老友相见，话语就像放开闸门的洪水，滔滔不绝。晚上由我做东，大家一起聚餐。

一杯酒下肚，我看着玉树说："你年龄大，就先打个头阵吧。介绍介绍你们两口子的爱情故事吧！"玉树笑笑说："估计你们肯定能看出来我俩是谁追谁的。七十年代，我是村里的民兵连长，我们基干民兵每天夜里都要在村里站岗放哨。那时小迟是基干民兵，我俩是邻居。她一看我是连长，长得又很帅气，以后肯定会有大发展。于是就几次托介绍人上门提亲说要嫁给我。"玉树看着小迟嘿嘿地笑着。小迟脸色红润，看看玉树害羞地说："你可别往自己脸上抹粉了。那是一个夏天，我穿了一件粉色花格上衣，梳着披肩发去站岗。他是民兵连长，不时地巡回检查我们站岗放哨的情况。那个晚上天不算太热，月亮又圆又大。当他检查到我这里，问这问那总不愿离开，最后和我悄悄说了一句：'我最喜欢你的花格衣服和披肩发了。'当时我觉得很害羞，低下头不敢看他，生怕让别人看见。就从那天晚上之后，他对我就格外亲近了，连着两三天晚上值班都到我这来巡查，还替我站岗。后来我们结婚了，他出门总是给我买花格衣服和洗发水。他说油黑的披肩发下穿花格衣服特好看。就这样，为了他，我一年四季都梳着披肩发，穿着花格衣服。有时在农村干活身上出汗多，这样很不方便的。孩子问我，妈你都五十多了，怎么还梳着披肩发穿花格衣服呢？我只好笑笑应付，你爸说穿花格衣服显得年轻。"

　　轮到闫荣民上场了。他有意喝了口水，看看妻子小郭，很不好意思地说："那时我在他们村里教学，由于家庭出身不好，三十多岁还没有对象。当时大队书记和主任对我挺好的。提议我和山坡上一个姓郭的姑娘见见面。我一问，人家是贫农成分，而且小我几岁，肯定不愿跟我。有一天，她家的梨树开花了，我看到一个年轻女人下山来到井台挑水，我猜她肯定就是那个小郭了。于是我就大着胆子走了过去。她长得很不错，细高个，很白净。我说：'你是叫郭素兰吗？我是村学校代课的教师，姓闫，大队书记和主任让我来见见你。'她一听有些莫名其妙，脸一下子就红了。她问我找她有什么事吗，我只好说想到你们家看看去。她更有些不好意思了,水桶没打满水就走了。""是有这么回事。"荣民的妻子小郭开始讲述起来,"那时确实是大队书记和主任介绍的,荣民去过我们家两次。那会儿他是个代课教师,工资很少,父母不同意我嫁给一个成分不好的人。大队书记和主任去说了好几回。我看他个子又小又瘦,真的不太同意。一次我去井台打水,他正站在那儿。他帮我打了两桶水,非要帮我挑回家不可,我没有同意。后来,几乎每天太阳落山的时候,他都在井台边等着我。一次,他给了我一本书,说让我好好看看。等我回家打开书一看,里面夹着一张纸,上面写着四句话:'三间房子盖山坡,梨花灿烂蜜蜂多。一个仙女来打水,俩人井边把话说。'"小郭这么一说,我们全被逗笑了。荣民马上做了修改补充:"一个仙女来打水,俩人井台送秋波。"

闫荣辉听到前几位如此生动的叙述,便推让妻子小安先说。小安曾是一名纺织厂的工人,一米七五的个头,身材高挑,容貌端庄靓丽。她开口说道:"荣辉那时是个老师,是我弟弟的班主任。一次他去我们家做家访,我正好在家。他虽然在和我父母说我弟弟学习成绩的事,可眼神老是瞟着我。后来他就问我弟弟我在哪里工作。于是便开始给我写信。那时我每个星期六都要回家,他就推着辆自行车在上山的岔道口等着我,非让我坐他的自行车回家不可。那时我的体重比他重,十多里沙石路很不好走,我感到很不好意思。他却很热情,连着几个星期都在路口处接我。一次我没有回来,结果他一直等到天黑才回家。"我插话问荣辉说:"你是不是觉得女方的弟弟是你的学生,就觉得条件方便呀?""嘿嘿,她弟弟有时也悄悄告诉我,他姐姐回来了,要在家待三四天呢,于是我就找个由头到家里去看她。""那时我弟弟是他的通讯员,经常通风报信,他就以辅导我弟弟学习的名义,经常到我们家去。为了博得我父母的好感，那年端午节前的一天，天还不亮，他就骑着自行车，扛着锄头去给我们家耪地。等我父亲到地里一看，几亩地不知让谁给耪了。我妈说大黑天的，一定是别人耪错了，我和父亲说保证是荣辉干的。父亲点点头说也可能，地头还有自行车压的印儿。母亲用乞求的眼神看着我说，景艳啊，我看荣辉这孩子挺好的，你就答应了吧，要不今天敢给来耪地，明天就敢来家给起猪圈。"荣辉边听边一口口地吸着烟，亲昵地看着小安，双眼眯成了一条线，笑得是那么甜蜜、那么真诚。

酒桌上气氛活跃，大家端着酒杯，你看我，我看你，诉说着各自的生活，表达着朋友间的情谊。

该轮到我做介绍了，我刚要开口，妻子益云使了一个眼色给我，意思是让大家先猜测一下，我俩到底是谁先追谁……

(刊于《西部散文选刊》2022年第3期)

黑夜，我抓住了那束生命之光

腊月十八的清晨，一场大雪飘然而至。我正在家里吃饭，突然哥哥来电话说母亲病了，已经送到平庄矿务局医院了。我听后立刻丢下饭碗向局医院跑去。

一辆农用三轮汽车停在医院急诊室的门口，哥哥穿件黄大衣在车旁低头来回踱步。车厢里母亲的身上盖着一条落满了雪花的棉被和一件旧皮袄。我忙掀开被子的一角，只见母亲头上戴着一顶棉帽子，身子蜷曲侧躺着，两眼泪汪汪地呻吟着。

哥哥说母亲就是肚子疼，已经两天多了。

挂号，拍片，B超，心电图。我疯了一般楼上楼下跑着办理各种手续。十分钟不到，母亲便进了内一科的抢救室。

内一科的杨主任是个瘦高个儿，五十六七岁，戴一副黑边眼镜。他走到母亲的床前问了问都有哪些不舒服。母亲躺在床上很费力地抬起手指了指腹部。杨主任拿出听诊器在母亲的胸部和后背听了听，问哥哥母亲最近都吃了哪些食物。哥哥说就是前天午间吃了一个黏豆包。杨主任停了一会儿问母亲以前都有哪些患病经历。我说母亲从七十多岁后患过胃下垂，再就是患过肺炎，血压和肝脏、肾脏都很好，前一周才从本院的内二科回去。

母亲已经八十一岁高龄了，但身体很硬朗，耳不聋眼不花，平时在家里经常帮助嫂子做一些活计，特别是缝缝补补的。此外，母亲还做得一手剪纸活，而且功夫很好。一到中秋节和春节她就忙上了，院里院外挤满了来剪纸的人。母亲往炕上一坐，边剪边哼着曲儿。不一会儿，"连年有余（鱼）""二龙戏珠""狮子滚绣球""招财进宝"等就活灵活现地剪出来了。由于剪纸活做得好，针线活也很精美，因此村里人习惯称她"巧娘"。

母亲有副热心肠，乐善好施。生产队时期，男女社员总愿意和她分在一起干活，一是大家喜欢母亲的任劳任怨，从不投机取巧，宁可自己承担九十九，也不让别人多担一分忧；二是喜欢母亲的乐观。从早到晚，总是乐呵呵地想着别人，谁家有困难了，谁闹病了，谁家活计干不完了，总会看到她在场忙碌的身影。

近几年母亲由于患胃下垂，体重不足百斤。自从十多年前我因工作从老家搬进城里，母亲就越来越瘦。我问怎了，她说也不知道为什么就是心里老在惦念着我，有时夜里想得厉害了就坐起来打开窗帘看着天上的星星和月亮。哥哥说母亲一到周末就站在房后的高台处向公路方向瞭望，要是没见我回来，保证是饭不吃觉不睡的。

母亲是个大家闺秀，新中国成立前就进了我们王家。她一共生了三个孩子，我的姐姐因饥饿十二岁便去世了。姐姐后面的哥哥小时候因饥饿，骨瘦如柴，面黄肌瘦的，母亲怕他也保不住，便又生了我。我的乳名叫"铁柱"，是母亲给起的，意思是"铁铁地钉住不能走了"。小时候我非常喜欢听母亲呼唤自己的乳名，如出去玩耍没有回来，她就急忙拿个木棍或剪刀站在院门外那块大石头上喊我。母亲的声音悠长回荡，半个村子人都能听见。上小学时我已经有了大名，可母亲总还是喊着我的乳名，我参加工作有了孩子后，还时不时地唤着我的乳名，孩子们听后捂着嘴偷笑，他们劝奶奶说爸爸都是大人了就该叫大名了，母亲微微一笑说习惯成自然了，上嘴唇和下嘴唇一碰就喊出来了。看到母亲那张布满了风霜的脸，感受到她喊我乳名时的亲切，我的心里充满了愉快和幸福。

我曾和许多人说过，孩子有爸有妈就是幸福。我们所说的常回家看看，其实就是回去热热闹闹地晒晒幸福。我的家住在城里，离母亲有百里之遥。除了每月回家一两次外，我总还要把母亲接到城里小住上一段。母亲说我就像刚找到妈的孩子一样，吃饭守在跟前，睡觉睡在床边。我看着母亲那双慈祥温情的眼睛，感到有说不完的心里话。她抚摸着我的头，很疼爱地说："娘总算是沾光得济了，没白疼你一回啊！"我听后感到心里很热。看着母亲眼睛里就要流出来的泪花花，我想起了老实厚道的父亲，他要是健在，母亲有一个伴儿该多好！母亲对城里的生活很不习惯，说在农村老家进进出出帮谁干点活都方便，一到城里就别扭了，出屋进屋的还要换鞋，特别是大小便都要在屋里解决，有屎有尿也挤不出来。

母亲这次患病很严重。经过几天输液观察，病痛不但没有减轻，身体反而肿胀起来，一口东西都吃不下。母亲用颤抖的手拽着我说："儿子，你快救救娘吧，疼死我了。"看到母亲痛苦不堪的样子，我的心像拧着麻花般难受。

我又一次走进了杨主任的办公室。杨主任正在看书，他摆手让我坐下，很为难地说："现在输的液可都是二百多元一瓶的进口药啊。"我问母亲是不是有什么其他的病症，杨主任吸了口气，然后摘下眼镜不停地擦拭着，看着我想说什么但没有说出来。

等我回到病房，低头不语慢慢踱着步子的哥哥问我杨主任有什么说法，我说他好像很为难。哥哥看了看母亲的脸，呃了呃嘴，然后悄悄地把我拽到门外说：

"娘这病我看根本就不是简单的肚子疼，你想想看她肚子里要是有什么炎症这么输液也总该见效了吧？"

"本来她的胃就不好，怕凉怕硬，就不应当让她吃黏的。"我嗔怪地说。

过了不一会儿，哥哥很神秘地和我说出了事情的原委：

"腊月十五那天，天气很好，我和你嫂子正在院子里晾晒着玉米，突然看见大房边下的小房门开了，我们很奇怪，因为小房里放着母亲的寿材，那门是一年也不开一次的。你嫂子说肯定是有事儿了。"说到这里，哥哥点燃了一支烟像是在回忆着。

"你嫂子蹑手蹑脚进屋看看趴在炕头的娘，不知什么时候她移动到了炕尾，披头散发地坐起来，嘴里不知默默地说着什么。你嫂子很害怕地说，娘这回命很难保了，满脸是汗，不然你说小房门能无缘无故地打开吗？说着她哆哆嗦嗦地到仓房找出黄表纸递给我，让我快去找'狐仙姑'看看咋说。"

哥哥说"狐仙姑"很灵，大车小车经常停在门口请她看香。哥哥说他到"狐仙姑"家后，"狐仙姑"开门就问又是给你母亲来求香吧，哥哥点点头给了二十元钱，跪在地上烧纸上香，"狐仙姑"随后点上一支香烟吸了起来。不一会儿，便双目微闭，一腔南方口音唱上了。她右手反复地掐算着几个手指，叹了一口气，眼睛睁开翻了几下说："不用求了，你母亲的寿命到了，赶紧收工去吧。"

"狐仙姑"我在老家时就认识，姓范，五十岁出头，论辈分她还叫我叔叔，我和她的老公是初中同学。

"看香那玩意纯是迷信，你说有灵气，她男人上房干活摔坏了为啥还去医院治疗？她感冒发烧为啥也去药店买药？要是有仙丹妙药为啥自己不用啊?"我质疑道。

"可你嫂子也到'二仙哥'家看了,'二仙哥'也说母亲的寿命到了。"哥哥有理有据地说。

"你这人啊,年轻时不信神不信鬼的,现在老了老了怎么信起来了呢?"我不耐烦地对哥哥说。

"咱老家那有名的三个'仙家'都看过说不能治了,你咋不信呢。"哥哥的语气明显生硬了。

"那都是在骗人,你说回家养着去,我们可不能眼睁睁看着她在炕上疼死吧?"

"你这人就犟,你等着瞧,就是输上一大卡车的药也不会好转了。"哥哥说着大步流星地到床边拿他的衣服,看样子是要走。

"你不治我治,省得你今天神明天鬼的。"我的火气也一下子烧了起来。

哥哥真的走了,那时太阳已经落山了,外面很冷,刺骨的北风卷着地上的雪花不停地吼叫着。我感到很是过意不去,于是急忙追下楼去。可惜只看到哥哥弓着腰迎着强劲的北风,艰难地在雪地中行走的背影。

平时我很尊重哥哥,他大我八岁,已六十多了。他为了我们这个贫困的家连中学都没读完,十八岁就回村参加劳动,在生产队里当过多年的会计和队长,是我们家里的权威和支柱,我很珍惜我们兄弟之间的手足之情。

就在哥哥走的那天晚上,母亲的病情出现了异常。大约夜间两点多,输液还没有结束,我和东杰都挤在地上的一个长条椅子上休息。突然母亲"呼"地从床上坐了起来,十分恐惧地大声喊叫着:"蛇来了,快打啊,你们快来人啊!"我和东杰立刻被惊醒了。我急忙赶过去扶住紧缩成一团的母亲。我们以为真的有蛇来了,床上床下好一番检查,结果什么也没有。这时值班的护士也跑了过来。母亲还是很恐惧地指着那张长条椅子下喊叫着:"你们快看那些蛇,都在张着嘴要吃我呢,快打啊!你们为什么把我放在一堆乱石头上面不管啊?"我们又认真地看看长条椅子下,还是什么也没有。

那是一个不眠之夜。第二天一早,母亲的娘家侄子云秀和孙女高桂荣来了。当我把昨天夜里母亲看见蛇的事情说出后,他们感到很不正常。高桂荣说:"蛇是舍啊,那不是好兆头。"云秀哥说梦见蛇那是"二仙哥"来了,蛇张嘴那是在叹气,意思是这病没治了,劝我不要再花冤枉钱了。我很坦诚地说出了我的看法:"什么'狐仙姑''二仙哥'的,我统统不信。早晨我已经问了大夫,他们说母亲的喊叫是疼痛产生的幻觉,现在这病还没有完全确诊,哪怕是有万分之一的希望,我也要治疗下去。"

不一会儿,妻子和同族家的二嫂来了,云秀哥和桂荣很不好意思地走了。妻子看我一脸不高兴的样子,便使了一个眼色把我叫到一旁说:

"你也别太固执了,我看赶紧往家运吧。"

"为什么呢?"我不解地问。

"刚才她二娘我俩去找'黄大仙'看看,我点了半天香都没点着,人家说香不着就是一点希望都没有了,叫咱们赶紧收工回家。"

又是一个"赶紧收工"。我觉得就像一盆冷水从我头上泼了下来,心里凉飕飕的。

午间,我们刚刚用过饭,哥哥便急匆匆地赶来。他手里拿着棉帽子,脖领下的棉袄扣都没系。他很有气势地看了我一眼,进屋便把一个包裹扔在了母亲的床头下,便转身出去了。大家你瞅我我看你的,不知包裹里装的是什么。妻子忙走上前打开包裹,一看原来是母亲的一身寿衣,她两眼立刻落下泪来。因为寿衣是她一针一线亲手缝制的,凝结着婆媳之间几十年的深情,寿衣一穿上就意味着……

哥哥这次来,我有一种预感,料到他会和我大吵一场。

果真,他进屋后,用不容商量的口气说:"汽车一会儿就到,你们赶紧收拾,老家的人都等着看人活着回去呢。"

看样子不管我同不同意,哥哥都要将母亲接走了。为了不直接和哥哥发生口角,我有意给侄子东杰和侄女淑香使了一个眼色,示意他们劝阻一下。

此时,我的精神已彻底崩溃了,心里像有一堆乱麻在缠绕着。我在走廊的卫生间里偷偷地哭泣着,痛恨自己太无能了,连母亲一个肚子疼都医治不了,还叫什么儿子呀!

我一幕幕地回忆着母亲的过去,回忆着她在炎炎的烈日下带着我捋猪草,犯病了两条腿走不了路的样子;回忆着她帮着四娘和六嫂干活,人家请吃饭死活不去,而自己回家悄悄吃榆树叶子的场景;回忆着她喊我乳名的声音;回忆她拖着一双颤颤巍巍的小脚站在家门口盼着我回家的身影……

我感觉眼前漆黑一团。尽管大街上有明亮的灯光在照耀着,但我看见路是黑的,树是黑的,就连路边的雪都是黑色的。

那天我不知道是怎么失魂落魄地去街上游荡,又是怎么回的医院。等我回到母亲的病房后,看见妻子、侄女、女儿都在啼哭着。我看见母亲的鼻孔里插着管子。内二科的包主任在一边和哥哥说着什么,我很难过地和包主任握握手,他对我轻轻地说:

"老人家估计是由肺炎、心绞痛转化成隐藏性心梗了。"

"那检查不出来吗?"我问。

"年龄太大了,这病很难提前检查出来,从监测器记录数据看，病情非常严重。"

"求求你了包大夫，你看怎么办啊？"我有些惊慌失措。

"最好的办法是马上输入一百支尿肌酶来控制一下病情，可惜现在医院里没有，这种药并不贵，十多元钱一盒。"包主任用无奈的眼神看着我。

包主任是内二科的主治医师，四十刚到，前一周他还为母亲检查治疗过。这次是杨主任请他过来给母亲会诊的。

哥哥又一次地把我叫到一旁命令说："你啥也不要管了，我是哥哥，我看什么药也不要再买了，反正车来了，赶紧往家运吧。"

我的心已慌成一团，我恳求地看着哥哥说："反正是最后的一点希望了，哥，你就让我出去跑跑看吧。"

哥哥很不同意地白了我一眼说："你是不到黄河不死心啊！敢情躺在这里的不是你，你想怎么办就怎么办。"好在包主任为我解了围，把哥哥拽到医务办公室去了。

不管哥哥怎样，我已安排好让妻子、侄女和女儿寸步不离病床，坚决不能让哥哥把母亲运走。我和东杰立刻兵分两路买药。

寒冷的夜，我从医院里跑出去又跑了回来，想回去叮嘱点什么结果走错了楼层全忘记了。此刻，我已辨不清东南西北了，我不知道我应该最先走向哪里。

我的手机一次次响起，是侄子东杰打来的，他已经跑了几个药店，一点希望都没有。

时间一分一秒地过去，生存和死亡的距离越来越小，希望之光渐渐地暗淡下去。

焦急、恐惧、悔恨在一起缠绕着我，我汗流浃背地在大街上匆匆地奔走着。

我双手合十在慌乱地祷告着："苍天啊苍天，请保佑母亲。

她最疼爱的小孙子东辉在呼市读书就要回来了,能容一天让他回来见上奶奶一眼吗?"也许是母亲的善良有了回报,也许是我的虔诚感动了上帝,突然,我的手机响了,局医院的一位大夫告诉我说,他的一位朋友家里有这种药,叫我赶紧去取。

在漆黑寒冷的夜里,我风驰电掣地选近路越过一个个住宅小区,又攀过了数道高高的围墙,等我气喘吁吁地赶到一个住宅小区时,我的衣服上全是灰土,裤子已经跑开线了,皮鞋也被扎破了,两只手上黏糊糊的全是血。此时我根本顾不了颜面了,我看见唯一一家在亮着的灯光,心想那肯定就是希望之光了!我一步迈上两三个台阶,敲开了那家亮着灯光的门,女主人披着衣服从冰箱里拿出四十九支尿肌酶催我快走。悲喜交加的我再也控制不住泪水了,千恩万谢地向她鞠躬后,疯一样地喊叫着跑回了医院。

外面刺骨的寒风还在刮着。我欣喜若狂地跑回医院,我感觉我是带着希望之光和生命之光来的。我一把把擦拭着脸上流淌着的汗水,赶紧把药品交给了值班护士,感觉我已经为母亲捧回了生命的希望!

当我两脚刚一迈进病房的门口时,身上的热汗立刻退了。我清楚地看到母亲已经穿上了一身蓝色的寿衣安详地躺在床上,本来很瘦小的她变得又大又胖。妻子、侄女、女儿守在床边悲伤地擦着泪水。我以为母亲肯定是……等我走到跟前一看,母亲张着嘴,呼吸好半天才有一下,额头上渗出一层豆粒般的汗珠,又胖又亮的脸上几乎连一个皱纹都没有了。我轻轻地问妻子哥哥去哪了,她说哥哥到外面联系出租车去了,说车来马上就运走。

侄女和女儿看着我脸上的汗水和不停滴血的两只手,哭得更伤心了。她们说奶奶不行了,让她安详地休息吧。我泪如雨下地看着母亲,理解母亲勤劳了一辈子太累了,自从十九岁进入我们王家后,就手脚不停地劳作着,她上敬老下爱小,善良贤惠,任劳任怨。爷爷夸母亲的身子骨是用"宁叫身受苦,不叫脸发烧"的钢板构筑起来的,根本就不知道什么叫累。尽管母亲现在已八十高龄了,还是整天忙忙碌碌、热情周到地待人,无论谁求到她的跟前,都会不求回报地去帮忙。

医务人员紧急为母亲输下了药液后,静静地观察着。我心惊胆战地默数着时间,害怕哥哥一步闯进屋来拔掉输液管,抱起母亲就走;害怕母亲突然停止了呼吸,让我们永远也看不到她那张笑脸了……

站在母亲跟前,我伤心地哭着。我紧紧地拉着她的手和妻子说:"咱娘一辈子都很干净,你给娘好好梳梳头,再给她老人家洗洗脚吧,这是生我养我的妈啊!我们是最后一次行孝了,她养我一回,让她老人家干干净净地一路走好!"

五分、十分、二十分钟过去了,母亲还在睡着。突然我握着的她那双暖暖的手猛地抽动了一下,我以为是我的错觉,再后来我看到她的腿也动了一下,随后长长地呼出了一口气。

奇迹,奇迹终于出现了!我激动地喊了起来。就在这时哥哥回来了,我喊道:"哥啊,咱娘有救了!"

包主任说是药物起了作用,母亲的呼吸和脉搏开始恢复正常了。不一会儿,母亲睁开很疲劳的眼睛看着我,问她在哪躺着呢,我说你在医院里啊。母亲笑着说她正在做梦呢,梦见在一个大山上领着我捡柴火,我丢了,有人说我坐在一朵云彩上飞了,她着急地喊着我的乳名追逐着那朵云……

"这不是回光返照吧?"我悄悄地问哥哥。

"不像是。"哥哥很惊奇地注视着母亲说。

我的手机响了,是东杰打来的,我看了一下时间,已是凌晨三点四十了,他说在一家医院买到了一百支药品,二十分钟后就能赶到医院。

病房里的气氛立刻活跃了,母亲就像从另一个世界来的人一样,一会儿看看哥哥,一会儿看看我说:"真快啊,一晃来到年了,明天赶紧回家吧,我还有十几个窗花没给人家剪出来呢。"她叫着我的乳名说:"铁柱,今年你也回家过年吧,娘也给你剪几个窗花存起来,给重孙天天、天夫当个念想吧。"

我又一次听到母亲喊我的乳名了。我深情地握着她的手说:"好啊,娘,今年咱家的窗花你一定要多多地剪,剪一个春回大地,剪一个万象更新,再剪一个相信科学吧!"

屋子里的人都乐了。母亲看着一个个亲人站在跟前,脸上洋溢着灿烂之光、幸福之光……

(刊于《四川文学》2018 年第 4 期)

"坚净居"的魅力

2013年10月1日,我有幸到北京师范大学励耘红6号楼瞻仰启功先生的"坚净居"书屋,亲耳聆听章景怀先生讲述启功先生的故事。

章景怀先生是启功先生的内侄,因启功先生无儿无女,晚年生活起居全由他照料。热情善良的章景怀先生是个大高个,六十多岁,听说为了悉心照料启功先生的生活,已申请提前退休。笑容可掬的章先生告诉我说,2005年先生走后,为了尊重先生,保留他传统的文化风格,"坚净居"里的物品仍保持原样,没有做任何变动。

启功先生为什么将自己的书屋取名为"坚净居",自己叫"坚净翁"呢?章先生笑笑说,这源自启功先生收藏的一块清代流传下来的古砚,砚石后面刻着"一拳之石取其坚,一勺之水取其净"两行小字,先生看后非常欣赏,故将书屋命名为"坚净居",自称"坚净翁"。

"坚净居"书屋仅有18平方米。但屋内四周全是书架,里面的书籍琳琅满目,有存藏多年陈旧发黄的,也有近些年出版的浅黄色和淡白色的,如一层层斑驳的岩石。启功先生一幅尺余长的半身彩色照片摆放在右面书架前的办公桌上。看着老人家慈祥、亲切的微笑，我轻轻地走到跟前，虔诚地看着他，心里默默地说："启老，晚辈向您学艺取经来了。您为了育人，整整奋斗了93年，50多年在这间小屋里，一点一横打造着自己静气、正气、雅气、贵气，自然通达的书学思想，一撇一捺培养着自己学为人师的品格。因此，您的书法字迹修长、清秀，力透纸背，赏心悦目。您的绘画清雅俊秀，温润秀美。现在我已经62岁，退休了，但一想到您，我浑身充满了正能量，精神不减，情感不退，一定要在赤峰地区传承好您的精神，弘扬好您的文化，创办好以您的名字命名的赤峰启功书院。"老人家像是听见了我说的心里话，夕阳下，两眼笑眯眯地看着我，那笑容灿烂如霞。

通过瞻仰"坚净居"书屋我才知道，为迎接1985年9月10日第一个教师节，启功先生决定创作一幅《山涧竹石图》向全国的教育工作者表示祝贺。为完成这幅画坛巨作，先生整整用了一个暑假的时间。当时他家的居住环境和条件还很简陋，18平方米的书房，四周靠墙都是书柜，中间摆了一个只有1.4米×0.8米的写字台，丈二匹的宣纸都无法展开，先生在写字台的一头拼了一个折叠小方桌，才勉强展开丈二匹宣纸的一半。先生请一位学生帮忙，先把纸卷起一半，分段作画，着色后待晾干卷起来，再打开另一半接着画。如此画一画、晾一晾、停一停，持续了一个暑假，终于完成了这幅巨作。图中巨石岿然，瀑布倾泻，传承着源远流长的中国文化；新竹拔节，枝繁叶茂，象征着人民教师高洁无私的奉献精神。于是我感慨万千地坐在启功先生已经坐过多年的那把椅子上，轻轻地把启功先生那张印着北京师范大学"学为人师，行为世范"校训的照片放在我跟前，打开桌上那本《启功讲书法》，幸福地同老人家合影留念。

上午11时从章先生家里出来后，在绵绵的秋雨中，我感到周身的血液向外奔涌着、燃烧着。我想象着启功先生在书海般的"坚净居"书屋里,是如何写下《启功丛稿》《启功韵语》《启功絮语》《启功赘语》《论书绝句》和《论书札记》等鸿篇巨制的?那一本本著作,一篇篇书法、绘画凝结着老人家多少个日日夜夜的心血啊?1978年,先生66岁时自撰了《墓志铭》:"中学生,副教授,博不精,专不透,名虽扬,实不够,高不成,低不就……"那不朽的墨迹,每读完六个字,心里便收紧一次,越读越紧,待到读完,不禁潸然泪下。此刻,我似乎明白了启功先生为书屋取名"坚净居"的深意。坚者,代表着坚持、坚韧、坚决,是启功先生对事业一往无前追求的精神,是先生坚定做人的风骨;净者,代表着清洁、净心、纯净,表现了启功先生心地纯净,不掺杂质,正直立品,清白传家的高贵人格,体现了先生一生干干净净做人的道德修为。著名作家、原北京师范大学校长办公室主任侯刚先生告诉我说:"启先生虽九旬有余,但晚年意识非常清楚,他孩童般的气质,令人敬佩,谈吐之间流露着鲜明的是非标准,确实如水之净,着实让人感受到拳石之坚的品格。"

已79岁高龄的侯刚老人是启功先生的挚友,曾长期协助启功先生处理日常对外事务,接待来访求学者。启功先生去世之后,他任《启功全集》编辑委员会委员、出版委员会主任。那天侯老将中华书局2011年出版的《启功韵语精选》签名赠送于我,叮嘱我一定要好好学习领会,争取把赤峰启功书院办好。

2014年10月22日,在侯刚先生和卫兵先生的引领下,我又一次走进了启功先生的"坚净居"书屋。当时章景怀先生正在屋里会见客人。看见我们来了,他高兴地为我们沏茶倒水。他欣喜地告诉我说,在中国文联、教育部和北京师范大学的大力支持下,《启功》电影已经开始拍摄了,他和侯老已经去参加了几次会议。他指了指坐在身边的客人说，这位就是电影里启功书法的书写者——谭向彤先生。

为了不耽误大家的宝贵时间，我向章景怀先生和侯刚先生简要地汇报了赤峰启功书院一年来的工作，并将正式改版的几期《山河》杂志面呈给他们并请求指教。章先生一页一页地翻看着，十分感动地说："你们传承启功精神，弘扬启功文化，做了一件功德无量的事情，很感谢你们。"侯刚先生接着说："启功先生和赤峰有着一份特殊的情缘。赤峰二中的校名是启功先生亲笔题写的，乃林蒙古族实验中学的十六字校训也是启功先生亲笔题写的，还有赤峰汽车站的站名和赤峰工艺美术厂的厂名也是启先生题写的。"侯刚先生稍停顿了一会儿，深情地回忆说："那是1997年的冬天，乃林蒙古族实验中学的巴益尘校长带着一个人来找我，请求启功先生给题写'志存高远，自强不息，厚德博学，报国为民'的十六字校训。当时启功先生工作特别忙，可巴校长软磨硬泡说啥都不走。我一看两个人远隔千里顶风冒雪地来了，于是就答应了巴校长。我安抚他们先回家，等启先生题好字后我负责邮寄过去。几天后，启功先生的工作稍微轻松了一点，我便和启先生说了给赤峰巴校长题写校训的事情。启先生看了十六个字后很高兴。他说校训是一个学校的灵魂，培养人才，没有个训导和理念不行。于是，启先生找好纸墨回家就写。那天启先生早晨起来下楼锻炼可能衣服穿得有些单薄，当他上楼题写了八个字后，就感到身体不适住院了。等几天后出院，学校通知他要陪同乔石委员长出访日本。等启先生十多天后回来，仍对题写校训的事儿念念不忘，便挤时间写出了另外的八个字。"侯刚先生说到此，两眼已经流出了晶莹的泪水。他接着说，"这十六个字虽然是写给学校的，但先生也是行为世范的践行者。2005年启功先生去世后，柴剑虹先生和我之所以陪着章景怀先生亲自把启功先生心爱的帽子、眼镜、砚台、毛笔、铅笔、笔洗、笔筒等物品送到赤峰，赠送给赤峰市田家炳中学，其原因就是喀喇沁那块人杰地灵的地方，有着文化的传承，巴易尘校长就是一位有识之士。他多少年来坚持以文化人，以德育人，这是很了不起的事情。我们想在赤峰的锦山有一间'坚净居'才好，那是对启功先生最大的安慰。"

听侯刚先生说着，我的两眼已经湿润了。临别时，我整理了一下衣角，虔诚地走到启功先生的照片前，再一次把心里话告诉给他："启老，您的'正直立品，清白传家'我懂了。愿您的精神永在。在您的福照下，《山河》杂志像小鸟一样，已经飞到了美国、德国、新加坡等国家和港澳台地区。您放心，我们一定会好好办，培养更多的人读您的书，学习您的文化。坚持博学之、慎思之、明辨之、笃行之，以学益志，以学修身，以学增才，让您的根深深扎在我们内蒙古大草原，让'坚净居'温暖着赤峰的大地。"

侯刚先生紧紧地握住我的手，热泪盈眶地告诉我说："启功先生之所以被人尊敬仰慕，就是他一贯保持着平民本色，能以一种平视的态度去爱别人。我们一定要学习他广博精深贯通古今的治学精神；学习他因材施教循循善诱的名师风范；学习他豁达乐观淡泊名利的无私胸怀。"侯刚先生说着说着忙转过身去，擦拭着满脸的泪水。令我意想不到的是，侯刚先生代表北京师范大学，将在图书馆里珍藏多年的14本启功先生的著作赠送给了赤峰启功书院。章景怀先生深情地把1987年由启功先生亲笔签名盖章的《当代书法家精品选——启功卷》一书赠送给我，并与我合影留念。

春天来了,启功先生"坚净居"的那盆迎春花一定开放了。2015年1月24日,我第三次走进了启功先生的"坚净居"书屋。

　　屈指算来,启功先生离开我们有十年的时间了。十年间,有无数人在想念他,想念他的谦和、热情,想念他的善良、厚道。站在启功先生的照片前,我再次告诉他老人家:"启老,我是代表赤峰无数想念您的人来的。在纪念您逝世十周年的日子里,赤峰市教育系统40多万中小学生开展了读您的书、习练您的书法和绘画的活动。赤峰市教育局举办了全市首届校园读书节'启功杯'读书征文大赛。启老,您随我们一起回赤峰去看看吧!"

　　我向章景怀先生和侯刚先生汇报,赤峰启功书院从3月1日起,在全市中小学中开展一次"启功杯"千佳小读者读书征文大赛,并在7月召开大型座谈纪念活动,邀请全国有关人士参加。两位先生听后当即表态,春节过后,要安排专人到赤峰启功书院讲启功的故事,讲启功的书法。章先生还亲笔为我写了授权书,授权我编辑出版《启功文化在赤峰》一书。他负责联系电影《启功》7月在赤峰首映的事宜,以此感谢赤峰人民对启功文化的重视,并将启功先生办公桌前的照片和启功先生于1990年元旦书写的"水仙不负终宵冷,浓赠迎曦满室香"等两幅书法作品赠送给赤峰启功书院。

　　谭向彤先生将他在电影《启功》中书写的一幅书法赠送给赤峰启功书院。《启功全集》编委、《启功》电影编剧李强先生说:"启功先生是在我们师大工作,可赤峰启功书院十分重视弘扬文化传承精神这项工作,不但办起了刊物,还编写了《阅读启功》的文化读本,材料很全面,很新颖,这是很了不起的事情,我们一定要全力以赴帮助做好各项宣传工作。"

"坚净居"热了,一股股春潮在涌动着。听着专家学者们充满激情的话语,我激情澎湃,百感交集。我要说,感谢启功先生,是他的思想启迪了我们,是他的文化熏染了我们。我同大家紧紧地拥抱着,深感"坚净居"温暖无限。

(刊于《阳光》2019 年第 5 期)

文自心发构佳章

——读王天夫《读书，快乐一生》

我非常欣赏朱自清的散文，尤其喜欢他的《背影》一文。每每读之品之，总被文中诚挚真切的情感感染且泪水潸然，总被文中那平实朴素的语言打动而唇齿盈香。我一直喜欢那些感情真挚、语言朴实但意蕴丰富的作品。

赤峰市元宝山区平煤初级中学初二年级王天夫写的《读书，快乐一生》一文，窃以为是一篇朴实真挚不可多得的佳作。

构思精巧别致

文章开头引用高尔基的"书是人类进步的阶梯"这句耳熟能详的名言，自然引出自己"从开始不敢登台阶"，到"现在敢于登台阶且敢于四处遥望"，不仅得益于"书籍的力量"，还得益于"爷爷的引领"，由此自然而然地过渡到下文，以时间为经线，追溯自己的家风家训，继而写自己和姐姐如何在爷爷的引领和影响下，把"读书当作最大的乐事"而去博览群书的，使得文章自然顺畅，没有生涩之嫌。

文中多处运用照应笔法，把文章编织得细针密线，脉络清晰。譬如，写姐弟俩读书的过程，紧扣开头引用之句，"一步一个脚印，不畏艰辛，不怕曲折"地攀登"书"的"阶梯"；"我敢于搏风击雨，敢于乘风破浪"又与前文"开始不敢登台阶""敢于登台阶且敢于四处遥望"前呼后应；开头第二句"好书恰似一位睿智的长者，他引领着我们一步步向上攀登"与第二段中"除了感谢书籍的力量，还要感谢爷爷的引领"以及第四段"我的爷爷很爱读书，受他的影响，我和姐姐也很爱读书"遥相呼应。小作者目见全牛，精密布局，前呼后应，这样就形成"认识阶梯（读书爱好）—攀登阶梯（读书过程）—享受阶梯（读书境界）"的环环相扣，步步升温的层递式结构，使得整篇文章精妙别致，结构严谨，浑然一体。

情感诚挚真切

没有华丽的辞藻，没有张扬的描写，没有喷涌的抒情，但小作者用在感情的河流里浸泡过的语言，表达了自己最诚挚最真切最细腻的情感。

其一，对人的浓厚情感。

在文中，小作者提到的人物有高尔基、苏东坡、李白、屈原、王国维等古今中外的名人，也写到了爷爷和爷爷的爷爷，写到了爸爸妈妈和姐姐等家人。所提的名人都是大文豪、大诗人、大学者。他们的作品和人品都是流芳千古的，都是对后世影响巨大的。当然，也是小作者最敬仰最铭记于心的。能够准确并完整地写出名家的名字并引述他们的诗文名句，本身就是对名家的尊重。

在当今社会，青少年中不乏"追星族"，他们的心中之星是当今歌坛明星和影视明星。能够潜心读书，并将高尔基等名家当作心中之"星"而崇拜追逐——如本文小作者的青少年学子，是实属难能可贵的。对家人的描写简练而不简单，平淡而不平凡。对"爷爷的爷爷"着墨不多但蕴含真情。老祖宗的读书修养、教书育人，以及提出的"王氏家训"，都对后代子孙产生深远影响。不难看出，作为王氏后人的小作者的崇敬之情自豪之感是溢于字里行间的。爷爷是姐弟俩读书的"启蒙老师"，所以，作者用了较多篇幅写了爷爷怎样引领姐弟俩攀登阶梯，走上正确的读书和做人之路。从这段文字中，我们看到了作者对"恩师爷爷"和"睿智长者"发自肺腑的感恩之情。妈妈表扬"我"做事认真了，爸爸夸奖"我"说话流畅了，都显示出父母的舐犊情深和殷切希望。

通过文字，读者可以看到一个"书香世家"的风范，看到一个和谐之家、幸福之家，可以看到爷孙共读的温馨场景，可以听到琅琅书声和串串笑语。

其二，对书的浓郁情感。

"我和姐姐也很爱读书""现在我和姐姐都把读书当成最大的乐事""每当我翻看一本书品读，都感到周身的热血在奔涌着""早伴晨光起，夜游书梦甜"……对书的喜爱和痴迷之情跃然纸上，牵动着读者的眼和心一起游动，与作者一起浸染于书香墨韵之中。文中列出的书目和篇名，《大学》《中庸》《劝学》《谁是最可爱的人》《致橡树》《海燕》皆是古今中外文质兼美的经典名作，虽着墨不多，但体现出作者对经典作品的陶醉。

语言朴素自然

本文虽出自一位十四五岁的初中生之手，但语言极富表现力，具有明白、朴素的文风。对家人的叙写，对家境的介绍，对场景的描述，都使用平白的语言娓娓道来，让人倍感亲切自然。所做的比喻，诸如读书如"登台阶""好像在我眼前打开了一扇通往未知世界的窗户""像是在无际的天空中翱翔""读书成了我心中不响的时钟"都恰如其分而不过度张扬，都平实通俗而不晦涩难懂。

文中引述名人的诗文皆是普通读者所知所见的，不是故意炫耀，分寸掌握得恰到好处。

读罢此文，我记住了一个温馨和谐的书香世家，记住了一个快乐读书、幸福读书的阳光男孩。

(刊于《作文向导》2015年7—8月刊)

金山银山马鞍山

一场春雨过后,暖阳把大地晒得冒了烟儿,眨眼的工夫,山青了,树绿了,草长莺飞了。

阳光每天最早照射到海拔一千多米的马鞍山上,年年最先把五颜六色的景色赐予它,使自古就有古松、奇峰、云海、清泉"四绝"称谓的马鞍山更加多姿多彩。

追逐着蓝天和白云,我来到马鞍山村采访。

马鞍山位于大兴安岭和燕山山脉的交接地带,在七老图山脉东麓。连绵起伏的山脉,像群牛脊背,有阅不尽的历史,读不尽的文化,有着"塞外黄山"之美誉。史料记载:清康熙三十七年(1698)秋,康熙皇帝赴盛京拜谒祖陵,途经喀喇沁看到马鞍山的秀美景色,赋诗赞曰:"古木苍山路不穷,霜林飒沓响秋风。临流驻跸归营晚,坐看旌旗落日红。"

站在马鞍山顶俯瞰,我开心地对马鞍山村党支部书记刘少向说:"这一坡坡一岭岭树木,是昔日生态文明建设的见证。风过雨来,鸟鸣溪涧,一切都是生动鲜活的,如同一部历史巨著吸引着我们。"

刘书记伸手向山下一指说:"生态文明是马鞍山人的精神源泉,别看全村才20多平方公里,240多户,1100多口人,可生态文明建设70多年来一天也没停止过，尽管森林覆盖率已由最初的5%达到现在的90.2%，但我们还要继续努力。因为生态资源是振兴马鞍山的基础资源，打造青山绿水是我们永恒不变的主题。今年我们不仅要在山下建设一处人造公园和水上乐园，还要建设好集田园观光、休闲度假等多功能于一体，恬静自然的景观带，逐渐扩大'天然氧吧'的覆盖率。"说起"天然氧吧"，我突然想起村里的几个劳模，他们可是有功之臣，带领一辈辈人用汗水和坚持，织起了一片片绿色，我认为在"天然氧吧"里应给他们树起一座丰碑。

马鞍山村生产队长、共产党员刘玉是群众公认的愚公式人物。20世纪70年代，他为小碾子沟蓄水修坝立下了赫赫战功。第一次七八个人用了五六天的时间在沟塘垒起一座石坝，结果一场山洪袭来，石坝被冲得无影无踪。第二天，耐不住性子的刘玉，赶车拉石带领大伙垒坝到半夜，结果坝又被一场山洪给冲毁了。看着猖狂肆虐的山洪，刘玉的脖子暴起蚯蚓般的青筋，他跺着脚一拍胸脯说："来吧，老天在考验咱们，我就不信马鞍山人治理不了一个山洪！"他把上衣脱下一扔，跳进沟塘，命令大伙在山上安营扎寨，采取分段挖塘，前埋木桩后缚铁笼的办法，争分夺秒接着垒。

勇气，迸发出挑战自然的强大力量。在刘队长的带领下，个个无怨无悔，人人奋勇争先。一个民兵排长，一天搬动三百多块、总重量达两万多斤的石头，累得吐了血，住进了医院。可他人停岗不空，传话让妻子上山顶替他接着干。经过十几天的苦战，石坝终于垒成了，几场洪水过后，木桩、铁笼安然无恙。从此，马鞍山村浇地有了充足的水源，新栽的几百亩树木成活率达95%，有人给石坝取了个好听的名字：铁木护心坝。青年积极分子张国利,是个咬定青山不放松的棒小伙,常年带领村民治山治水。家里盖房子,一天工也没舍得耽误,打地基和垒墙的石头,全是他和妻子顶着星光披着月色从河套一点点捡回的。大年三十,家家贴对子蒸馒头,可他扛着的那杆"马鞍山基干民兵突击队"的红旗还在山头猎猎飘扬。大家挥锹舞镐,爬坡迈坎搬着一块块石头改河筑坝,人抬肩扛把一筐筐好土运到山上。树倒了,架起来;旱死了,重新栽。风沙弥漫,北风刺骨,他们咬着咸菜,啃着冰冻的窝头在山上过了大年。一秋加一冬,硬是刨坑植树五万多棵,搬石造田一千多亩。

困难只能吓倒懦夫,贫困唤醒了勇者的斗志。改革开放后,马鞍山人充分认识到,要想富,只有走生态文明建设之路,变单一粮食种植为发展产业经济,彻底改变"有冬天吃的,没有春天花的"贫困局面。村党支部根据马鞍山海拔高、土地沙化严重、无霜期短的特点,几次带领村民外出学习取经,最后将"双红双优"和"左右红"小颗粒山葡萄引进村里帮村民致富。

"啥'双红双优''左右红'啊,纯是糊弄人,马鞍山这里十年九旱,连土豆都长不起来,还能长葡萄?"

"我那几亩地宁可荒着,也不栽种那玩意。"

"我就三亩地,管它收成不收成的,先实验一把再说。"

"三四年才见效,时间太长了,我们可不能端着碗去要饭吃吧?"

好的思路,决定好的出路。村"两委"班子结合村民们的意见连夜召开会议,班子成员分头登门去做村民的思想工作。村党支部书记张国志在大喇叭上向村民做了保证:"如果谁栽种的葡萄失败了,我双倍赔偿他的经济损失。"于是,张书记带领着十几名党员率先上山进行栽种。有位老人一天去地里看三四次,怀疑山葡萄不能在沙土地上生根发芽。几位党员劝他赶紧回去建葡萄窖,秋天把葡萄储藏起来,肯定会卖个好价钱。

第二年谷雨一过,一架架山葡萄吐出了嫩嫩的绿叶,开出了香喷喷浅白色的小花,男女老少聚集在葡萄地里乐得合不拢嘴,嚼着甜酸的葡萄叶子美滋滋地谈论着。

高低错落的一坡坡山葡萄,如同绿色波浪,成了马鞍山一道靓丽的风景。中秋节还没到,南来北往的参观者络绎不绝。一串串晶莹剔透的山葡萄,色泽鲜艳,籽粒饱满,比玛瑙还好看。张国志书记和大伙说:"今年属于小年,明年的结果会更多。"经质检部门鉴定,"双红双优"和"左右红"两种山葡萄均无污染、无公害、色素浓、酸度高。喜讯经电视报纸一传播,海南、北京、哈尔滨、深圳等地客商纷至沓来,签订收购合同。村民们屈指一算,栽种山葡萄既省工又省时,一亩地收入4000多元,效益赛过种玉米的五六倍啊!几个反对种植的村民拍着脑门连喊后悔死。2019年春,全村山葡萄栽种由2200多亩增加到3500多亩。

村里几十个出外打工者,看到栽种葡萄发了财,不再外出了。村"两委"没有就此止步,积极帮助村民请专家找教授,对山葡萄进行深加工研究。一斤山葡萄卖2元钱,如果加工成葡萄酒,价格在12元以上。

共产党员张国志,坚信葡萄酒产业一定会成功的。他一次性投资500多万元,建储酒罐30多个,结果当年净收入300多万元。外地两家商户感到山葡萄酒是个新兴的绿色产业,在同类产品中,"双红双优"和"左右红"具有独特的口味,便投资兴建了"蒙野"和"蒙鸿"原汁葡萄酒厂,既解决了当地村民的就业，又优化了生态环境，"蒙野"和"蒙鸿"葡萄酒，像琼浆玉液般汩汩流淌进马鞍山人的心里。

刘少向书记高兴地告诉我，2019年7月15日，国家主席习近平视察完马鞍山国有林场后，来到了"一个党员，两个军人，三个民族，四世同堂"的劳动模范张国利家。总书记反复叮嘱随同的党员干部："全面建成小康社会，一个民族不能少；实现中华民族伟大复兴，一个民族也不能少。共产党说到就要做到，也一定能够做到。"

一沟沟一坡坡伟岸挺拔的松树、桦树、云杉、杨树富饶了马鞍山，代表了马鞍山人顽强的意志，纯洁的品格；一架架山葡萄，硕果累累，晶莹美丽，用宁静的姿态，展示着马鞍山人敢创业、创大业的精神；九曲十八弯的盘山公路，松柏常青，鲜花盛开，一辆辆来来往往的大车小车，如行驶在一条长长的黑色绸带上，书写着马鞍山人越是艰险越向前的气魄；碧波荡漾的马鞍山水库，倒映着一座座伟岸的青山，一艘艘小船游来荡去，彰显着马鞍山人幸福的生活图景……

时近中午，几个村民从水库打鱼回来，看我们在采访，热情地邀请我们用餐。一个青年小伙晃晃手中的鲤鱼说："原来葡萄汁能酿酒，现在葡萄籽也能榨酒了，吃一口马鞍山的鱼，再喝一口马鞍山的'人头马'，香着呢！"

几个村民你一言我一语地说开了：如今的马鞍山发生了翻天覆地的变化，就连空气都是清香的。生态立村、产业富村、旅游强村让我们的腰包鼓了起来。种葡萄、捡蘑菇、摘榛子、采野菜、捕鱼、挖中药是生态建设产业链带来的滚滚红利，让我们找到了脱贫的"发展源"，有了致富的"稳定器"，再不犯愁锅里没米，兜里没钱了。

看着满目青山绿水,游人络绎不绝,动与静织成多彩的四季,我感到了马鞍山人发自内心的骄傲,坚定不移走生态优先的发展道路,展现在马鞍山人面前的一定是更加美好的生活!

(刊于《神州》2020 年第 10 期)

命运命运

我是属蛇的，比中华人民共和国小了四岁。听母亲说我出生在新中国成立后政府分给的一个大院的西厢房里。由于缺粮少菜，母亲奶水不足，三岁多了我还不能站立，也不能清楚地说话。因此一位邻居嫂子便半开玩笑地叫我"笨蛇"。从此，"笨蛇"这个绰号便在村子里传开了。

那时家里很穷，我没有衣服穿，长期在炕上围着一条破被子。记得六岁那年夏季的一天，村里来了个算命的女人，五十多岁，偏瘦的身材，和母亲差不多。她坐在我家门前那棵大榆树下，母亲给了她一块菜干粮和一碗水，她便从身上掏出六个大铜钱，让光着屁股的我在地上摇了三次，然后看了看，又叹口气对母亲说："大妹子，别看孩子是个长流水命，但不太走字啊，长大后只能端个泥碗碗吃饭了！"言外之意，我一生就在农村吃苦受累了。那天母亲哭了半宿。第二天，我的脖子上便挂上了用红头绳穿着的那个女人卖给母亲的两个铜钱。

八岁上学时，父亲母亲为给我起名字产生了分歧。父亲说："要让他聪明点就叫王会明吧，也好冲冲笨气。"母亲看着父亲严肃的神情乞求道："孩子是笨点，可从小就很要强，还是叫王会强吧。"

上学的那天，我穿着母亲从舅舅家讨来的一身旧衣服，跟着低着头一句话也不说的父亲到了学校。不知父亲和老师说了什么，刘老师在发给我的新书上写上了"王会明"三个字。那时我笨得不会写字，几个老师手把手地教也写不好。但一听同伴叫我"笨蛇"很来气，眼睛瞪得圆圆的，使劲地攥着拳头发誓要聪明起来，认真学习。读完三年级要升四年级时，我的钢笔字已经写得很优美了，全班排名第一，读中学的哥哥看了我的字和磨粗了的手指，很是惊讶，便让我改名了。

1968年夏天，我家住进了三名解放军。一个戴眼镜姓方的胖指导员是吉林人，大学毕业后参军的。他比我大二十四岁，也是属蛇的。我问他命运是上天决定的吗，他摇摇头笑着说那是迷信。方指导员每天都要检查我的作业。他和我说，初中阶段学习很关键，一定要好好读书，记住，知识才能改变命运。他回部队那天，把自己很喜欢读的那本《烈火金刚》和一支心爱的钢笔留给了我。可惜我在上学，没能和他见上一面。

方指导员的话对我启发很大，我想他也是属蛇的，为什么能考上大学，还当上了军官呢？为了发奋读书，努力改变自己，我第一次写下了加入中国共产主义青年团的申请书。我在母亲给我做的一个双层书包里面的白布面上画了方指导员给我的那支钢笔。笔尖长长的，我决心用这支笔写出最新最美的文字，看看笨蛇的命运能否改变。

那时全校学生就我一个人订阅了《中国青年报》，用的是母亲让我买鞋的五元钱。一篇报纸，我反反复复地读，其中陀思妥耶夫斯基"只要有坚强的意志力，就自然而然地会有能耐机灵和知识"这句话，让我感动得掉了眼泪，觉得这句话像一盏灯为我指明了前进的方向。于是，我立即装订了两个厚厚的笔记本，一本专门抄录名人名言,一本粘贴从报纸上剪下的一些精美文章。有人问我想当作家吗,还有人叫我王编辑。其实,我完全感觉到,那些话是在不轻不重地讽刺敲打我。

种子如果不经过从泥土中挣扎奋斗的过程,就永远不能发芽;人如果不经"雨雪冰寒、凄风苦难"就无法达到理想的彼岸。升入高中,我有了很多梦想,想当一名解放军战士保家卫国,也想当一名作家写人间沧桑。

在梦想的驱使下,经过两年时间的努力,我感到自己的学习有了很大的进步,特别是语文成绩上升明显,再不用发愁语言贫乏写不出作文来了。教语文的朱月明老师和我说,你进步很快,像是变了个人一样。母亲和我说,村里人都夸你有出息,说话办事一点也不笨。

就是这个"笨"字,给我插上了腾飞的翅膀。高中毕业后,学校第一个推荐我当中学代课教师。在舒适的环境里,我起早贪黑地读书写作。我想我生在新社会,长在红旗下,一定要早日加入中国共产党。我给自己起了个"文峰"的笔名。我的理想是,不管千难万险,一定要让写作改变自己的命运,我这条七月的笨蛇一定要攀登到文化的高峰上去。

我把身边最受感动的人和事,写成一篇篇诗歌、散文、小说和报告文学。几年的时间,我从内蒙古写到黑龙江,从山东写到北京,二百多篇作品凝聚着我的智慧和汗水,我相继出版了《在事业的坐标上》《使命的回声》两本报告文学集和《情》《心思絮语》《放飞梦想》三本散文集。我做梦都没想到我的作品竟能登上国家级报纸和期刊,还荣幸地接到请柬去北京人民大会堂和香港会展中心领奖。母亲看着请柬和父亲说:"人真不可貌相。我一根肠子生的两个儿子,最不起眼的笨蛇却会飞了,还能把文章写到海外去!"父亲笑笑说:"驴粪蛋也有发烧的时候啊!"

　　会写作,感谢母亲给我积淀了爱的素材,父母的爱锻造了我顽强拼搏的性格。记得我十二岁那年夏天的一个上午,因在坟地旁割草,大腿被两条蛇咬了。午间,被咬的腿肿得又粗又亮,满身起了一层绿豆粒般大小的红疙瘩。那会儿可把母亲吓坏了,走村串巷去讨偏方。有人说,蛇有仙气,催母亲赶紧去我割草的地方请愿上香念叨念叨。母亲胆子很小,下了几次狠心也没敢去坟地,便领着我在我家房后的道口处点燃了一炷香,手搭凉棚望着坟地,一遍遍喊着我的乳名。她那喊声撕心裂肺,像是要把我从死亡的地缝里拽出来。母亲孤零零的身影站在夕阳下,让我泪流满面。一天,家里来了个操着山东口音,六十多岁小个子的盲人先生,母亲给他两元钱,让给我算算命。先生问了我的出生地、属相和年龄,又摸摸我的十个手指说:"孩子要是出生在东厢房可就好了,能吃一辈子官饭。"母亲忙问:"你看能有什么法子破吗?"他摇了半天头,等掐算完几个手指后说:"要不,你再给我两元钱,让孩子在营子里认个属龙的干妈吧,不然这辈子只能当个木匠铁匠的!"母亲听了很高兴,忙从兜里掏出两元钱塞给他。

　　五十多年过去了,性格刚强的我高低没有去认过一个干妈,一天木匠和铁匠也没有当过,倒是有人要认我为干爹,被我回绝了。到今天我始终在思考"命运"这两个字究竟是云还是雾,我真想写一篇文章——《致命运的一封信》。我觉得世界上每个人的成长历程都不一样,有人说命运好是苍天给的,有人说命运差怨恨苍天,我敢说苍天根本不是命运的主宰者,命运是由自己心态决定的。

　　在不忘初心,放飞梦想的心态驱使下,我手不停、脚不歇争分夺秒地与命运挑战着。我认为前进的道路是没有终点的,过程肯定有坎坷和荆棘，必须发扬"绳锯木断，水滴石穿"的精神才行。2016年，我的散文《家风这面镜子》获得第七届冰心散文奖后，我又反复深入生活采访，写出了《阅读启功》和《那些年阳光温暖》两本书。

遗憾的是父亲和母亲都走了，那个方指导员也不知去哪了。如果他们都健在，我一定会拿着我的一个个毕业证书和获奖证书告诉他们："世上本无上天主宰命运一说，命运掌握在自己手中。我虽出生在七月，是一条'笨蛇'，但不忘初心，不断爬行才是我的本能。"我相信：锲而舍之，朽木不折；锲而不舍，金石可镂。知识改变命运，奋斗成就人生！

（刊于《辽宁青年》2019年第7—8期合刊）

南山飘来那朵云

　　回到老家了，我很高兴。以前外出，总愿将当地有点特色的产品大包小包地带回家，哪怕是一个小艺术品或是一件衣服，既有欣赏价值，又能令大人和孩子高兴。而这次回家，是回最原始的老家，想把许多许多的好东西带上慰问慰问亲人们。经过反复思考掂量，最后决定带上几本《王氏家谱》回去。

　　时光已过去二百八十多年了，老家人从没有与我们联系过。这次我回去面见的亲人们不但我不认识，就连我父亲的父亲、爷爷的父亲也没有见过。记得在我读小学一年级的时候，父亲就用手指着正南方向蓝莹莹的一座高山告诉我说："我们的祖籍在南山南那边，那里有个河南省彰德府武安县王家庄。"我不解地问："那我们为什么来这里居住啊？"父亲说："老家的人可多了，我们和那边瓜是一条蔓，树是一条根。"后来我长大了，总是对南山南那个方向朝思暮想，想念着老家的亲人们。为了加深记忆，我和族中的几个小朋友还编了一首顺口溜传唱着："我的老家在河南，河南有个武安县，武安县南山南，王家庄人一大片。"

　　在我的记忆中，我们家族每年一到农历腊月二十九这天下午，就要开始请家堂。家堂是在一张大厚纸上画许多好看的图案，图案两边是一副对联，上联是：忠厚传家远，下联是：诗书继世长。家堂的中心画着很多小格子,格子里密密麻麻地写着族中去世人的名字。等下午太阳一落山,族中的大人孩子都要去家堂祭奠。家堂设在二哥王会卿家的正房屋,凡是来家堂祭奠的人都要肃穆庄重地站在家堂前,由一位老人指挥着按辈分排列上香磕头。等全部磕完头后,户族中有文化的长者,便按着家堂上每一辈人名字的顺序开始向年轻人讲述起我们家族的发展史。对家族史掌握最清楚的有两个人,一个是我的十叔王佩朝,另一个就是我的堂兄王会卿了。据说1738年河南省武安县王家庄患洪灾,房屋和土地被洪水淹没了很多,王家第五世的祖爷爷王玉和祖奶奶等领着儿子和侄子,挑着竹筐逃荒到了河南省的南阳县。

南阳古代称谓宛,地处伏牛山以南,汉水以北,丘陵和山脉较多,奇峰竞秀,水草丰美,有着"青山绕北郭,白水绕东城"之美誉。一年后,生活刚刚要安稳下来,结果南阳出现了蝗灾,蝗虫多得几乎能把天空遮住,庄稼被吃得连叶子都没了。祖爷爷和祖奶奶四口人为逃命,便随着讨饭的人流到了山东省济南府。可不幸的是,在济南府的一个农贸市场里,祖爷爷和祖奶奶讨饭走散了,祖奶奶领着两个孩子在市场门口苦苦等了两天两夜,也没有见到祖爷爷的身影。没办法,祖奶奶含着眼泪挑着竹筐领着两个孩子,一步一回头到了如今我们居住的麒麟山脚下安家落户。

祖奶奶大高个,长得漂亮,乐于助人,一说话笑声朗朗,白皙的脸上泛起一块块红晕,时间一长,人们便热情地叫她"彩云"。那时她带着两个孩子居住在地窨子里,饥一顿饱一顿。铺的是一条捡来的破口袋,盖的是一个草帘子。每到夜半三更时,祖奶奶就悲伤地抱起两个孩子看着南山南的方向念叨:"男人孝,女人贤,兄弟和,姐妹团,是我们王家流传下来的家风。你们千万不要忘记，我们的老家在河南省武安县的王家庄，高山下石板房，核桃柿子满山岗，小米好花椒香，男人女人一大帮呀！"

祖奶奶把话一遍遍说给儿子王庭桂，王庭桂后来又一遍遍把话传给了他的儿子王元臣，王元臣后来又一遍遍地把话传给了他的儿子王登甲……就这样，祖奶奶"彩云"的话一直传了二百八十多年，十三代八百多口人都知道武安县的王家庄是自己的祖籍之地、血脉之根。

在我读高中的那年，曾问过一位教我们地理课的河南籍老师李运昌，是否对武安县熟悉。李老师说武安县地处太行山隆起与华北平原沉降带的接合部，1961年就划归河北省邯郸市管辖了，是一个矿产丰富的工业县城，距离他家不远的。那时我就下决心好好读书，等寒暑假一定跟着李老师回老家去看看，哪怕是住上一两天呢。由于思乡心切，我积攒下几十封写给老家人的信，想让李老师给带回去。每年的春来秋往，我都一分分一角角地攒着钱，也多次做过乘火车飞机回老家的梦，可等醒来一步也没有走出去，于是便紧紧攥起拳头，满含泪水地背诵起明代诗人袁凯的诗句："江水三千里，家书十五行。行行无别语，只道早还乡。"发誓非回老家去看看不可。

1983年3月，在去云南个旧开会的途中，火车在邯郸车站临时停车十分钟。我便激动地走下车要看看邯郸城的样子。我问铁路的值班人员，这里距离武安县王家庄有多远，他笑笑说他就是武安的，也姓王，王家庄在一个山里面，整个庄子的人全姓王。

王家庄，我整整思念了六十多个春秋啊！这次我之所以要带上几本《王氏家谱》和几块石头回老家，有两个用意：一是《王氏家谱》记载着我们十三代人二百八十多年发展的艰辛历程和岁月的沧桑；二是巴林石属于内蒙古的特色，香港和澳门回归时，官方曾把它作为上等礼品。我想让河北和内蒙古两地亲人的友谊坚如磐石，让世世代代把家风家训传承下去。

2018年9月16日，我和夫人在邢台参加完《散文百家》创刊三十周年座谈会后，要去武安县王家庄寻根问祖。经过一番联系，王艳兵、张晶晶夫妇前来邢台迎接我们回家。他们四十多岁，很亲切。他们说为了和亲人相见，庄里的族人们已经召开了会议，详细安排了接待方案，要充分体现出一家人回忆历史、话说今天的热情、隆重的氛围来。果然，当我们赶到王家庄时，大人和孩子几十人聚集在挂着横幅标语的村部门口等待着，有几位九十多岁的长者已经驼着背白发苍苍。下车后，我们笑着哭着，紧紧地握手拥抱着。在王家庄村部举行的欢迎仪式上，王家第十五代人、原邯郸学院党委书记王韩锁说："亲人来了，喜事幸事。"大家的首次会见，不但体现着家的情怀，更体现着国的兴旺。第十六代人、现任王家庄村党支部书记王士琪说："是你们一本《王氏家谱》在网上刊登后，才把我们的血脉接通上，让我们看到'善为本，孝为先，德为高，和为贵，坦荡做人，宁折不弯'的祖训至今没有变，让我们看到了那里王家人的风范。如今咱王家庄这几十户人家生活富裕了，一多半房舍是二层小楼，家家都有了小汽车、摩托车。多年来从王家庄走出去的大学生、研究生和博士生有几十人，但不管走到哪儿，遵家风守家训，正直义气，坦荡做人的品格没有改变。"

说起王家人正直义气的性格，还真有一个个讲也讲不完的故事。听父亲说在我们喀喇沁旗炒米房村里，王家户族有30多户120多口人，但不是一个家族的也有几家王姓的，他们的祖籍有山东的，有山西的。不知从什么时候起，外面十里八村的人称我们为"河南王"，后来也不知为什么，又有了"河南王宁折不弯弯"的评价,说儿子娶媳妇、女儿嫁男人,"河南王"信得过,女人善良贤惠过日子,男人正直孝顺靠得住。父亲常说,有一年,日本人在我们村子驻扎了半个多月。不准百姓上山砍柴,不准吃井水。我的一个太爷爷和村里的几个外姓人气愤地把日本人的马腿打断,又偷偷地把汽车轮胎放了气。等日本人把他们抓起来审问时,太爷爷光着膀子用手一拍胸脯说:"事情是我和弟弟干的,先把他们几个放了,要杀要剐和我们'河南王'来!"

金秋时节,一个个关于王氏的故事比树上的核桃和红柿子还多,比树上的花椒还香。回到阔别多年的祖籍地,感到山美水美人更美。老家人纷纷站在刻写着"王家庄村"四个大字的村碑前与我和妻子合影留念。晚上坐在自家人的院子里,品着美酒佳肴,仰望着天空那轮明月,我们似乎看到,唐朝诗人李白那句"今人不见古时月,今月曾经照古人"的诗句就写在月亮上,祖奶奶留给我们的读着朗朗上口的家风和家训,像一朵朵彩云在月亮前飘着……

(刊于《中国散文》2019年春季卷)

水比蜜甜

一场秋雨过后，三面环山的狮子沟层林尽染，顺沟新建的水泥路像一条飘动的银色丝带，将南山和北山分隔开。两边山梁上一坡一岭绿油油的松树，橘黄色的杨树和紫红色的杏树多姿多彩，层层梯田波浪翻滚，如诗如画……

狮子沟村，位于内蒙古自治区喀喇沁旗西部一个山区。听说我要来了解脱贫和乡村振兴工作，村党支部书记刘文热情地把我领进村部。今年60出头的刘书记是土生土长的狮子沟人，对这片土地有着深厚的感情。讲起村子的变化，他如数家珍：旧房舍变新楼房，种植业兴旺了，养殖业发展了，束缚狮子沟村经济发展的"密码"解开了……

"密码?"我和许多人一样，眼神里充满好奇。

刘书记似乎看出了我的疑问，他笑了笑，拉着我坐下翻书一样回忆起往事："狮子沟原来是秃山荒岭，只有两户人家，连一口水井都没有，只靠山崖缝隙流淌的细水过活。"说到这，刘书记站起身指着村部院里的一口水井说，"看，好多年前，村里花钱打的，结果一点水也没见。"他叹了口气说，"这里常年缺水，全营子有两个水窖，人们平时就把山涧水存储到水窖里，夏天一干旱，山涧水不流了，村子像供血不足一样。到了春天，谷子高粱不敢种，只能种点早熟玉米和土豆。每家壮劳力起早贪黑，人抬肩扛把水从远处运进地里，用最古老的'坐水点种'法，埋下种子浇点水，一埯埯、一垄垄，用汗珠子浇灌着田地，期盼有个好收成。水利部门多次来打井，可打出的水要么像漂白粉水一样浑浊，要么一股一股少得可怜。"

"水窖在哪儿，带我去看看好吗？"

刘书记点点头，说："路不好走，开车去吧。"

车子在布满碎石的沟床里颠簸行进，绕过一座山梁，便拐弯向一座山下高坡处行驶。半小时后，车子在一个平台处停了下来。一眼土井刻着时光的印痕，周围杂草丛生。"这眼井有几十年了，当时打井队打了40多米便打不动了，地表水冒出不到半尺深。人们便把井口扩大，用地表水和雨水解燃眉之急。"说着，刘书记带我到了狮子头状的山崖下。水窖在一间低矮的旧房里，走近一看，果真，山崖缝隙里有水滴出，发出叮咚叮咚清脆的响声。

"是矿泉水啊。"掬一捧放入口中，感到清凉透心。

"全村千余口人，全靠这点水呢。每天限量供应。"

说话间，一个身材魁梧的中年男人来到我们跟前。刘书记开玩笑说："他是寇文海，原来是贫困户，如今是'牛银行'的行长了。"老寇腼腆地一笑，说："啥行长呀，就是个养牛的。"他坦诚地说牛吃得多喝得多，几年的时间，他和儿子两家的牛发展到40多头，这要是没有水，脱贫就是个梦。

旗纪委监委扶贫队员在2016年登记造册中发现，狮子沟全村800多户，其中搬走的有300多户，贫困户有近200户……狮子沟村要摘掉贫困帽子，重中之重还是要解决水的问题。有了水，发展养殖业，可就地解决人员就业；粪肥多了地能增产；牛羊肉多了，可创造经济价值，变"输血"为"造血"。

一连半个多月，扶贫队员带着狮子沟村的地质资料，跑遍周边各地市，请水利和地质专家联合把脉。根据狮子沟村的土层结构，找水如同"蜀道之难，难于上青天"。经过反复论证，最佳方案是采用新型钻头，岩石以上打小口径浅水井吸收地表水。

说干就干。村里立即组建工作队，专门负责打井找水。

唐家营子位于狮子沟村的最高处，家家户户每天要下山背水。这次听说打井，有的村民自掏腰包也要试一把。当一家钻井队来到村里后，村民王景全第一个报名在自己家试打井。结果钻头下到 30 多米处就不动了，抽出的泥浆像红高粱米粥一样，钻头当场报废。

一次不成换地方再打。经过 5 次调整位置，14 次更换钻头，四天四夜，钻机打到 62 米处终于见到了水。村民们你争我抢喝着清凉凉甜丝丝的泉水，都激动地哭了。

趁热打铁，扶贫队员把打井队领到另外两个村民组，扶贫队员日夜跟班，爬坡迈坎测量设计。半个月后，两眼水井相继出水。从此，狮子沟村结束了没有一亩水浇地的历史。

水是生命之源。有了水，狮子沟村的变化立竿见影。

地里庄稼长势旺，园子里蔬菜多，就连人们身上穿的衣服也花样翻新。200 多户村民的土地进行了流转，150 多户搞起了养殖业……家乡的变化日新月异，外出打工村民纷纷回乡，投资建起蔬菜保鲜库、鸡鸭养殖场。因水而兴的狮子沟享受着润泽带来的福利，但村民们并没有忘记曾经的苦日子，大家深深懂得，只有珍惜水、爱护水，才能让这来之不易的幸福泉水永不停歇。山青了，树绿了，路通了，地肥了，如今的狮子沟充满了生机活力，是政策的活水让村民连年丰收。这水啊，比蜜甜。

（刊于《中国纪检监察报》2021年1月29日）

"百合花"往事

一天,见到单位同事领着她二十一岁的儿子上街,小伙长得很精神很有气质,大学毕业后直接在沈阳参军入伍。当我问及军营生活时,小伙很是抱怨地说在营部当通讯员,太苦太累了,整天写材料、送材料,见着人连说话的机会都没有。我说这事好办,你抽时间读读《百合花》这篇小说就感觉不到累了,小说里的那个通讯员仅比你小两岁,但很有性格。

《百合花》这篇小说我在中学读书时就学习过,至今几十年过去了仍百读不厌。这是一篇燃烧着灵魂的作品。年仅十九岁的小通讯员,在战火纷飞的年代,冒着生命危险在前线传递战报。由于包扎所条件艰苦,缺少被子,结果他向新媳妇借被子时,新媳妇没有把被子借给他,这让他感到委屈和不服,怪新媳妇"死封建"。从他不多的话语和行动中可以看出他的耿直爽快以及淳朴、善良和单纯的性格。作者极力渲染稚气未脱的小通讯员在女性的"我"以及新媳妇面前的腼腆、羞涩、扭捏等可爱的性格,不惜笔墨地描摹才过门三天的新媳妇给牺牲后的小战士擦洗伤口、织补衣服的那些细节,把新媳妇对小战士的内疚、崇敬等难以言说的复杂情感含蓄地表达出来,特别是才结婚三天的她将那条枣红底色上洒满白色百合花的被子,盖在这位年轻人的脸上时,给人留下了深刻的印象。小说委婉地谱写了一支"没有爱情的爱情牧歌",因此,茅盾先生称赞《百合花》在艺术探索上带有突破性的历史意义。

我对茹志鹃老师的认识,就始于《百合花》这篇小说。每读完一遍都有陶醉之感。1983年3月,我的短篇小说《绝路逢生》在云南发表,正巧,茹志鹃老师也在云南。见到她的第一眼,我就像看到了清新、俊逸的百合花。那次她是专门来参加我们的文学盛会的。她中等个子,身材偏瘦,戴着一副眼镜,穿一件蛋黄色的上衣。她的女儿王安忆,个子比母亲略高一些,俊秀洒脱,穿着一件雪白的上衣,充满着活力。我知道,茹志鹃1925年生于上海。童年和少年对她来说,没有欢乐可言。直到参加了新四军,她才情不自禁地执笔写作。她是一名新中国的歌手,她的作品是一曲曲光明的颂歌。是革命战斗生活,赋予她一双独特的眼睛。她深有体会地说:"我就是带着这双眼睛去看我周围的生活的。这是一双带着幸福的微笑,非常单纯的、热情的、信赖的眼睛。"

那次,我作为内蒙古青年作家的唯一代表参加了会议。能见到茹志鹃老师,并亲耳聆听她的讲学感到万分荣幸。那天我坐在会议报告厅的第三排,刚开始时听讲话似懂非懂。但随着那热情有趣的讲解便渐渐明白了。我详细记录着茹志鹃老师讲过的每一句话。讲学中,茹老师大都以真人真事为背景,语言具有色彩柔和、情调优美的独特风格。她善于截取日常生活片段,对人物心理活动的刻画细致入微,犹如一支支动人的抒情曲。由于我对《百合花》这篇小说特别钟情,十分盼望茹老师能谈一谈整篇小说的构思和创作过程。在文学创作上我只是刚刚起步,如何采访,如何把握材料还是个小学生。可她在讲学中对《百合花》创作的过程涉及并不多，大都是对一些作品的分析和评论。她亲切地叮嘱我们："读一篇好的作品，犹如品尝一杯美酒。一篇好的作品必须吸引人、感动人。如果一篇小说读上一千字还没被吸引住，那就是写作的失败啊！"

活泼、伶俐的王安忆老师，是上海《儿童时代》的编辑。会议上我们的座位都在同一排，且距离很近，就因为我和王安忆老师是同姓，她热情地叫我"内蒙古王大哥"。会下我和来自安徽大学的钞金萍、新疆建设兵团的戴士喜、南京军区的葛德勤纷纷同王安忆老师一起探讨交流、合影留念。

王安忆老师仅比我小一岁，是一位很年轻、很高产的作家。1970年初中毕业就去安徽农村插队了。平时很注意观察生活的她，在积累了大量的创作素材后，1976年便发表了散文处女作《向前进》，1978年发表了小说处女作《平原上》。当我问及是什么力量使她创作出了那么多的作品，而且还连连获奖，创作的秘诀是什么时，她真诚地笑笑说："我写作的秘诀只有一个，就是靠勤奋的劳动。"她说："写作要靠恒心坚持。我在插队时就埋下了要创作的种子，想很好地记录一下生活。一篇作品存在不存在，似乎就取决于你是不是能够坚持坐下来，拿起笔，在空白的笔记本上写下一行一行生活所感，然后第二天，第三天，再接着上一日所写的，继续一行一行地写下去，夜以继日地坚持。要是有一点动摇和犹疑，一切将不复存在。"亲切的话语，令我万分感动。的确，平时很多作家否认自己有什么写作的秘诀，好像一提秘诀就有些可笑似的。可王安忆老师不但承认自己有写作的秘诀，还把秘诀公开说了出来。有人把作家的创作看得很神秘，可王安忆说不。她说作家也是普通人，作家的创作没什么神秘的，就是劳动，日复一日地劳动。王安忆老师多年来写了很多小说、散文、杂文和随笔，甚至在飞机上，都不让自己的手空下来。她说："把每天写东西当成一种训练，不写，会觉得手硬。"在她看来，这没什么好保密的，谁愿意要，只管拿去就是了。是的，这样的秘诀真够人实践一辈子的。

那次，我的短篇小说发表在《文学林》。我高兴地请茹志鹃母女为我签名留念，茹老师勉励我："学习认识人，首先要学习认识自己，学习别人之所能，克服自己之不能。"王安忆老师勉励我"天天向上"。捧着散发着幽香的崭新书籍，看着流畅俊秀的字迹，我热泪盈眶，不得不承认，茹志鹃、王安忆是文坛的美丽之花，也是清新、柔美的母女花。

（刊于《草原》2017年第4期）

追梦让我年轻

那是个很晴朗也很难忘的一天。上午还很高兴的我，下午便坐在书房的电脑桌前发上愣了，当时的状态若用"垂头丧气""呆若木鸡"来形容毫不为过。我注视着桌上扑克牌大小的淡紫色的小本本，黯然神伤，思绪万千。本本的封面上工工整整地印刷着"中华人民共和国退休证"十个金色的大字。翻开内页，就清楚地看到我的名字和工作单位了，估计天下人都知道这个证件证明着什么。

都说退休光荣，但我一点也光荣不起来，心里空荡荡的。回想起十几岁参加教育工作时，青春激昂，篮球场上奔跑呼叫，三尺讲台上严肃认真，为教好学饭不吃觉不睡，节假日不休息；在教育局工作下乡时有车不坐，风雨无阻地骑着自行车跑遍全区每一所中小学校；再后来，在工商局工作严格执法，规范管理，与制假售假者斗智斗勇……那时工作激情似火，如同千斤顶一样，多苦多累自己扛，心里几乎只知道"我还年轻"和"生龙活虎"这两个词，因此妻子送给我一个"王区长"的绰号，意思是说我的工作比区长还要忙呢。

一阵阵回忆，一阵阵泪湿衣襟。思考了半下午，我擦擦泪，拿起笔，激情澎湃地在退休证上写下"我还年轻，2013年8月10

日退而不休"一行大字。

　　赤峰市喀喇沁旗炒米房村是我最熟悉的地方。俗话说，叶落归根，人老归乡。几个夜晚，我躺在床上辗转反侧地问自己，你真的老了吗？是想念老家了吗？你朝气蓬勃生龙活虎地工作，为的不就是要实现自己的梦想吗？经过半个多月的思考，最终"追逐梦想，志在千里"这句话给我做了回答。于是，一个大胆的决定出台：不忘初心，领着妻子回老家，去写我们王氏家族的发展史，用实际行动接受父老乡亲对我退而不休的检阅。

　　我首先在老家的县城中心开了个小商店，经营草原特色产品。我开商店有两个原因，一是有个地方待，利于我的创作，利于和朋友们来往相聚；二是开个商店天天能盈利，尽管利润是微薄的，但我能接触认识到很多朋友，能有个喝茶吃饭钱。因此，我便开始在"特色"上下功夫。白天，我站在柜台里，笑迎着南来北往的每一位顾客，让他们买到称心如意的草原特色产品；晚上，关上店门便开始思考书写具有我们王氏家族特色的家族史。

　　"忠厚传家远，诗书继世长"是中国传统家风。"男人孝，女人贤，兄弟和，姐妹团"是我们王氏家风。世世代代传承了几百年的家风，今天，我必须行为世范地传承好、发扬好，争取当好具有王家特色的第九代后人。听老一辈人讲，我的爷爷亲兄弟六个，大家三十多口人共吃一锅饭，共饮一缸水。大人孩子之所以精诚团结，互敬互爱，就是在尊崇家风的基础上，始终践行着"善为本，孝为先，德为高，和为贵，坦荡做人，宁折不弯"的家训。

　　家是最小国，国是千万家。好的家风浓缩着华夏子孙几千年来的价值取向和精神追求，它不仅是中华民族世代相传的精神瑰宝，更是核心价值观宣传教育的重要载体。因此，培养树立一个好家风，对进一步弘扬优秀传统文化和传统美德，具有重要的价值和意义。

三百多年来，王氏家族由开始的两代三口人，发展到如今的十四代八百多口人，写家族史并非易事，工程浩大，任务艰巨繁重。这项工作，不是跋山涉水，有力气靠胆量就行，而是需要求真求实的态度和一丝不苟的精神，需要极大的耐心和毅力。只有广泛地了解宗族沿革及亲属关系和生活背景，掌握好家庭历史发展的时间顺序，才能深入挖掘家族从小到大的整个过程，才能详细总结出王氏家族的创业史和发展史。

编写家族发展史是我多年的一个梦想。一是我的爷爷王凤仪是位私塾先生，非常注重家风建设，从他口中讲出很多很多关于家风、家训的故事，我从小就梦想着写出一本家族发展的史书；二是我是一个舞文弄墨的人，当过教师爱好写作，从十多岁起，就梦想着当个编辑、记者，做一个会编书写书的人。在我的积极倡议下，我和家族的两位干部——侄子王庆丰、孙子王树明我们老少三代人组成了《王氏家谱》写作小组。我们自掏腰包，自备交通工具，"明知山有虎，偏向虎山行"。三个春夏秋冬，我们跑城市，下农村，早迎朝霞，晚送星月，忙碌奔波在调查访问的路途上。有人听说我们来认自己家了，感到非常高兴，伸出胳膊使劲地拍了几下，表明是王氏家族的正统血脉。也有的人以为我们是以写家史为幌子，来借钱借粮的，悄悄躲了起来。

炎炎似火的夏日，我两次乘火车到清华大学图书馆查找原河南省彰德府武安县的史志，先后八次召开家族代表会议。大家一致表态说，写家史是大家的一个梦想，我们王姓横平竖直，做人也要本本分分、踏踏实实，要让家风、家训像镜子一样照在心里，折射出咱王氏家族的人格魅力。

经过三年多的艰苦奋斗，我们将搜集到的20多万字的材料进行筛选和剪裁，去粗取精，去伪存真，最后定稿13万字。通过编写家史，我们还制作了家徽、家歌，办起了《王氏家族报》，对族人进行教育。《王氏家谱》出版后，新华网、搜狐网几个网站先后进行了报道，引得全国很多王姓人氏打来电话寻根问祖。无论王姓的男人还是女人来到家里寻访，都有一种特别的亲切感，凸显着永远割舍不断的爱，凝聚着打断骨头连着筋血浓于水的情。

我们王家是一个大家族，1783年，从河南省彰德府武安县王家庄迁徙而来，现在分别居住在黑龙江、北京、呼和浩特和内蒙古赤峰市的松山区、元宝山区和喀喇沁旗。但由于多年互不来往，人们只注重发展经济，淡忘了精神世界建设，辈分不论了，字号乱叫了，礼节不讲了，感情变淡了，严重地影响了下一代人的身心成长。

《王氏家谱》的出版，为我们家族间架起了一座彩虹桥。大家深有感触地说，读完家史如临其境，似见其人。家风家训这面镜子太重要了，只有经常用这面镜子照一照，才能从小家看到国家，才能从家史看到社会的发展史，才能从《三字经》看到《道德经》的重要。随之，家族人员来往多了，感情厚重了，团结意识增强了，文明程度提高了。人人自觉地从我做起，从儿童抓起，发誓要做一个好人。我欣喜地把这点点滴滴写成了一篇篇文章，带着我的梦想飞到了全国各地，飞到了作家们的书桌上。中央文明网、新华网、世界王氏网和《内蒙古日报》《散文中国》《赤峰日报》《邯郸日报》分别刊发了我的文章。

一时间，我在家乡受到了关注。赤峰建筑工程学校巴易臣校长聘请我去学校办《广厦报》，并当赤峰启功书院《山河》杂志的主编。开始我还很犹豫，不想再过"早迎朝霞，晚送日落"的紧张生活了。没过几天，我接到了《中国工商报》一位老编辑的电话，他鼓励我，和文字摔跤，和语言柔道，让人年轻，既锻炼人也培养人，你可以去继续做文化工作啊！当我怀着试试看的想法走进校园后，听到悠扬悦耳的歌声，看到张张活泼可爱的笑脸，就像进入了一个五彩缤纷的百花园，感到快乐了许多，年轻了许多。半个多月下来，观察着校园里师生们的身影，我似乎看到了我读小学读中学时期的影子。从那会儿开始，我感到我又风华正茂了！

　　读书和写作让我结交了很多朋友，学到了很多知识。我时刻提醒自己，时间是最好的疗伤药剂，要争分夺秒地学习和工作。当我编辑着一篇篇来自全国各地的稿件时，心里充满了激情和快乐。特别是当我看到电脑里中国香港、台湾地区和新加坡的朋友们为我发来的一篇篇稿件和一幅幅照片时，难抑幸福的泪水，真有一种不干上一百年誓不罢休的感觉。

　　追梦让我年轻了，朋友和父母给予的温暖让我年轻了。2016年10月，当我接到我的散文《家风这面镜子》荣获第七届冰心散文奖获奖通知时，感到自己又年轻了。我感恩文学吸引了我33年，感恩自己不忘初心地拼搏了33年。时隔不到一年，北京又给我发来了消息，通知我将几年来编辑出版的《山河》杂志样刊寄往天津参加评审。2017年9月，我接到了中国散文学会发来的邀请函，邀请我去天津参加颁奖仪式。待我随着《栀子花开》和《放心去飞》的歌曲走进会场时，看到有很多人在参观图书展示架上的几百种期刊。我到跟前一看，我编辑的《山河》竟在其中。正式开会时，当大会主持人宣布，我荣获了第二届全国文化（群艺）馆期刊、群众文学期刊优秀编辑奖时，会场响起了一片掌声。当我站在领奖台上时，面对来自全国 31 个省市文化界的朋友们，激情难抑，流下了年轻时最爱流的泪水。记得一位哲人说过，热泪盈眶是年轻的标志。我想，我出生在七月，一定要牢牢记住作家泰戈尔先生那句名言："生如夏花之灿烂，死如秋叶之静美。"文学创作仅仅是我诸多梦想中的一个梦，我在路上，更多的梦也在路上。

（刊于《中国工商报》2018 年 9 月 10 日）

燃烧的作家梦

刚刚写完了《阅读启功》一书，又开始写《那些年阳光温暖》。很累，很想喘口气歇一歇。但感觉不行，只有争分夺秒地写，才能不辜负老师和老作家对我的嘱托，我要用自己的生命去写。

爬格子的工作很苦，起早贪黑，既没有一点轻松感，又需要心神高度集中。可不写心又不安，既然恋恋不舍地爱上了，就要爱个不厌其烦，爱个地老天荒。你若问写书有什么魔法，我只能实事求是地说：累中有乐，苦中有甜。

1983年3月，我的短篇小说《绝路逢生》在云南发表。受《个旧文艺》邀请，我作为内蒙古青年作家的唯一代表，赴云南省个旧市与我国著名作家丁玲、陈明、骞先艾、杨沫、茹志鹃、白桦、李乔、王安忆等老师们见面。与大作家们见面，零距离聆听他们讲学，我早就梦想过，但万万没有想到的是，梦想成真了，那年我30岁。

《个旧文艺》很有吸引力，将十几位名作家吸引到云南实为不易。听文学界评论云南的文学创作，基本上都是以发表在《个旧文艺》上的作品作为标杆。大家都认为，云南的第一大城市昆明和第二大城市个旧，是云南文学的两座巅峰。著名彝族作家李乔，曾在个旧当过矿工，并于20世纪30年代写了许多散文、小说，从《未完成的斗争》《在个旧》到《锡是如何炼成的》等，都是根据他在个旧的生活体验创作的，反映的是矿工的苦难生活。是个旧这片土地，给了他丰富的创作源泉。

为纪念个旧文学史上的这一盛事，个旧市专门在环境优美的宝华山上，为来自全国各地的文学青年和著名作家们开辟了一块"文学林"。"文学林"三个字由著名作家沈从文先生题写。

那年的3月12日是植树节，也是孙中山先生逝世58周年纪念日。《个旧文艺》选择在这天，让来自全国各地的文学青年和作家们一起植树，意义深远。我们这棵棵小树盼望着在大作家们的抚育下，茁壮成长，长出梦的希望，长出绿色的年轮。

宝华山山峦俊秀，片片松柏挺立。"文学林"掩映在一片鲜花绿丛中。丁玲老师环顾着"文学林"高兴地说："这个日子太好了。孙中山先生从小就喜爱植树，在他的故居至今仍生长着一棵已满百岁的檀香山酸豆树。树是1883年18岁的孙中山先生千里迢迢从美国檀香山带回的幼苗并亲手栽种的。孙中山在他亲自起草的政治文献《上李鸿章书》中就提出中国欲强，必须'急兴农学，讲究树艺'。"

个旧，地处祖国西南边陲云贵高原的南端，是世界上少数几个位于北回归线上的城市之一。为了了解个旧，会议报到的当天下午，我顾不得休息，便迫不及待地登山眺望。个旧市面积约1500平方公里。市区周围群山环抱，中间镶嵌着一个面积大约一平方公里的金湖。金湖如同个旧的心脏，被峻峭高耸的老阴山和壮阔起伏的老阳山夹在中间。正如巴金赞美的那样："个旧并不是一个偏僻的小城市，它是中国一颗发光的宝石。"个旧有绚丽多彩的自然风光，因锡矿开发历史悠久、储量丰富、冶炼技术先进、精锡纯度高而闻名国内外，享有"锡都"的美誉，被载入英国《大不列颠百科全书》等著名辞书和教科书中。

　　植树节那天，风和日丽，百鸟欢歌。个旧市布依族、苗族、彝族、侗族、布朗族、哈尼族等几十个少数民族的人，穿着节日的盛装，像天女散花般在山上装点着山峦，鲜艳着大地。大家在歌声和笑声中，挥锹舞镐和我们一起栽植着绿色的希望。我和来自新疆建设兵团的作家戴士喜先生共同植下了一棵桃树，并在红褐色的树干上系上了一个纪念牌，注明了我们的地址和名字。植完树，我俩正准备给桃树浇水，突然听到山头处的大喇叭里在喊"内蒙古的王慧俊，内蒙古的王慧俊"，戴先生忙示意了我一下，我便循着声音走到山包前一块平坦的草地处。《个旧文艺》编辑部的蓝芒主任告诉我丁玲老师要见我。我当时很不相信自己的耳朵。蓝芒老师把我带到了丁玲老师的跟前做了介绍。正好，海南的文学青年林晓莲也过来了。丁玲老师很亲切地左手拉起我，右手拉起林晓莲，和大家说："我左手拉着内蒙古，右手拉着海南岛，我的心情舒服得很啊！"接着她说，"我是昨天到的个旧，从昆明来的。在桃色的云里面，我飞过来了。沿路都是火一样的桃树林哪！我又是踩着油菜花、荞麦花的黄色的、白色的海涛浮过来的。我的心就像飞到云的上面、海的上面，轻得很啊！舒服得很啊！"

　　山野清秀，阳光普照。拉着丁玲老师温暖的手，我感到我在拉着绿色生命的延长线，绿色燃烧起了我要当个作家的梦想。

　　记得我在读小学四年级时，有一篇课文叫《半夜鸡叫》。语文课上刘鑫老师让我读这篇文章。读完后刘老师很和蔼地问我："你说说这篇文章好在哪里？"我说作家写得太好了，让我们恨透了周扒皮，很崇拜高玉宝。接着刘老师问我："你敢当高玉宝吗？"我点点头很有勇气地说："敢当。"刘老师拿着课本走到我的跟前，亲切地对我说："你将来也当个作家吧，我们周围的高玉宝也很多啊，你应该好好写一写。"从那天开始，当作家的梦想便在我的心里扎下了根。有时我患病请假不能上学，有的同学便开玩笑地说我在家里写高玉宝呢。参加工作后，我一刻没有停止文学创作。出版的第一本书是《在事业的坐标上》。我把文学创作当作自己生活的坐标，自强不息，奋斗不止。

丁玲老师是湖南籍的著名作家，从小深受母亲反抗封建礼教、主张妇女独立自强思想的熏陶，小学时便开始阅读中国古典小说和林纾翻译的外国小说。1927年12月，便发表了小说《梦珂》。翌年2月，又发表《莎菲女士的日记》。此后连续发表《暑假中》等十几篇小说。《莎菲女士的日记》闻名于中国文坛，那是一篇日记体裁的小说，主要描写了"五四"运动后北京城里的几个青年的生活。毛泽东、周恩来、张闻天等老一辈革命家都给予了丁玲格外的礼遇，毛泽东主席还特意作了《临江仙》的词赠予她：

壁上红旗飘落照，
西风漫卷孤城。
保安人物一时新。
洞中开宴会，
招待出牢人。
纤笔一枝谁与似？
三千毛瑟精兵。
阵图开向陇山东。
昨日文小姐，
今日武将军。

1936年12月底,毛泽东通过军用电报把这首词拍给了在前线的丁玲。第二年2月,毛泽东亲自下令任命丁玲为中央警卫团政治处副主任,使她真的做了"武将军"。

望着"文学林"里松柏常青、桃李遍野的绿浪,我兴奋极了,如同看到了改革开放后文学繁荣兴旺的春天。感到每一棵树,每一片草地,每一块石头,都流溢着浓浓的文学气息,让我开启崭新的人生。

那天,81岁的丁玲老师,真的像是一位"武将军"。戴着眼镜,精神矍铄。身体康健的她,声音很洪亮。当她听说我来自内蒙古的昭乌达盟时,像妈妈一样慈祥地弯下腰问我年龄多大,在做什么工作。我说我已经30岁了,是一名农村中学的代课教师。说这话时,我燃烧着的心,狂跳不止,害怕面对着摄像机和照相机说错一个字。丁玲老师笑笑说:"你很年轻,在内蒙古大草原上有写不尽的蓝天和白云,有写不尽马蹄里的故事啊!"我急忙从兜里掏出早就准备好的笔记本,请求丁玲老师给我写上一句勉励的话语。丁玲老师拿过笔记本,让身边的陈明老师先给我写一句。之后,丁玲老师看了看,很热情地为我写下了"写一本自己的书,用自己的生命去写一本书"的叮嘱。

彩云之南,以其美丽、丰饶、神奇而著称于世。我作为内蒙古一个文学青年,在"文学林"里留下了一个个脚印,同大作家们合影,感到注入了无限的力量。此刻,我骄傲地凝望着远方蔚蓝色的天空和俊美的群山,心里像火一样在燃烧着。我盼望快快有一缕清风吹来,立刻把我吹到内蒙古大草原去,我要去写一本书,用自己的生命去写一本书。

(刊于《神州》2019年第5期)

火种的传播人

这是我第三次见到周明老师了。尽管他已 85 岁高龄，但精神矍铄，身体康健。

他在北京中国现代文学馆二楼办公。在他的办公室里我俩笑谈一阵后，他便把桌上李敬寅刚刚出版的长篇纪实文学《转战陕北》给了我。书有 380 多页，很厚重。他说写这本书可是一个大的工程，作者调查走访了几年时间，历史真实，可读性强。

见到周明老师我感到由衷的高兴。早在四十多年前的中学时代，我就拜读过他的《又一年春草绿》《远山红叶》和《五月的夜晚》等文章。等参加工作走上文学道路后，他的作品对我有了更大的吸引力。特别是他与茅盾、巴金、冰心、叶圣陶、夏衍、臧克家、艾青等人的交往故事，感情淳朴，充分彰显出老一辈作家的高尚道德品质和人格魅力。

我与周明老师的真正认识是在 2015 年 10 月的江苏淮安。那次我去参加中国散文学会主办的第七届"漂母杯"全球华文母爱·爱母主题诗歌散文大赛获奖作品颁奖典礼。开会那天清晨，我正在淮安国信宾馆门前拍摄风景照，突然看见著名作家红孩老师和一位年龄较大的人走了过来，我忙礼貌地上前和红孩老师握手问好。通过红孩老师介绍，才知他身边的是周明老师。周老师中等偏瘦的个子，穿着一身蓝色粗布便衣和一双传统的黑色老北京布鞋。当我问及周明老师的籍贯时，周明老师笑容满面地告诉我他是陕西周至人。

偶然相见，犹如梦中。红孩老师如数家珍地告诉我说："周明老师是我国老一辈的文学家，曾当过《人民文学》常务副主编、中国作协创联部常务副主任。现任中国现代文学馆副馆长，兼任中国散文学会名誉会长、中国报告文学学会常务副会长和冰心研究会副会长。别看他80多岁了，但身体硬朗，笔耕不辍，作品的厚度比他的人要高出许多。"面对我的惊讶和周明老师谦逊的微笑，红孩老师接着说，周明老师是20世纪50年代的兰州大学毕业生，21岁毕业后就进入了中国作家协会，一待就是半个多世纪。50多年中国文学的风雨兼程，他亲历了；50多年重要作家的春华秋实，他亲见了。因此他常和别人说："我一生只有一张工作证，就是中国作协的工作证。"

听完红孩老师的详细介绍，喜出望外的我才知道，1978年曾轰动全国的那篇报告文学《哥德巴赫猜想》，原来凝聚着周明老师的辛勤汗水。为了写好这篇文章，他曾三次和作家徐迟深入实地采访著名数学家陈景润。"当时那篇报告文学的影响力是非同小可啊，记得我们学校很多老师都拿着报纸传阅，我还一字不落地抄了下来读给学生们听。"我说。

周明老师笑笑，给我做着手势说："当时，我在《人民文学》杂志任常务副主编，中央提出要实现四个现代化，这个口号很振奋人心。要实现四个现代化，肯定需要知识，需要知识分子。1977年国家决定恢复中断了10年的高考制度，并定于1978年3月在北京召开全国科学大会。为了迎接科学春天的到来，我与编辑部的同事们商量，决定写一写知识分子，推出一篇有一定分量的报告文学,营造尊重知识、尊重知识分子的氛围。究竟写谁呢?编辑部的同志们一致提出写数学家陈景润。当时,大家都知道'哥德巴赫猜想'是国际数学界的一个大难题。在当时,国内没有一家刊物能发表这样的论文,陈景润把论文偷偷寄到国外去发表,从而引起了国际数学界的重视,是一件十分了不起的事情。"

说起陈景润,周明老师说为了写好这篇报告文学,他提前对陈景润的基本情况做了详细了解。抗日战争爆发初期,陈景润刚刚升入初中,他的数学老师是曾任清华大学航空系主任的沈元。有一次,沈元老师向学生们讲了个数学难题,叫"哥德巴赫猜想"。沈元老师郑重地和同学们说:"自然科学的皇后是数学,数学的皇冠是数论,而哥德巴赫猜想则是皇冠上的一颗明珠!"

陈景润听得聚精会神,内心不禁为之一震:"哥德巴赫猜想,数学皇冠上的明珠,我能摘下吗?"

周明老师说为了全面了解陈景润,他还找了很多人士座谈,包括教过陈景润的老师和一起学习过的同学。最后和作家徐迟去见了中国科学院数学研究所的党支部书记李尚杰。陈景润在李尚杰书记眼里是个通情理、懂人事、事业心很强的科学家。正巧,那天说话间,个头不高,身着一套普通蓝布棉制服,戴着一副近视眼镜的陈景润走进了李尚杰书记的办公室。福建口音,略带稚气的陈景润听说《人民文学》要采访他,这位一贯待人厚道但不爱言语的小伙子便很坦诚地面对着屋里的三个人说:"最近我收到了国际数学会主席的邀请函,请我去芬兰参加国际数学家学术大会,并作45分钟的学术报告。我看了邀请函,便写信给国际数学会主席做了两点答复:一、我国一贯重视发展与世界各国科学家之间的学术交流和友好关系,因此,我感谢数学会主席先生对我的盛情邀请；二、众所周知，世界上只有一个中国，就是中华人民共和国。台湾是中国不可分割的一个省。目前，台湾占据着数学会的中国席位，因此，我不能出席。"

听了陈景润的介绍，周明、徐迟和李书记三位同时站起来和陈景润握手，十分赞赏他的爱国情怀。当晚，周明老师便安排徐迟住进了中关村的招待所准备连夜采访陈景润。他自己饭都没来得及吃，便直奔《人民文学》主编张光年的家里，当面向他讲述了采访陈景润的所见所闻所感。听了周明的汇报后，张光年主编斩钉截铁地说："好哇！就写陈景润，不要动摇。这样的知识分子为什么不可以进入文学画廊？你转告徐迟同志，我相信他会写出一篇精彩的报告文学，就在明年一月号《人民文学》上发表。"

说起《人民文学》，红孩老师给我讲述了一件发生在周明老师身上的有趣故事：

1964年冬，周明奉《人民文学》副主编陈白尘之命，去四川向时任中共中央西南局宣传部副部长的马识途约稿。由于工作忙，马识途副部长一推再推说不能写。可他不写周明老师就住在招待所不走，每天早上一上班，周明就往马识途部长的办公室一坐，催他讲讲过去革命斗争的事情。一连泡了三四天，最后马识途到底被软磨硬泡的周明给战胜了，写出了一篇革命历史题材的短篇小说《找红军》才算把他送走。没想到，后来《找红军》这篇小说还获了奖。事后，马识途开玩笑地说："是周明让我获了一个歪打正着的奖啊！"

周明听后笑笑说，为了支持作家的创作，为了鼓励好作品问世，在他身上还发生过"夜闯中南海"的故事。

那是1983年3月23日，在全国优秀报告文学颁奖大会召开的前一天，作家理由发表在《人民文学》1981年第5期上的《希望在人间》便被传荣获了优秀报告文学奖。虽然获奖作品的篇目还未公布,但消息还是惊动了中南海。23日下午,中央领导办公室突然通知中国作家协会评奖办公室停止给《希望在人间》作者发奖。当时,周明是《人民文学》的常务副主编,并兼任大赛评奖办公室的主任。

上级的突然通知,让周明和作家协会的几位领导感到事情重大。可是,颁奖大会一切工作已经准备就绪,只等明天上午在全国政协礼堂召开了。情况突变,时间紧急,这篇作品怎么办?周明和《人民文学》杂志及作家协会的几位领导经过反复商量,决定立即向上级领导写出两份情况报告,一份是写给中共中央宣传部的,一份是报送给中央政治局有关领导的。报告中详细介绍了这篇作品的来龙去脉,申述了评奖的理由。

经过多方面请示联系,晚上七点多,中宣部领导同意周明去中南海汇报。周明和同事王南宁便乘车到达了中南海的西门。不料,又被警卫拦住了,西门是中南海的重要门户,警卫多,岗哨森严,纪律严明。在焦急的等待中,中宣部领导的秘书出来告诉,首长正在审看一部影片,只同意你们进去一个人汇报。周明见到邓力群部长后,如实汇报了报告文学《希望在人间》的意义和社会反响。特别报告说,《希望在人间》是《人民文学》编辑部特约理由同志采写的,作品所涉及的内容编辑部均做过调查、核实,内容真实,没有任何虚假成分。最后部长叮嘱说:"千万不要弄出乱子来,如果你刚才讲的情况属实的话,那就开会发奖吧!"此刻,已是夜里十多点钟了,周明出来把情况和等在门外的王南宁同志详细一说,两个人高兴得拍手跳了起来。

……

那天我在淮安见到周明老师,感觉自己是在读着一本厚重的书，心里充满了敬佩和欣喜。我和红孩老师说："请稍等，我回宾馆房间一趟去拿一本书。"当我将刚刚出版的《阅读启功》一书呈送给红孩和周明老师时，周明老师认真地翻看着说："启功可是个大名人啊，这本书集诗、书、画于一体，可读性强，很有珍藏的价值。"午饭后，周明老师坐在宾馆一楼接待大厅的沙发上，在和红孩老师说话，我顺便将一本《山河》杂志递给了他，请他批评指导。坐在周明先生身边的红孩老师忙给我递了个眼色说："周老师不仅文章写得漂亮，书法也非常漂亮。"我马上明白了，便蹲下身恳求周明老师说："周老，那就请您给我们《山河》杂志写一幅字吧？"周老师微笑地看着红孩和我，那脸上的笑容真比盛开在淮河边上的三角梅还灿烂。那天下午会议休息期间，周明老师在他的房间里，为我题写了"读书可以使人变得更加聪明更加智慧，读书可以使人更加富有"的条幅。我看着、读着、品着，不仅珍重地装在心里，还发誓通过读书让自己富有起来。

2016年5月，我专程到北京中国现代文学馆去看望周明老师。当时他正在办公室看着《作家文摘》。他见我来了，热情地站起来沏茶倒水。还没等我问及，老人家亲切地告诉我说："你交给我的两项任务都完成了。"说着，转身在书橱里拿出两个纸袋。他说："给你们《山河》写了两篇文章，一篇是写老作家马识途的，叫《巴蜀文坛不老松》，另一篇是写散文学会常务副会长红孩的，叫《红孩的散文世界》。"万分激动的我忙站起来向老人家鞠躬致谢。说着，他又把另一个纸袋打开，我一看是他书写的"海阔凭鱼跃，天高任鸟飞"的书法，字迹自然洒脱，如行云流水。我拿着三个沉甸甸的纸袋，不知如何感谢才好。他忙拉我坐下说："文学是人学，只要你多读书，肯钻研，下苦功夫在实践中磨炼自己、提升自己，作品就能写得好、立得住，经得起检验。"

那天，我在中国现代文学馆门前和周明老师合影留念。直到走出文学馆的大门很远，回头看见周明老师还站在门口向我挥手。于是，我想起了中国现代文学馆大门外的彩色巨石上镶刻着的巴金老人的那段话："我们的文学是散播火种的文学，我从它得到温暖，也把火种传给别人。"

看着周明老师，我情不自禁地说了一句："您发表了很多具有影响力的文学作品，出版了很多文学书籍，培养出很多文学新人，您不正是这火种的传播人吗？"

（刊于《百柳》2020年第10期）

文出山河

　　红孩，这个名字在国内的一些文学刊物上经常见到。读他的文章，总会忍不住猜测，他究竟是在怎样的心境下，写出那么多如此美妙的文字呢？为何那些看上去普普通通的小事，经过他的描述，就能变成既有嚼头又有看头，韵味十足的佳作呢？

　　我曾想过，神话小说《西游记》里有一个红孩，住在火云洞，会玩三昧真火，连孙悟空都怕他，看来这个红孩也并非凡人，肯定很有才学，也特聪明伶俐吧！

　　一次，作家鲍尔吉·原野先生到我们学校讲学，我问他认识作家红孩吗，他说认识，散文写得很厉害，是中国散文学会的常务副会长，并担任着《中国文化报》的副刊主编。

　　2014年11月初，我在北京中国现代文学馆见到了红孩老师。他中等身材，很健谈，说起话来真诚、风趣，那双亲切的眼睛，留给人难忘的印象。他说他真名叫陈宝红，祖籍陕西，红孩是笔名。他和我说："你住在内蒙古赤峰大草原上，一定要挖掘宣传好草原文化，草原文化是绿色的，很有生命力。草原的文学离不开草原文化，草原文学是草原文化的重要组成部分，草原文化造就了草原文学，而草原文学则拓展了草原文化。草原文学是草原民族心灵的感性显现、形象展示，是草原文化最具神韵的部分，它与其他草原文化部类一道建构起草原文化传统的同时，又以审美的形式体现出草原文化的形态特征和精神特征。草原文学是草原文化最敏感、最活跃的细胞。草原文学就像蒙古人的长调一样，很动情、很有特色。你看《草原英雄小姐妹》《狼图腾》《成吉思汗》等，生命力特强，让人久久不忘。"

一连串的草原文化，开阔了我的视野，加深了我的认知，我感到大草原太有文章可写了。

从那以后，我和红孩老师经常通话、通信。他和我说，你们办起了赤峰启功书院，很令人感动。启功这个人很不简单，他的思想和文化在国内外很有影响。红孩老师嘱咐我要充分利用好天时、地利、人和的优越条件，让红山脚下的《山河》在绿色的草原上真正形成父亲的草原母亲的河，通过《山河》多发现、多培养一些文化新人。

红孩老师叮嘱我要好好向北京的李凤翔老师学习，虽然他是《北京晚报》的副总编辑，曾执掌《北京晚报》副刊二三十年，但他能蹲下身来，培养扶持一大批北京作家。晚报的重要栏目《一分钟小说》，在全国微型小说阵地中独树一帜。红孩老师说他跟李老师结识于二十年前，那时他的第一本书——散文诗集《太阳真好》刚刚出版，便把王宗仁老师写的序言《红孩，你长大了》送到李老师那里。李老师看后当即就说没问题，下周见报。果然，一周后，王老师的序言发表了，很多人纷纷打来电话表示祝贺。红孩老师说："1995年，我为北京通州的九州床具公司写了本报告文学，特别请通州籍著名作家刘绍棠先生作序。刘先生当时身体已经不听使唤了，但他乡情很重，一听说写的是通州的事，竟给写出了两千多字的序言《床与人》。在文中，刘先生除了对作品的肯定，更多的是对通州的企业家们的殷殷期望，让他们不要骄傲，要经常揽镜自照。二十多年来，我时刻不敢忘记先生的教诲。当然，这个序照例由凤翔老师安排在《北京晚报》上发表了。"

2017年，《山河》改为《星河》后，红孩老师在多地宣传《星河》的办刊情况，多次将自己的作品寄给我们，如《谁是中国的马尔克斯》《不做面子的作家》《西北的西凤》《女大校那一天抹了红指甲》《铁凝散文精品赏析》等，令我十分感动。我们一个小小的刊物，竟能得到大作家的厚爱，不能不说是我们的荣光和福分，我们感到骄傲和自豪。他风趣地说："我们都生活在山河这片大地上，而你是先掌管《山河》的主编，现在又掌管着《星河》，我们自然都得听你的调遣了。"

那天，他认认真真地为我题写了"文出山河"四个字，并和我共同举着这幅字合影留念。受宠若惊的我，感到如在青山间探索，在绿水间泛舟。山，气势磅礴，新奇秀丽，犹如令万人敬仰的圣贤，不露声色地诠释着生命的博大，生命的肃穆，生命的庄严；河，那么雄浑澎湃，充满了无限激情，波涛的汹涌，日夜永恒……

（刊于《内蒙古日报》2017年8月10日）

山坳坳里的味道

每当说起"老家"两个字,我感觉就像吃拔丝奶豆腐或是拔丝红薯那样香甜。无论是别人问我老家在哪,还是我问别人老家在哪里,都感觉"老家"这两个字里有着说也说不完的故事,有着扯也扯不断千丝万缕的关系。无论是爷爷奶奶、父亲母亲,还是门前那棵老榆树,或是前街那条大黄狗都粘着强大的乡土伦理,善良、真诚、淳朴的乡风民俗让我忘不掉,抹不去。

我的老家炒米房是一个僻静的山村,被连绵起伏的大山围在一个月牙形的山坳坳里。我生于斯长于斯,在这里吃过糠咽过菜,读过小学上过初中,虽然已经离开老家四十多年了,但那里的黄土、青草和人情味至今还牵肠挂肚,记忆犹新。

"河南王"

我们村里有三户王姓人家,其中两家分别来自山东和山西,但人数都不多,算个小门户。而我们这个王家从爷爷那辈算起就是个有着四五十口人的大家庭了,由于祖籍在河南省武安县王家庄,因此村人叫我们"河南王"。

我没见过我的爷爷王凤仪,听说他是个私塾先生。他写的毛笔字，清秀俊逸，潇洒自如。在留存下来那一本本陈旧发黄的卷宗里，我们家族的发展史被记录得明明白白。根据记载，1738年河南省武安县患水灾，房屋和土地被洪水淹没了，王家第五世的祖爷爷王玉和祖奶奶王陈氏领着儿子和侄子，挑着竹筐逃荒到了河南省的南阳县。南阳古代称"宛"，地处伏牛山以南，汉水以北，丘陵和山脉较多，奇峰竞秀，水草丰美，有着"青山绕北郭，白水绕东城"之美誉。一年后，生活刚刚要安稳下来，结果全县患上了蝗灾，蝗虫多得几乎能把天空遮住，庄稼被吃得连叶子都没了。祖爷爷和祖奶奶四口人为逃命，便随着讨饭的人流到了山东省济南府。可不幸的是，在济南府的一个农贸市场里，祖爷爷和祖奶奶讨饭走散了，祖奶奶领着两个孩子在市场门口苦苦等了两天两夜，也没有见到祖爷爷的踪影。没办法，祖奶奶含着泪水挑着竹筐领着孩子，一步一回头到了如今我们居住的麒麟山脚下安家落户。

麒麟山下举目无亲，母子三人只好栖身在山脚下别人看地时用过的一个破旧的地窖子里。褥子是一把柴草和一条破口袋，被子是一个破草帘子。每到夜半三更时，祖奶奶一把鼻涕一把泪地抱起两个瘦骨嶙峋的孩子，望着南山南的星空哭念着："我家住在南山南。男人孝，女人贤，兄弟和，姐妹团，是我们河南省武安县王家庄流传下来的家风啊！"

"妈妈，什么是家风呀？"四岁的儿子王庭桂不解地问。

"家风就是我们王家的门风。"

"南山南的王家庄那里好吗？"

"武安县王家庄，柿子核桃石板房。石榴树花椒香，家人有着一大帮啊！"

祖奶奶哭泣着让儿子王庭桂记住，王庭桂长大了又一遍遍把话传给了他的儿子王元臣，再后来王元臣又一遍遍把话传给他的儿子王登甲……

我的爷爷大个子，国字脸，总穿着一件很朴素的灰色长袍，头上盘着一盘很好看的辫子，辫子闪着黑黑的亮光。爷爷逢人说话总是笑眯眯地先点头再鞠躬。

爷爷亲兄弟六人，他排行老五，别人称他王五先生。王凤鸣，排行老二，是我的二爷爷。他踏实能干，勤俭持家，很有交际能力，因此担任着家族长。当家族长的仪式很是隆重的。太爷爷年龄大了，便把六个儿子、儿媳叫到一起，商议让我二爷爷当家族长，让大家都发表意见，如果都没有意见，儿子、儿媳要向老人磕头宣誓，保证全心全意支持新族长的工作。

我们家族讲传统，重礼仪。每到年节时都要召开族会。族会就是由族长主持召开的会议，很重要，也很严肃，全家男女老少都要参加。二爷爷家的堂屋在正房，正房里屋有一铺大炕，能坐很多人，平时家族男女老少吃饭都在这间屋子里，因此会议一般都在堂屋里召开。会议开始时，二爷爷要先把他的父母王运来夫妇请出来坐在堂屋的正席，儿女们要按辈分依次面向两位老人磕头鞠躬行礼，并熟练地将家风家训背诵一遍，然后才坐下来开会。会议内容基本都是过日子的事情，哪个人耍钱吸毒偷东西了；哪个女人慢待公婆，不尊重妯娌，拉舌头嚼闲话；谁的孩子打架骂人……都要在会议上进行通报。当然，对好的也要表扬，如尊老爱幼，和睦友好，见义勇为，关爱他人，等等。

二爷爷口才很好，细高的个子，头上长期戴着一顶酱色的毡帽头盖着辫子，手里爱拿着一杆花梨木铜锅烟袋，但每天吸烟很少。如果他要是低着头坐在那一口口地吸烟，一准是有大事了。那时我们家族人口多，生活十分困难，吃了上顿没下顿是常有的事，二爷爷经常背着口袋外出借钱借粮。有一年腊月三十的午间，粮囤里连一粒米都没有了，有人看见二爷爷一大早就蹲在大门口低着头吸烟，也有人看见二爷爷低着头背着手从西院走到东院，又从东院走到西院，不停地用手里的那杆烟袋敲打着毡帽头。最后他从别人家借回了两碗高粱米，杀了一只小鸡，熬了一锅高粱米菜粥，全家四十八口人算是过年了。

二爷爷和太爷爷一家人住在我们西跨院的三间正房里，院里有粮库和马圈，算是总后勤部了。其余的五个爷爷和家人住在东四合院内。一年四季，两个院子里的人，同吃着一锅饭，同守着一个家，有什么活计只要二爷爷一吩咐，大伙都欢欢乐乐你争我抢着去完成。

我有个八娘，在我们四合院的正房住，四十多岁时因患眼疾没钱医治，导致双目失明。皮肤白嫩的八娘细高个，是个很干净且爱说爱笑的人。每天早饭一过，她就拄着拐棍扶着墙开始到各家串门了。只要她听说哪个女人家活计忙没人照看孩子，或是平时手里针线活计多，就主动要求分给她点，特别是搓麻绳纳鞋底的活计，八娘做得既工整又细致。她常念叨，帮人一尺是福，还你一丈是情。大伙感动地说，别看她眼睛失明了，心里却点着一盏很亮很亮的灯。妯娌们一年四季给孩子做衣服，总乐意去找她给看看。八娘便乐呵呵地把孩子叫到跟前站好，然后伸开拇指和食指横着竖着一丈量，尺寸就有了。你放心地去做吧，衣服穿出来保证是大小肥瘦合体。时间一长，小孩子们都喜欢跑到她跟前拉着手让摸一摸，因此，谁家孩子个子多高，乳名叫啥，衣服多长多宽，八娘是如数家珍。

我家门前有一棵大榆树，很粗很高，树龄最少有几十年了。树虽然不是我们王家栽的，但粗粗细细的树根结结实实地扎进我们的两个院子里。二爷爷常和大伙说不要伤害它们,水有源,树有根,咱"河南王"就要像树根那样,无怨无悔紧密地团结在一起。

我的三爷爷王凤鼇,被本营子一家富农雇佣,日本人看他身体好,有力气,便抓他去喂马挑水,一天只给两个烧饼吃。那天三爷爷在山上看到日本兵故意拿儿童生命开玩笑,恨得嘴唇都咬破了,愤怒而涨红的脖子暴起蚯蚓般的青筋。他趁着夜深人静,便找了几个大铁钉子把日本兵的摩托车车胎扎了几个大眼子,用砍刀砍断了一条马腿。日本人穷凶极恶地把三爷爷扒光衣服吊在马棚的柱子上,三爷爷身上被打得皮开肉绽,昏过去好几次。二爷爷很是着急,忙召集兄弟们出主意想办法救出三爷爷。最后二爷爷想出了一个主意,他听说驻赤峰总部有个日本长官的文书叫山田一郎,此人很爱好写字画画。于是二爷爷让爷爷写好一幅书法给山田一郎送去,求他出面帮忙救人。山田一郎小人小个子,偏瘦的身板,戴着一副眼镜,中国话不会说几句。他看到爷爷的书法很是高兴,一个电话便把三爷爷放了出来。

父亲和二叔是爷爷的学生,由于老叔年龄小,且从小身体弱,奶奶便把看护老叔的任务交给了二叔。二叔比父亲小几岁,平时特贪玩。爷爷分配给二叔的任务,除了看护好老叔外,每天早晨要把爷爷上课的学堂桌子摆放整齐,地面打扫干净。父亲的任务是提前把爷爷教学的纸墨备好,把毛笔浸开,之后再打十遍小九九的流水算盘。不听话的二叔十有八九领着老叔逃跑不见了,搞卫生的任务自然落在了父亲身上。一次,山东王姓家的主妇满腔怒火找到爷爷奶奶,说二叔和老叔把他家放在窑洞里的豆腐干全给吃了,连布袋子都偷走了,非让爷爷赔偿一块银圆不可。"河南王"的孩子怎么能偷呢?爷爷气得双手哆嗦着,摁着二叔老叔跪在王家妇人面前赔礼认错。老叔说他们根本没有偷吃,当时还有别的小孩在窑洞里玩,二叔害怕豆腐干被别人偷走,就悄悄地给藏在一个瓷盆里了。

第二天,王家的妇人又找上门来,说是豆腐干找到了,错怪了两个孩子,她热情地给二叔、老叔和父亲的兜里装满了大红枣,并连连作揖向爷爷奶奶赔礼道歉。

父亲和二叔分别成家后,爷爷奶奶也先后去世了。二叔和老叔对父亲说有父从父,无父从兄。那时由于人口多,我们和二叔、老叔已经分家单过了,虽然每家各自过着自己的小日子,但我们和二叔共住在四合院的三间西厢房里。尽管生活十分困难,但哥兄弟互相关心、互相帮助,善良的母亲和贤惠的二婶团结得像亲姐妹一样,你尊我让,二十多年两家共用一个水缸,一个碗架。特别是推碾子做饭时,常常是你家三碗米,我家两碗豆的,等回来,你家熬菜,我家蒸干粮,从没因你多我少红过脸。

几十年来,诚实坦荡的"河南王"在十里八乡成了一张名片。有人说村里有个大事小情的,只要秉正、刚毅的"河南王"男人往那一站,好事保证是鼎力相助,坏事会大事化小,小事化了。姑娘许配给王家只管放心,学礼仪,长见识,能过好日子。

光阴荏苒,岁月如梭。如今时代进步了,新社会发生了日新月异的变化,王氏家族人口越来越多,生活越来越美好。但"男人孝,女人贤,兄弟和,姐妹团"的家风和"善为本,孝为先,德为高,和为贵,坦荡做人,宁折不弯"的家训没有变,穷则思变的是智慧和福祉,如果父慈子孝,家和万事兴的传统变了,那"河南王"做人就没有味道了!

- 心海涛声 -

113

明开夜合

有些年没回老家了,这次回去很想见见它,不知它是否还健在。

它叫"明开夜合",也有人叫它"合欢"。其实我并不知道它准确的年龄,只知道它生在我家门前的"二人井"旁。

它身高五六米,腰围二尺多。伞状的头型显得十分美观,浅灰褐色的躯干呈S形,纵裂着的皮肤如同穿着一身淡雅朴素的花格衣服。树冠的下方,从主干处分支出一个水桶粗的杈子,很像是一位女人弓着腰在探望井里。喜人的是,农历谷雨一过,满树刀状的小树叶便一天天长大,簇结成球。叶卵状椭圆形的花菁荚在树叶的呵护下一天天膨胀起来,亮晶晶,粉嘟嘟的,眨眼的工夫,便吐出了粉艳艳的花。花容清丽,香气宜人。唐代诗人窦叔向曾赞美曰:"夜合花开香满庭,夜深微雨醉初醒。远书珍重何曾达,旧事凄凉不可听。"

"明开夜合"为什么白天能灿烂地开放,夜晚就如同醉酒般地把嘴合上呢?年少天真的我为了破解这个谜,每到花开时节,都要藏在树下静静地观察寻找答案。那时我们几个十多岁的小伙伴晚上一般分两伙藏猫猫。我经常领一伙人当八路军,另一伙就是国民党特务。我们隐藏的地方一是碾棚,另一个就是"二人井"旁的"明开夜合"处。由于碾棚里灰尘多容易弄脏衣服,因此"明开夜合"那里就成了最好的隐藏地方。一次有两个"特务"被我们抓住了,一看他们在树上用折断的树枝把脑袋和身子围扎起来,我非常生气地说:"树是我们王家的,以后不许再折树枝了。"我心疼地把那些开着花被折断的枝条捡回家,分别插在几个玻璃瓶里等待花开。不一会儿的工夫，那些垂头丧气的枝条便水灵灵地挺直起来，无精打采的花儿笑呵呵地开放了。顿时，屋里院外香味幽馨，清爽沁人。没想到妈妈看到后却狠狠地教训了我。她说树是曹王两家的，要用心爱护，小孩子折树枝是要瞎眼的。

晚上我连饭都没吃，躺在被窝里委屈地流着泪水。我哭诉道，树枝是二胖和法林他俩折断的，瞎眼的不应该是我……妈妈了解了真相后，疼爱地把我搂进被窝说："'明开夜合'命够苦的了，你们怎么还残害它呢？"

"为什么啊？"我不解地问。

"据说1938年河南闹水灾，王家和曹家的两位老人从老家结伴逃荒出来，为了谋生落脚，两个男人一天的时间便在村头挖出一口水井来。可惜两个饥饿的男人都累得吐了血，后来人们便把那口井叫'二人井'了。传说天上一位叫'合欢'的仙女知道了此事，白天便悄悄下凡，从头上拔下一根银簪插在了井边做记号，晚上就悄悄回到天宫，后来井边便长出了那棵'明开夜合'。"

妈妈似乎想起了很多往事。"有一年，你的三爷爷因患疟疾走了，扔下了哑巴的三奶奶和一个两岁多点的小姑娘。家里房屋破旧，粮食吃了上顿没下顿。后来曹家的'二光棍'经常去你三奶奶家串门，帮着挑水、砍柴、推碾子。你三奶奶的老婆婆看到后感到给'河南王'丢了人，痛骂了'二光棍'，并把你三奶奶的行李卷给扔出了院外。

"从那以后曹王两家积下了冤仇，'二人井'也跟着遭了殃，谁家去打完水便把井绳拿走。但也有人看见，都熄灯一会儿了，'二光棍'还偷偷地给你三奶奶家挑水，帮你三奶奶推碾子。"

"二胖他姓曹，法林也姓曹，可为什么他们两家大人还欢迎我去呢？"

"这些年好多了。还记得你八岁那年夏天吗，你上'明开夜合'树上玩，把刚刚做好的一条新裤子刮坏了，大腿里侧出了那么多的血，是法林他妈把你领到她们家吃了饭，给你把裤子缝好，又把你送回来的。"

"记得记得。那天在他们家吃的是黄米年糕，年糕又甜又香。"

自从听妈妈说过之后，我喜欢"明开夜合"像喜欢家里那面镜子一样。每到夏季的晚上，我总是静悄悄地走到树下，透过月光照射，观察它是怎样闭上嘴的，闭上嘴后是否还在释放着香气。妈妈说"明开夜合"的嘴不会完全闭上的，之所以入夜后香气更浓，是在告诉人们它全身都是宝。秋天结出黄豆粒大的果实是中药，不仅能祛风湿、止血，还能治疗失眠；喝它的花叶水和苦树汁能治疗心神不安和跌打伤痛。

为了让"明开夜合"永远美丽，春天，我把"二人井"旁的冰块撬起来放到树的根部，让其一天天融化；夏天，我怕孩子们上树折枝条采花叶，就一锹锹挖土在树根周围围起一个圆圆的水池，让水池长期有水；秋天，我把好看的树叶和花叶带到学校分给同学们当书签，那香味特好，熏染着整个教室；冬天，便将水池放进满满的一池水，告诉人们"明开夜合"在睡觉，请不要打扰。

今年回故乡重游，我去寻找"明开夜合"。转来转去最终也没有找到，倒是在它生长的地方看到一片整洁的新房舍立了起来。有人告诉我说，老"明开夜合"没有了，但小"明开夜合"好几家院子里都有。曹家和王家的两位大学毕业生看见我回来了,高低让我给他们指导一下,他俩正忙着写我们村子的发展史。

"这可是利国利民的大好事,写村史离不开'二人井'和'明开夜合',这是我们村子团结的象征,是曹王两家历史发展友好的见证啊!""什么'二人井'和'明开夜合'?"他俩有些惊奇,听完我的讲述,他俩甜蜜地笑了起来,笑得那么开心,那么有味道。

(刊于《天津文学》2021年第10期)

我为那次"说谎"而心慰

那天坐在车里,听着《二十年后再相会》的歌曲,瞭望着田野里一片丰收景象,我激动的心情更按捺不住了,我不停地看着手表,催促着司机,巴不得立马赶到家里,如果见不到哥哥和嫂子,美好的计划就付诸东流了。

哥哥家住在农村,我家老宅和他家仅一墙之隔。算来我离开家乡已有30多个春秋了。30多年来,父母亲跟哥哥嫂子住在一起。哥哥勤奋,嫂子贤惠,每次我回家去,都为父亲母亲心情舒畅、身体健康而高兴。我常和哥哥嫂子说:"是你们的精心伺候才使两位老人晚年这么幸福的,非常感谢你们。"

哥哥19岁中学毕业后,便直接回村参加了农业生产劳动。那时母亲病得很厉害,里里外外靠着父亲一个人。我的叔叔婶子很是着急,动员哥哥做工作,让嫂子提前结婚来到我们家里。可嫂子的娘家总是嫌我家太穷,不断地提额外条件为难我们。母亲常和我说,你哥哥命太苦了,从小挨饿头发就没剩下几根,至今腿上还留着几处讨饭时被狗咬的伤痕。我清楚地记得,母亲多次给我提及哥哥和嫂子的事情。每到夜深人静的时候,哥哥对我的关怀,嫂子对老人家的孝顺,如一幕幕电影在我脑子里闪现。我曾几次下决心,要找一个机会和哥哥嫂子好好说会儿心里话,再陪他们出外走一走、转一转。

哥哥和嫂子是同班同学，也同龄，他俩大我8岁。哥哥和嫂子是1964年结婚的。那时，国家刚刚从"三年困难时期"中走出来，一片贫穷，家里更是因为母亲的病贫穷得靠借钱借粮过日子。我家是贫农成分，嫂子家是富农成分。在那个讲阶级成分和阶级斗争的年代，地主富农的子女是很难走进贫下中农家庭的。

在我的记忆里，为了家庭，父亲每天天不亮就起床，挑起粪篮子到公路上去捡马粪。春夏秋冬，风雨无阻地坚持着。马粪晒干了当柴烧，也可以卖给生产队换工分领口粮。

哥哥很疼爱我，他给过我钢笔和笔记本，也给我买过书包和衣服，全力以赴地帮我从小学读到中学，从中学读到大学，帮我成家立业，帮我走上工作岗位……

嫂子和哥哥结婚后，从不和公婆拌嘴，一次也没打骂过孩子。嫂子很少回娘家，更不喜欢外出，别说坐汽车和火车了，连自行车都没骑过一次，更一次没有进过城逛过商店。哥哥常逗嫂子说，可惜你长着两条腿，给你只鸭子都骑不走！

机会终于来了。2001年9月5日，我要去北京办事一周。望着碧蓝的天空和金色的大地，我激动的内心里闪现出一个美好的念头，这次去北京办事时间充裕，何不趁此机会领着哥哥和嫂子一起去北京转一转呢？于是我没来得及细想，便大胆地在赤峰航空售票处预订了三张机票，准备回家去做哥哥和嫂子的思想工作。

领哥哥嫂子出去，让我最放心的是，家里的一切有我可敬可爱的母亲在照看着，再说家里的农活暂时也不忙，只要母亲同意，事情就有一半的把握了。关于做哥哥和嫂子的思想工作，我计划分两步走：第一步先做哥哥的思想工作，我就谎称教师节到了，为了庆祝教师的节日，学校给我们发放了几张教师购物优惠券，商场对教师购物一律实行优惠；第二步，动员母亲和我一起做嫂子的思想工作，让她进城为母亲选一件衣服。想法归想法，但我知道做嫂子的思想工作很难，因为她不爱言语，结婚几十年了最不喜欢外出。

我想着必须要把谎说得圆满实际一些，不然连哥哥的工作都难做。

那天回家正赶上母亲做好了豆角山药干饭，母亲见我回来了，忙又炒了一个韭菜鸡蛋。就要吃饭了，我使了个眼色把母亲叫到小屋里，把我的想法详细和她一说，母亲没有半点不同意，很高兴地和我说去吧，时间可不能太长了，三五天回来就行。我保证说一定一定。待我坐上饭桌后大概十分钟的时间，我把想法一说，哥哥首先表示同意。母亲怕嫂子不同意，劝她说反正是有车，去趟赤峰来回用不了一个小时，转转去吧，顺便给她选一件半袖回来。可嫂子只是一笑，没有任何同意的表情。我赶忙给哥哥使个眼色，让他给嫂子加加油。哥哥有点生气地对嫂子说："人家他老叔想着咱们，这又不让你走着去赤峰，不买货你不好去商场转转吗？"

"你和娘去吧，我不去。"嫂子看看哥哥说。

"娘那么大岁数了，进商场上楼下楼方便吗？"哥哥瞪了嫂子一眼说。

在母亲、哥哥和我的轮番劝说下，最终嫂子表示同意，到屋里换衣服去了。

嫂子有生以来第一次去距离老家十几公里的赤峰市区，欣喜若狂的我赶紧动员哥哥找出他和嫂子的身份证及户口本。哥哥有些疑虑地看着我问："买货还用户口本吗？"我说："买优惠物品时也可能需要验证一下身份吧。"其实那完全是我的谎话，是在为他们登机前审查身份做准备的。

看到哥哥和嫂子上了车，司机师傅偷偷地向我伸出大拇指，并热情地向哥哥和嫂子解说着今天城市飞速发展的情况。我真心实意地陪哥哥和嫂子在市中心两家商场转着，可他俩什么东西也不想买。等我们的车子到赤峰民航机场停下，哥哥和嫂子莫名其妙不知到机场要买什么。我说今天天气很好，我也高兴，顺便让你们来看看飞机起飞和降落的场面。

　　就在这时，一架飞机正好由远及近开始降落。哥哥和嫂子看着庞然大物感到很惊讶。哥哥说："它降落时速度那么快，跑一会儿就能稳稳刹车停住？"他咂了咂嘴，随即和嫂子说："老闫，等有了钱，咱俩也坐一回尝尝是什么滋味！"

　　哥哥和嫂子在机场外很是羡慕地看了一会儿，便催促我送他们回家。此刻，我只好说回家是回不成了，我已经用他们的身份证买好了去北京的机票，要走只有往北京飞了。哥哥和嫂子张着嘴惊诧地看着我，我开心地把两张飞机票递到他们手里。

　　在飞往北京的高空上，我看着哥哥和嫂子脸上逐渐露出了无比愉快的笑容。我说到了北京，我领你俩去看人民大会堂，去看天安门升旗仪式，去看故宫和毛主席纪念堂。

　　那天，哥哥和嫂子激动得几乎一夜没睡，凌晨3点不到，我们就起床去天安门广场看升旗仪式。到了天安门，哥哥用手机接通了儿子和女儿的电话。哥哥刚和孩子说出"我们来北京了"这句话，两眼便流出了激动的泪水。

　　那天，我陪哥哥和嫂子登上了天安门城楼，参观了故宫和人民大会堂。当我看着哥哥和嫂子在不停地微笑着，顿时觉得这次"说谎"的旅行既难忘也有价值，你们说呢？

（刊于《城市晚报》2001年12月15日）

润物细无声的滋养

屠岸，1923年生于江苏省常州市，笔名叔牟，本名蒋壁厚。1946年肄业于上海交通大学。历任上海市军事管制委员会文艺处干部，华东地区文化部副科长，《戏剧报》编辑、编辑部主任，中国戏剧家协会研究室副主任，人民文学出版社现代文学编辑室副主任、主任、副总编、总编、专家委员会副主任。1941年开始发表作品。2011年11月，获"2011年中国版权产业风云人物"奖。

认识屠岸老师，是1992年9月。那次是《中国窗口》和《当代诗人》杂志在湖南汨罗举办首届"艾青杯"全国文学大奖赛。当时我被大会临时安排到会务组工作，负责人员接待和伙食安排。这样我就有机会和一些大作家接触了。屠岸老师是位很有影响力的诗人，高高的个子，脸色很干净，戴着一顶前进帽，说话慢言慢语的。

屠岸先生温文尔雅，颇具名士风度。他的名片上写着：诗爱者，诗作者，诗译者。在跟屠岸接触中，听他娓娓谈诗、论诗、吟诗，感受他的诗情、诗性，不由感叹。

屠岸老师幼年时很喜欢听山歌民谣，十来岁时开始背诵唐诗宋词，以后又研习古文如《滕王阁序》《归去来辞》等讲究平仄、重视韵律的骈体文,但屠岸对诗的兴趣还是相对浓厚些,里面的韵律跃动让小小的他感觉到古典文学的魅力。除了他自身的诗性禀赋之外,母亲的教育和熏陶非常关键。母亲屠氏是位了不起的大家闺秀,诗书音画无不擅长。母亲常常教屠岸用常州的古吟诵调吟咏诗词。读《古文观止》,母亲规定他读三十遍,并在书中夹上带有数字的字条。屠岸读一遍就抽出一个字条,直到字条全部被抽出。在这种耳濡目染和严格训练中,古文和古典诗词在屠岸心中烙下了深深的印迹。

屠岸14岁时得了伤寒,高烧昏迷后醒来,第一眼看到的是母亲充满爱意和焦虑的眼神。等病情稍有好转,母亲便吟诵唐诗和宋词给他听,病魔带来的苦闷就这样随着母亲口中缓缓流淌的音调而轻轻飘散。

屠岸至今还记得抗战时期,他们举家逃难到亲戚家,母亲一边做针线,一边吟诵杜甫的《春望》:"国破山河在,城春草木深……"杜甫的家国情怀和他们一家的遭遇以及整个抗战时期人民的情绪紧紧连接在一起,引起了他心灵的强烈共鸣。母亲那婉转深沉而富于情绪变化的吟唱,常常使屠岸听得心驰神往,有时竟潸然泪下而不自知。

母亲的文雅淑慧,对屠岸的影响是润物细无声的,是有形的更是无形的,是显现的更是潜在的,是有意识的更是无意识的,是耳濡目染的更是融进血液的。

母爱的温馨连同中国古典诗歌的瑰丽在他心中留下了深深的烙印。上初中一年级时,他就拿起笔来写出了第一首诗《北风》,母亲鼓励的目光送他走上了诗歌创作的道路。而就读于大学英文系的表兄推荐的《牛津英国诗选》和《英诗金库》等又激发了他对英文诗的浓厚兴趣。在上海交通大学铁道管理系学习期间,他研习语音学,与外国教师对话练习英语,看原版英文影片。在写诗的同时也尝试译诗,他的第一部诗歌译作惠特曼的《鼓声》出版于1948年,是在哥哥和未婚妻的资助下自费出版的。

屠岸老师说,青少年时期,在家庭环境,特别是母亲的影响下,开始迷恋诗歌,成为诗歌的朝圣者,一生不辍。至今他已耄耋之年,依然每天吟诵着诗歌入睡。他说:"不论是中国的李白、杜甫、白居易,还是西方的莎士比亚、华兹华斯、济慈,都是对我的激励和慰藉,使我倍感生命的美好。有友人打趣说,我每天不用服安眠药,用的是'诗药',此言不虚。"

中国十四行诗是从西方引进的一种具有严格格律的诗歌形式,它于20世纪20年代初开始在中国出现,是中国新诗诞生不久便产生的一种"舶来品"诗体。中国现当代许多有名的诗人,都或多或少尝试过它的写作,并涌现出了冯至、卞之琳、唐湜这样的写作十四行诗的高手,正是在这众多诗人的努力下,这一"舶来品"慢慢地中国化了。于是,屠岸便走进了中国十四行诗的天地,成为一个为十四行诗体倾注了大量心血且具有一定成就的诗人。

屠岸在《纸船》中这样写道:

那一年我和你曾到废园的池塘,
把蚂蚁放进一群纸褶的小船,
让它们漂过绿荫下广阔的海洋,
被阵阵西风从此岸猛吹到彼岸。

你还说组成了小人国无敌舰队,
在港口举行隆重的出征典礼。

我们为胜利的战士唱凯歌助威,
我们为牺牲的水手洒哀悼的泪滴。

把这些美丽的话语留在我心上,
你凭着孩子的好奇亲自去航海了。
当纸船在我的心浪上颠簸的时光,
作为失败者你从海上归来了。

世界上常有失败和胜利的交替,
幻象却永远保持着不败的魅力!

  那次在我们会议举办的联欢晚会上,屠岸老师朗诵了自己的诗歌和散文。他和我们说:"诗歌是文学中的文学,是生命的精微的呈现,是人类灵魂的声音。诗歌不像政治、经济、军事那样,直接干预和改变人的现实命运,却潜移默化地影响着人类的精神世界,用艺术之美纯化着一个民族以至人类的灵魂。一个民族如果没有诗歌的声音,就缺乏精神上的丰富和优雅,就不会百花盛开,生气勃勃。"
  那次我写的诗歌《思》获得了奖励,屠岸老师勉励我:"诗歌是时代的回响,人民的心音。"

(选自《那些年阳光温暖》)

高耸的丰碑

看完了中央电视台与中共河北省委宣传部联合拍摄的电视剧《打狗棍》后,我便萌生了要去内蒙古革命老区旺业甸东局子村采访的念头,详细了解那里抗日战争时期"民匪隔离,集家并村"的情况。

盛夏七月,我邀请喀喇沁旗老促会副会长朱秀文与我同行。因为他就是东局子村土生土长的人,且编写过喀喇沁旗革命历史资料,对那个时期的历史了如指掌。

日本侵略者于1939年秋,从山海关西的九门口开始,西抵独石口以北长城沿线250多公里的区域内,实施世界罕见的千里无人区的"人圈(juàn)"政策。集家,是将分散居住在村子里的人家限期迁入"人圈"内,不按时迁入的便认定为通"匪",由伪军组成的"赶迁队",用绳子把房屋拉倒,然后放火烧毁。热河省承(承德)平(平泉)宁(宁城)地区的400多万人口中,有105万居住在"人圈"内,其中喀喇沁的"人圈"多达60余个。并村,是在人口较集中的大村镇建立"人圈"。村镇四周挖壕沟、筑高墙、建碉堡、设岗楼,人们出入一律凭"良民证",彻底切断共产党和八路军游击队与人民群众的联系。

去旺业甸东局子,王爷府镇是必经之路。车子经过半个多小时的行驶，到达了王爷府镇的喀喇沁旗历史博物馆。正好，我们要在博物馆查阅一下原热河省旺业甸东局子抗战时期的一些资料。在《喀喇沁革命老区故事》一书里，有这样一段记载：东局子的吉祥庄，有个叫白玉凤的蒙古族姑娘，晚间是在"人圈"大门关闭前带着"良民证"出去的，等回来时"人圈"大门已关闭。望着高高的围墙，她高声哭喊，可大门就是不开。直到第二天早晨天光大亮，大门才慢慢打开，可姑娘已被狼吃得只剩下一条大腿。

朱秀文副会长指着馆内几张颜色发黄的老照片说，日本对热河的觊觎，由来已久。在那个血雨腥风的年代，他在东局子的几个亲属都曾进过"人圈"。那里面的人身无遮体之衣，腹无填饥之食。尤其不堪忍受的是，每个人圈多则二三百户，少则百十户，拥挤在一起居住。人们白天在打骂交加中当劳工修围墙、建碉堡，晚上躺在墙脚屋檐下冒寒暑、顶风雨，风餐露宿，疾病相染。旺业甸的三道沟门、罗圈铺、大店、北沟等地，"集家并村"前，有居民550多户；"集家并村"后，有170余户居民含恨而死，仅头道沟门36户中就死亡了30户。东局子村，在集家后的瘟疫中死亡了100多口人。

博物馆刘馆长向我们介绍说："抗日战争爆发后，党中央做出了向伪满洲国境内热河挺进的决策。决策是毛泽东主席于1937年8月22日，在陕北洛川会议时提出的。会议确立了利用游击战争配合正面战场，开辟敌后战场，建立敌后抗日根据地的战略任务。1941年6月，冀东区党委及军分区决定，全力开发热河，并秘密派遣高桥等人深入宁城的八里罕、喀喇沁旗的西桥、旺业甸、王爷府一带建立工农政权，发展承平宁联合抗日游击区。"

高桥，黑龙江密山人，1916年生，原名高明海，化名苏然、徐文良。1938 年,在河北唐山加入中国共产党。1940 年夏,年仅 24 岁的他,被任命为冀东军分区第十三团一营营长。1942 年秋,任十一团参谋长兼三区队队长。机智勇敢的高桥,曾两次带领部队出关作战,深入伪满洲国境内的宁城地区,打掉黄土梁子、八里罕伪警察署和大营子伪警察分住所等。宁城的八里罕和喀喇沁的西桥、旺业甸是热河西南的边境,紧靠冀东抗日前沿的交通线,具有特殊的战略地位。据资料记载,日寇为了巩固后方,打通支援太平洋战争的运输线,将关东军的劲旅"八一八"部队,和 85% 以上的伪军及警察,派驻到热河省的承德和平泉地区守卫,距离西桥、王爷府和旺业甸仅 100 多公里。为此,八路军游击队一些队员在高桥队长的指挥下,化装成给"人圈"送菜送柴的人,不断深入"人圈"进行抗日宣传,宣传抗日的事迹,如马龙彪带领的八路军游击队,纪洪恩带领的地方抗日武装,经常在几个地方的"人圈"中迂回,出现了敌人白天修的围墙和碉堡,夜间就被推倒,日伪警察被击毙,人们纷纷逃离"人圈"的现象。

东局子村位于喀喇沁旗的西南处,与承德和宁城接壤,地势险要,山高林密。我们几个人沿着一条蜿蜒曲折的山路步行而上。西南沟,是东局子的险要之地,大大小小有十几道弯,十多里地长。沟两边悬崖峭壁,高山林立,绿树葱葱,山音回荡。我们登到高处惊险地回望,白白的云彩还在山涧飘着,小路、小河和小村,像一条细细的银细带,连接着诸多很远很远的山峦……

由于东局子的海拔在 600 米以上,气候很特殊,漫山遍野粉艳艳红彤彤的映山红正热烈灿烂地开放着。蓝天白云在微笑,绿树鲜花在畅想,森林之上的大雁伸展着翅膀,在尽情地盘旋着、鸣叫着……

就在此时，几个村妇嬉笑着从山上走来，友好地向我们打着招呼。我们仔细一看，她们挎的篮子里、背的袋子里，装的全是采摘来的蘑菇、黄花和山白菜。朱会长说，蘑菇和山野菜是东局子的特产，过去八路军游击队的战士，在这里日夜奋战，忍饥挨饿，但从不向老百姓要一粒粮食，一年四季喝着山泉水，全靠这些野菜充饥。

一坡一岭的映山红，在微风的吹拂下，尽情摇曳着身姿，花浪翻滚。由此，我想到了成千上万的革命先烈，为了人民的利益，为了祖国的解放，在这里同日伪军迂回作战，把鲜红的热血洒在这片革命老区的大地上。朱会长指着山下一所学校的旧址说，那里掩埋着成百上千革命先烈的忠骨，有来自全国各地的抗日战士，最小的年仅16岁，他们为狙击敌人，早日使承平宁地区解放，献出了宝贵的生命。

我们注视着学校的旧址，肃穆站立，深情地向逝去的革命烈士们鞠躬致敬！

在东局子村，我们找了几个年龄较大的老人进行了访谈。年近70岁的谭振华，是原东局子村党支部书记。他说，旺业甸东局子之所以成为革命老区，是因为反对"大东亚共荣"的抗日第一枪是在这里打响的。这里险要的地势，紧紧地把承德、平泉、宁城和喀喇沁旗连接起来，成为较大的抗日游击战场，高桥和杨雨民领导的抗日游击队经常在这里的大石棚秘密召开军事会议。

在朱秀文会长的引领下，我们到了西南沟很隐蔽的一个山腰处。那里古树参天，泉水潺潺。"看，那就是大石棚！"朱会长停下前进的脚步，指着云雾缭绕的半山腰说。

"看到了，看到了。"在大山的山体上，有一块明显的石头挺立着。近前一看，石棚由几块巨大的石头支撑着，比一间屋子大，能容纳下十几个人。石棚里很凉爽，清凉凉的水珠不时地从棚顶滴下，地面湿漉漉的。石棚跟前树木繁多，杂草丛生，附近有十多个破旧的地窨子，无疑是当年战斗的哨所了。年近八旬的蒙古族老人乌力吉告诉我们，1943年5月，冀东区党委及军分区根据党中央关于"到敌后之敌后去"的方针，决定成立承（德）平（泉）宁（城）联合县，同时从十一团抽调两个连组建三区队，高桥被任命为三区队队长，杨雨民任联合县政委。三区队曾打下了承德烟筒山日伪银矿，袭击了三座店口伪"鸦片组合"，日军山本守备队和黄土梁子伪警察队。为了不引起敌人的警觉，部队化整为零，以排为单位分路行动。几天后，宁城的八里罕、喀喇沁旗旺业甸的大店、罗圈铺的四道沟、新店的小美林沟、东局子的西南沟、王爷府的白石台沟、公爷府的林家营子、郎家营子、永丰太、西桥等地，不断传出八路军游击队消灭日伪军，解放"人圈"的捷报。

  1943年秋，高桥和周家美、杨思路率八路军主力部队千余人，发起震惊华北的"热南战役"。十三军十一团参谋长高桥、十二团参谋长周家美率主力一部1200多人，与敌人发生数十次战斗，连续攻克平泉、黄土梁子、八里罕3个警察署和11个警察分局，一举攻破日伪军部队驻扎地宁城县的小城子，歼灭日伪军警大批有生力量，短短几天时间里，共歼敌300余人，缴获长短枪160余支及大量粮食、布匹等物资，为承平宁地区的解放奠定了基础，延安《解放日报》《晋察冀日报》曾在头版进行了宣传报道。

  站在东局子西南沟高高的山顶上，遥望着绿水青山的宁城县天义镇高桥烈士陵园高耸的纪念碑，我感觉是在读着一本厚厚的史书，油然想起诗人臧克家先生说过的一句话："有的人活着，他已经死了；有的人死了，他还活着。"年仅31岁的高桥队长于1944年3月29日，在宁城县双庙村狙击敌人的一次战斗中，与多出自己几十倍的日伪军战斗，不幸壮烈牺牲。他是承平宁抗日游击根据地的主要开辟者与领导者。高桥烈士生前曾说过："我是密山人，但承平宁这片热土留下了我的脚印，我活着是八路军，死了埋在这里也要看着八路军把日寇全部消灭。"人们为了怀念他，将他牺牲前战斗过的双庙村命名为"高桥村"，天义镇的一条主要道路命名为"高桥路"。经中共中央、国务院批准，在国家民政部2015年8月24日公布的《第二批600名著名抗日英烈和英雄群体名录》中，高桥名列其中。

二

在旺业甸东局子村，我们很想去抗日英雄郝瑞廷家去看看。东局子村谭书记告诉我，郝瑞廷的女儿郝慧敏已经80多岁了，虽然是个女同志，但很有她父亲那种勇猛顽强、不屈不挠的精神，只是现在身体虚弱，记忆模糊，不方便前去采访。

就在我们准备下山到学校旧址去祭奠一下革命烈士的英灵时，见到了陪同报社记者来采访的原喀喇沁旗老促会会长孙振明同志。70多岁的他，满头银发，但精神矍铄，记忆清晰。当我向他问起抗日英雄郝瑞廷时，他环视着连绵的群山，意味深长地向我讲起了郝瑞廷。

郝瑞廷是个机智勇敢的青年。十几岁时，他就敢于和当地的伪警察周旋斗争。当看到日本侵略者在自己的土地上横行霸道、强取豪夺，他实在咽不下这口气。当时郝瑞廷和志同道合的妻兄于瑞祥多次袭击伪警察的军车和哨所。后来他俩商量在宁城县和喀喇沁组织一支敢死队，同日伪军作战。郝瑞廷在宁城八里罕开了一个成衣铺，让妻子郝于氏负责经营，积攒下的资金为敢死队秘密购买枪支和弹药。

"敢死队有多少人？"我问。

"有十多个吧。"

旺业甸与宁城交界，山高、草深、林密，不论是月黑风高，还是夜深人静，经常有一些日本兵和黑道上的人出没，其中一个背着大镜面匣子枪叫金克秀的人，经常出入喀喇沁和宁城一带，无恶不作，草菅人命，是日本人的忠实走狗。

一天，郝瑞廷接到敢死队密报，说金克秀要带20余人，通过东局子的十八盘道要去宁城附近砸煤窑，残害当地的老百姓。

郝瑞廷一听怒火中烧，立即组织敢死队人员到十八盘道勘察路线，选择在金克秀通过的必经之路处隐藏起来。快到中午了，还没见金克秀的影子。初秋的太阳灼热似火，伏在密林草丛里不断被蚊虫叮咬，他有些着急了。正在犹豫时，听到有人群在路上奔走的声音，立刻精神大振。郝瑞廷端起枪聚精会神地注视着那条弯弯曲曲的羊肠小道。自恃艺高胆大的金克秀一伙人，像群恶狼，背着枪，拿着刀和绳索，急匆匆地奔走在十八盘道上。金克秀做梦也没想到，在人迹罕至的深山老林里，还有一双充满仇恨的眼睛在盯着他。等他大摇大摆进了郝瑞廷的射击位置，只听一声枪响，呼啸的子弹准确击中了金克秀的头部，匪首应声倒地。匪徒们惊呆了，立刻四散逃命，趁敌人慌乱之机，郝瑞廷缴获了他惦记已久的那把大镜面匣子枪。

金克秀被击毙的消息不胫而走，日本人在当地没有了耳目。他们迅速派出部队，很快就把目标锁定在郝瑞廷的身上。

金克秀被杀死后，当地汉奸和匪徒纷纷逃走。抗日积极分子麻凤鸣认为郝瑞廷给旺业甸和宁城一带的老百姓除了奸,解了气。所以郝瑞廷被捕后,在抗日游击队首长高桥的大力支持下,开明地主孙子仲到日本驻赤峰部队花钱解救。经过反复筹划,最后买通了狱警,对方答应并约好了释放的时间。

释放郝瑞廷前三天,麻凤鸣和孙子仲就来到了赤峰,找了一家旅店隐藏起来。在郝瑞廷被释放的那天黑夜,麻凤鸣和孙子仲给郝瑞廷使了一个暗号,三人便匆忙钻进了一条小胡同里。郝瑞廷换好服装后,他们便钻进了南山的密林里。经过两天两夜的行程,郝瑞廷终于潜回了东局子附近。后来日本敖寿部队得知郝瑞廷逃跑的消息,派了十多个骑兵一路追杀,并到旺业甸家中搜查了几天,也没有见到郝瑞廷的踪影。

郝瑞廷大无畏的果敢精神受到冀东军分区首长的赏识,派他到军分区教导大队受训。9个月的训练,使郝瑞廷学到了很多的知识,在政治上、军事技术上,都有了一定的收获。学习结束后,被派到特务连任三排长。随后,部队首长将一项秘密任务交给他,让他保护冀东军分区派来的王广生同志的人身安全,秘密测绘敌占区的驻防地图。

郝瑞廷接受了任务后,立即带领一队人马,化装成做买卖的商人,去平泉接应王广生同志。在王广生同志的指挥下,他们十几人在承宁平境内翻山越岭,走村过寨,深入敌人军事要地穿行、测绘。曾几次与敌遭遇,发生枪战。但在郝瑞廷机智勇敢的指挥下,他们出色地完成了测绘任务,为承平宁地区的提前解放提供了宝贵的资料。当冀东军分区首长从王广生手中接过用鲜血和汗水编绘的地图时,给予了高度评价,决定为王广生和郝瑞廷记大功。

一个月后,冀东军分区经研究,要配给高桥三区一部电台。

由于电台体积大，且具有一定的重量，只能通过铁路运送到赤峰火车站，再转运到承平宁根据地。艰巨的任务又一次落到郝瑞廷的肩上。郝瑞廷二话没说，挑选了十几个足智多谋的游击队员，组成临时护送分队。出发前，他向部队首长立下军令状："人在电台在，坚决完成任务。"

当时的电台很笨重，加上手摇发电机，没有四五个人合力，难以迅速运走。郝瑞廷带领护送小组，化装成逃荒难民，有的背着破烂的行李，有的端着碗沿街乞讨，郝瑞廷则扮成富商，穿着长袍马褂，带着四个装扮成随从模样的战士从马车上下来，直奔赤峰火车站取货口。就在他们紧密配合，刚把电台装上马车时，日本鬼子的纠察队迅速赶来。郝瑞廷一看情况有变，马上命令战士们开枪引开敌人。战士们飞快拿出藏在身上的手枪一面还击，一面快马加鞭运送电台。

郝瑞廷他们穿大街过小巷，引走敌人；在敌人认为不可能通过的崇山峻岭中，另一批战士按照早已勘探好的路径撤离。电台很快开始发报工作了。从此，郝瑞廷的名字像一座丰碑，永远耸立在东局子红色革命老区的大地上。

（刊于《神州》2021年第8期）

诗是心灵之光的灼射

1938年12月出生于哈尔滨的张同吾，祖籍河北乐亭。1962年毕业于北京师范学院（现首都师大）中文系。毕业后在北京通州师范和通州四中执教。1979年起在首都师大中文系主讲中国现代文学，1983年调至中国作协创研部任研究员。曾任中国诗歌学会、国际华文诗人笔会秘书长。

张同吾老师待人热情，给人一种直率、精干、坦诚、豪爽的感觉。我们相识是在湖南汨罗的一次会议上。杨匡汉老师和张同吾老师住在一个房间，杨老师专门向他介绍了我。张同吾老师听说我来自内蒙古，便告诉我他也是东北人，虽然祖籍河北乐亭，但出生于哈尔滨，长于北京。

一位朋友告诉我，张同吾老师的人生之路溢彩流光。二十年前，他作为著名诗歌评论家，以见解独到的评论文章享誉中国诗坛，一部部诗歌理论著作相继问世，以飘逸丰盈的文采阐释诗的本质和审美特征，描述全国诗歌的创作走向。

张同吾老师笔耕不辍。主要著作有《诗的审美与技巧》《潮思考录》《诗的灿烂与忧伤》《沉思与梦想》《诗的本体与诗人素质》《枣树的意象和雨花的精魂》以及小说集《不只是相思》、小说评论集《小说艺术鉴赏》、诗集《听海》、散文集《哲学的白天与诗的夜晚》、随笔集《放牧灵魂》等,多次获全国优秀图书奖。

张同吾认为:"在所有的文学当中,诗歌是一种精英文化,以古典诗词为甚。古典诗词是我们中华民族几千年来经过孕育、锤炼的精华,经过世世代代的潜移默化,对中国人的审美方式、生活方式都起到了美的熏染,中国的诗人如果不学古典诗词,会有一种漂浮感,就如同人不会走路就要跑一样,尽管会跑,但不成体统。新时代的诗人应有一定的古典文学根基,但这不是模拟。语言只是工具,要与现代生活方式、文化发展相一致,随着时代变迁,有些内容再用古典诗词的形式确实会受到一定的局限,诗人们可以自由选择。不论是旧体诗,还是新诗,都应有存在的价值。"他说:"写诗的人不必为大众、小众、中心、边缘操心。只要世界不消亡,诗歌就永远存在。"

张同吾说要向读者推荐一部好诗集——《7+2登山日记》。在书中,诗人骆英以日记的形式、诗歌的体裁记录下短短几年间,他登顶七大洲最高峰以及到达两极的所见所闻,表达了他内心最真实的感受,艺术感染力极强。张同吾说:"在现在诗坛上整体作品参差不齐,平庸之作占了大多数的背景下,这是难得一见的好作品。如果将诗歌当成一种生命形式,那么当人把生命的潜能发挥到极致,使之登临精神的高地,从那里俯瞰世界和人生,从那里重新审视自我,便会创作出奇绝而壮美的诗篇。"张同吾认为,这种奇特选题本身就创造了一个奇迹,因为,"一个诗人能像他这样完成'7+2'太不容易了。所以骆英用自己生命的体验开阔了诗歌的视野,这种身临其境的感受和表达是常人很难有机会去完成的。同时,它也给我们带来启示:诗歌的内容要继续不断开阔,内涵也要不断去丰富"。

在物欲横流的时代，诗歌或许显得有点不食人间烟火，有一些诗歌也确属无病呻吟。但《7+2 登山日记》不同，张同吾说自己在其中感受到了浪漫与奇特，"在极昼的状态下，躺在睡袋里写诗，这经历本身就是种浪漫与奇特。从来没有人在思维接近空白的绝顶处有如此的诗情"。

张同吾老师不但是著名的诗评家，还是一位有成就的小说评论家、散文家、小说家和诗人。他当年评论过的小说《受戒》《蒲柳人家》等，都曾引起过很大的反响，有的还上了中央人民广播电台的《新闻和报纸摘要》节目。著名作家从维熙说张同吾的小说评论"立意新颖，文笔朴实无华，字里行间飘溢出一种淡淡的墨香"，并称赞张同吾的文风有一种阴柔之美，难怪青年作家和诗人们称赞张同吾的评论是哲理风和散文美的统一。张同吾的中篇小说集《不只是相思》出版后，引起了许多人的兴趣，蓝棣之教授在读了其中一篇小说《爱，不是选择》之后，还兴致勃勃地写了一篇评论，称他的创作是"淡蓝色的初雪"。

20 世纪 90 年代初期，张同吾创建了中国诗歌学会，并担任该学会秘书长 17 年，后任名誉会长。

一天晚饭后，我走进了张同吾老师住的房间。他很耐心地给我讲起了诗歌的来源和诗歌的作用。他希望我不断发现，精心加工。他叮嘱我说："诗是心灵之光的灼射。"

(刊于《当代诗人》1993 年第 3 期)

谁为新春揭盖头

猪年走了,鼠年来了。尽管寒风还在迷失路径般地吼叫着,但明媚的春光已经悄悄地与大地亲吻了,河开了,雁来了,此时正是春来时。

仰望天空,从来没有今天这样明清如镜,春光明媚。和煦的春风特别温柔浪漫,让人神清气爽,使人脚步轻盈,捧着珍珠般的细雨,飘飞着要去把山染青,把水染绿。

春风拂大地,细雨润良田。伴着无限的喜悦,一股股暖流轻轻地越过森林原野,越过山河大地,顷刻间神州春意盎然,大地万象更新。

轻歌曼舞的雪花,向冬天做着最后的告别:宁愿自己化作水,不为人间留一寒。万物复苏的大地上,展现出一幅美丽的画卷,绿绿的春草向蓝天白云摆手微笑;含苞待放的桃花、杏花、迎春花在向游人喷吐着清新的芳香;坚固透明的冰层里发出一声声热烈的呐喊;牛羊们喜悦地喝着融化后甜甜的一江春水,尽情地观赏着林间鸟儿们的追逐欢歌;甘于寂寞的杨柳枝条默默地伸展着腰身,释放出一个个和谐优美的绿色音符……

春姑娘开始走家串户,家家门前的大红"福"字红透了正月,红遍了街巷。男女老少脸上都洋溢着新春快乐、万事顺意的笑容，学生们欢快地汇集在一起，如同大海里翻卷着的浪花，人人欢歌笑语，个个飒爽英姿。"读书是福""做一个有理想有抱负的青年"成了人们脱口而出的话语；一个个美丽感人的中国梦让人听后春风得意，心潮澎湃；一盘瓜子一块糖引发诸多的幸福回忆，使甜美的爱情，忠贞的友情沉浸在对往事的追思中；讲团结、讲奉献、建功立业的文明话语不仅暖热了心头，还暖热了炕头，暖热了地头，变成了每一个人春夏秋冬的开篇梦。男女老少、左邻右舍围坐在一起说今天谈将来，无数个美好的向往为新春增加着无限的正能量。

看吧，小巷里，大街上，一拨拨秧歌会二人转走村串户，锣鼓声声辞旧岁，喜笑颜开闹新春；一份份生产订单，订出了喜悦和希望，孕育着成熟和快乐；一个个学习计划，使沉甸甸的书包里不仅有青春的向往，还有理想的蓝图……

新春，如冉冉升起的旭日，无论是北国之春，还是南疆之春，都孕育着热情和理想，彰显着沉甸甸的梦想！

新春，你是谁的新娘？

（刊于《河北日报》2020年1月10日）

锡伯河岸边的药香

在我的内蒙古老家，村东的麒麟山下有条河，名叫锡伯河。河面时宽时窄，河道弯弯曲曲，盈盈流动的河水被太阳一照，波光粼粼，像一条缀满宝石的银丝带，静静地躺在大地的怀抱里。

少年时代，因家庭贫困，我经常跟着母亲去河边采摘野菜。后来母亲病了，把菜篮子交给了我。河边空气清新，环境优美。一望无际的金黄的、紫红的、淡蓝的野花，一丛丛，一簇簇，挤挤挨挨，仰着脸向天空微笑。野菜也很多，我每次采完野菜要回家时，都要拔几枝花儿放在野菜下，偷偷栽到门前的菜园里。

秘密还是被父亲发现了。可父亲没有训斥我，而是蹲下身指着花儿告诉我："紫红的和淡蓝的是贵重的野生中药材，能治病，时间越长，药性越足。"我问："能治好妈妈的病吗？"父亲点了点头，说："经常服用肯定能。"停了停，又说，"抽时间我领你去麒麟山上采，那里中药材很多，药龄也长。"

麒麟山高耸陡峭，我一个人根本不敢上去。母亲告诉我，父亲去麒麟山为她采药，曾经摔伤过小腿。后来我才知道，老家牛营子之所以在方圆几十里地享有盛名，就是因为锡伯河左岸有这盛产野生药材的麒麟山。河右岸还有个"药王庙"。据说药王孙思邈来此地居住过，妙手回春的他为很多人治好了疾病。后来，人们开始在房前屋后广种沙参、桔梗、黄芪、党参等中药材。

1999年，牛营子镇被科技部列为中药材现代化研究和产业开发专项研究基地之一，被誉为"中国北沙参、桔梗之乡"。北沙参、桔梗产量在全国都占很大比重。黄芪、板蓝根、党参、牛膝、白芷等十几种中药材也有着相当可观的产量，远销海外。

近年，老家中药材种植蓬勃发展，就连我的宅院里也种得满满当当。全镇十多个村，有两千多户人家种植了六万多亩中药材。我的高中同学中便有药材种植大户，镇内镇外承包了三百多亩地种植沙参和桔梗，年收入六七百万元。这里不仅建起了全旗最大的中药饮片加工中心，还成立了药物总汇商行和农民中药材种植协会，吸引安徽、广东、河北、吉林等地客商来洽谈业务。2018年，全镇各类中药材总产量达一万两千多吨，收入两亿四千多万元；2019年，中药材总产量两万多吨，收入三亿多元，成为我国北方重要的中药材集散地之一。

中药材的种植，极大地促进了牛营子旅游业的发展。黄芪饮片、板蓝根冲剂、桔梗咸菜、党参排骨饺子、沙参炖小鸡、黄芪蘑菇汤等，备受欢迎。家畜喂食中药材的花叶和秸秆，也膘肥体壮，肉质鲜美。人们由此致富，盖新房，买新车。乡村游成了本地农村的新亮点。

中药材能大量种植，锡伯河功不可没。山清水秀，鸟语花香，风调雨顺，五谷丰登都离不开水，而锡伯河一直是我心头的牵挂。每次回到老家，汗水还没退去，便心急火燎地要去河边走一走，寻找儿时和小伙伴们吹着口哨在树林里捉迷藏、垒沙堆的回忆；寻找那一片片五彩缤纷花地的位置，还有母亲采完菜常坐在河边休息的那块大石头。

挽起裤腿下河，乡愁立刻涌遍每一根血管。蓝天白云倒映在水里特别好看，河底遍布大小不一的石头，鱼儿欢快地游来游去。我捧起一把水喝下，感到无比清凉和甜润。

锡伯河毫不吝惜地滋养着居住在河两岸的三十多万人民。为保护好这条河，旗政府从2010年开始，在从锦山到赤峰五十多公里的河两岸实施美化亮化工程。节能灯、石护坡、景观带、橡胶坝和人文公园构成了一幅令人心旷神怡的风景画。

阳光的照耀下，锡伯河水闪着点点金光，欢快地流淌着……

(刊于《人民日报》2020年7月29日第20版)

自然之光

在我的书架上,有两本我看了几遍的书,推荐给几个朋友看后也说确实不错。一本是散文集《心灵之约》,一本是小说集《大声呼吸》。两本书的作者都是荆永鸣,我俩已经是三十多年的朋友了,他做人真实,作文也真实。

荆永鸣写书、出书绝没有"宣传"的意思,而是缘于情感的需要。他的情感是严肃的,扎根于心灵的土壤,一枝一叶都带有心灵真实的颤动。国字脸的他,有一双火辣辣的眼睛,看事、做事独辟蹊径。就说写作吧,他本来是一个当教师的,眼睛却盯住了煤矿工人。他说煤矿工人整天在几百米上千米的地下挖煤,连阳光都见不到,一天黑脸,全身黑汗,喘气还是黑煤味,多不容易啊!于是他便去煤矿找工人交朋友,了解他们的"黑暗"生活。不久,便写出了《矿山的孩子》《矿山散章》和《狭长窑谷》等文章,作品分别发表在《草原》《中国煤炭报》和《北方文学》上。

文章发表后,几个矿工哥们高兴地请他喝酒,酒桌上你说一句我说一句,更丰富了他创作的素材。1985 年,因为写作成绩不俗,他从学校调到矿区宣传部。这一年,他接连写出了关于老工人上夜校的短篇小说《夜读》和短篇小说《酱油》。1992 年,平庄矿务局矿区工会点名调他去创办《黑海潮》杂志，并指导和帮助矿区业余作者的文学创作。工作范围大了，眼界宽了，自然，请他喝酒的人更多了。他决心靠文学立人，把喝酒当作交流沟通情感的方式，嚼着花生米喝着酒，便把很多素材挖掘到手，十天半月后，保证一篇篇铅字作品刊登出来。他的创作激情，深深感动了中国作家协会的刘庆邦、陈建功等人。他们说荆永鸣做人真诚朴实，作品就写得自然朴实。那些文字不是飞雪，不是花树，不是天生，也不是土长，而是从人心里长出来的，因此闪耀着自然之光。

1998年，荆永鸣被单位派往北京工作。妻子为陪伴他便在北京经营起了一家餐馆。永鸣说来北京并不是为了挣大钱，而是想用"广角镜头"仔细观察一下农民工群体。不管是不是饭口，永鸣总是怀着一颗真诚之心，热情地把人喊进屋里歇歇脚，茶水一倒，嘘寒问暖唠起嗑来。他的热情是发自心底的，用真诚打动人。时间一长，他这里真成了"驿站"，不想吃饭的也会绕道而来歇歇脚，和荆老板唠唠嗑再走；想吃饭的，边吃边聊着心里话，永鸣有时便拿出酒来，再炒上两个小菜，和客人近距离地唠着。他经常给服务员开会说，客人吃完饭，有钱的就给两个，没钱的也让人家高高兴兴地出门。

就这样，他利用二尺餐桌，一壶热酒，先后写出了《外地人》《北京时间》《北京候鸟》等系列小说。他说："这个系列描写的是底层人的生存境况，他们生活艰难，没有生活的保障，我要让更多的人了解、理解并关照他们。"荆永鸣的"外地人系列"在文坛受到了一致的好评。作品在《阳光》杂志上发表后，被《小说选刊》转载。从此，"外地人系列"一发不可收，2001年《北京文学》刊发了其中的两篇。就因为"外地人"的巨大反响，

2002年荆永鸣进入了鲁迅文学院首届中青年高级作家研讨班。与同学谈歌、关仁山、徐坤等人的接触，更加开阔了他的眼界，曹文轩、李敬泽、格非等作家的讲课也给了他很大的启发。2003年，他的《北京候鸟》在《人民文学》上发表。他深有感触地说："我是有着煤矿生活的经历。过去虽说发表过一些作品，但一直反响平平。三年前，我的短篇小说《外地人》在两家文学期刊石沉大海之后，我抱着试一试的想法，寄给了《北京文学》。没想到，这篇小说竟在'好看小说'栏目中，以头条的位置发表出来。更没想到的是，这篇小说很快就被《小说选刊》转载，并先后获得了2001—2002《小说选刊》优秀短篇小说奖和'新世纪'第一届《北京文学》短篇小说三等奖。"

勤奋耕耘的荆永鸣，不惜汗水，追求精品。发表在《北京文学》2012年第七期的中篇小说《北京房东》和《人民文学》2012年第八期的中篇小说《北京邻居》，分别被《小说选刊》《小说月报》《中华文学选刊》选载。其中小说《北京邻居》获《人民文学》"崇焕杯"2012年度中篇小说金奖；《北京房东》获第六届《北京文学》优秀中篇小说奖、第十五届《小说月报》百花奖。著名文学评论家冯敏说："当下小说一大通病就是作家个个争做思想家，'话痨'似的宣讲主题——说些猴子如何变人的粗浅道理，一个小说家靠'说'思想，艺术上基本完蛋了。而荆永鸣的小说从不做道德说教，他信手拈来一个细节就救活全篇。以《北京候鸟》为例，小说中精彩的细节比比皆是，忍俊不禁的同时又催人思考感人泪下。"

我和荆永鸣认识于1984年。那时我在赤峰市元宝山区教育局工作，他在元宝山煤矿中学教学。一次他因去液化气站换煤气，我俩偶然相遇。由于都做教育工作，而且还都爱好文学，因此总有说不完的共同话题，我们天南地北说了一阵子话。从那以后，我们经常聊文学聊人生。永鸣有一个很值得信赖、感情坚实的朋友圈。经他介绍，我便和圈里的金维国、闫震认识了。一天，永鸣把我们最要好的四家夫妇请到家里招待。几杯酒过后，他说我们既然是朋友了，那也应当跟梁山好汉一样，有难相帮，有福同享。他的建议大家一致赞成。就在那一天，我当上了兄弟中的老大。之后，四家人的关系真像是签订了兄弟合同一样，保证年节假日都要互相走访，彼此排忧解难。永鸣是独生子，他和妻子对老母亲百依百顺，老母亲经常说她之所以吃得好、穿得暖、睡得香、住得安是烧高香摊上了一个孝顺儿子和儿媳。通过接触，我们看到了永鸣淳朴善良的天性，看到他悲天悯人的情怀。后来，在他的提议下，又有崔永成、齐志勇、刘国阳、刘昌、陈喜文、孟宪峰六家夫妇加入我们的兄弟队伍里，当地人叫我们"十佳文明老铁"。

关系铁、感情铁那是事实。我们的"铁"表现在拧成一股绳，互相学习、互相帮助、共同进步上。就为这事，还真有人羡慕得直搓手，想方设法地要加入我们的"合作体"。等永鸣到了平庄矿务局大楼工作后，又发展了徐占夫、刘欣声等十个老铁。有了二十个"铁哥们"，自然就有二十个"铁姐们"和二十个"文明铁家庭"了。

荆永鸣写作前总爱喝上两盅。他说酒壮英雄胆，喝酒能点燃激情。也是，诗人李白的《将进酒》，曹操的《短歌行》和陶渊明的《饮酒二十首》也确实是酒后之作，现在读来仍感内涵深厚和意义深远。永鸣最喜欢陈年老酒。无论是别人请他，还是他请别人，他总爱提上一个塑料桶。他说桶里的酒是上等的陈年老酒，已经配好了红糖、白矾和止痛片，倒在杯里稍微用热水加热一下，甜丝丝的，保证越喝越出汗，越喝心里越暖和。等酒过三巡后，劲头上来了，他眼睛一眯，吸着那支支似乎很甜也很香的烟，便讲起了一个个难忘的故事，烟雾和酒香，故事和笑声，像朵朵白云一样在酒桌上缭绕着。每讲完一段，他便端起酒盅巡视一圈，笑呵呵地只说一个字："整！"后来，这个简洁明快的"整"字，便成了他干事和办事的口头禅。

就这一个"整"字，他整出了干劲，整大了梦想。一步一个脚印从矿上整到了局里，从一个办事员整成了科长，又在北京靠写作整成了知名作家，还上了中央电视台。他的成果，让我们一帮兄弟很是羡慕，因为我们也都有过"整"的经历，可惜没有他整得那么大。听说他进了北京，我们兄弟十几个一商量，整！于是我们轮流追到北京去学经验。正好，他在北京饭店和旅店都有，也比较方便。永鸣虽然爱喝酒，却劝我要少喝，他说你是大哥，身体坏了，弟兄们咋整，还是少喝酒多写作吧。我说没关系，来，就这桶中的酒，整！可我已经整了一杯又倒上第二杯了。他嘿嘿地笑着，看着那样子，我便想起了他那更多的自然之光！

（刊于《海燕》2017 年第 5 期）

与浩然先生的一次晤面

我和大作家浩然先生相识整整四十年了,当时的情景至今仍历历在目。

那时的元宝山区是赤峰市于1983年新建的一个县级区。新区新人多,喜欢文学创作的人更多。于是区委区政府便决定成立元宝山区文学艺术界联合会,邀请著名作家浩然先生为首届文学创作讲习班讲第一课。

1985年7月22日,浩然先生真的来了。他五十多岁,中等身材,穿着一身朴素的服装,寸头剪得有棱有角,一双眼睛很有神,根本不像个大作家,倒像是一个农村生产大队的干部。

我看过浩然先生的长篇小说《艳阳天》和《金光大道》,也看过由小说改编成的电影。影片的故事情节特别吸引人,真有一种散场了也不愿意走的感觉。原因就是剧情贴近农村、贴近农民、贴近生活。听朋友说《金光大道》这部小说一出版,书店就出现了排着长队踊跃购书的盛况。

浩然,原名梁金广,生于1932年3月25日。因家境贫寒,从小便被父母送到条件稍微好一点的河北蓟县王吉素村舅父家。童年时,浩然喜欢看戏,爱听评书,更爱读书。农村书籍不多,他便想尽各种办法去找书读。一次过年,他拿着钱去割肉。穿着红棉袄、脸蛋冻得通红的姐姐,站在村口的大榆树下眼巴巴地等着他,他回来看到姐姐时,像一个罪人那样挪到姐姐的跟前,不知咋办好。姐姐怎么也不会想到他做了一件"蠢事",问他:"割的肉好不好?"他只能实话实说:"没割肉,钱是让我买书了。"

1946年,共产党领导的人民军队解放了浩然的家乡,14岁的他便参加了革命,改名为浩然。他说,"人要有志气、有正气"是母亲常挂在嘴边的一句话。这句话,对浩然的人生产生了重要影响。

1950年10月,是浩然终生难忘的日子。这一天,《河北青年报》发表了他的第一篇作品《姐姐进步了》。这篇作品虽然只有千字左右,却在他一生中起了重大作用。从此,他下定决心要成为一名作家。"写农民,为农民写,给农民当一辈子忠实代言人。"

读浩然的书,与浩然见面,让我重新认识了农民和农村生活。

1982年夏天,一个亲戚来家里串门,讲述了一个真实的故事。于是我便根据这个故事写了一篇八千多字的短篇小说。令我没有想到的是,1983年3月,我的小说在云南个旧发表了。喜出望外的我激动得流下了眼泪,我觉得这篇小说之所以成功,就是我读浩然先生的小说起了作用,知道怎样挖掘生活素材,才能使故事里的人物鲜活起来。

浩然先生讲话很直率,既有作家的睿智和聪敏,也有农民的坦诚和朴实。言谈话语间,他总是流露着对农村的深厚感情,多次谈到农村是他的创作基地,农民的思想和生活是他的创作源泉。他说:"我的所有作品,永远只有一个主题,就是翻身农民团结一心跟党走。我歌颂共产党是发自内心的。当深夜我披着月光,漫步在寂静清爽,飘着米谷香味的场边上,许多激动过我的事情都展现在眼前，许多话语都涌到唇边……"

那次他讲学后在院子里休息时，请教的人围了一圈又一圈，我大着胆子走近他说："浩然老师，我非常喜欢读您的小说，您是如何把握素材，写出那么好的作品的？"浩然先生看看我微笑地点点头说："小说应该像刚从地里拔出来的萝卜，不仅带有须子和缨子，还带着一嘟噜湿乎乎的泥土。"他形象的比喻，一下子把大家都惹笑了。接着他又说，"一篇文章的写作需要设计好、构思好。比如院子里这片房子，用什么砖瓦，用什么水泥，需要好好做个选材。千万记住，写不出来的时候不要硬写。有了一丝灵感，不一定能写出一篇好作品。一篇好作品应该精雕细磨，要有成熟的腹稿，洗练的语言，优美的故事，娴熟的笔法才行。另外，稿子写好后不要急于送出，最好锁在抽屉里放上几个月，冷却冷却。这样，对你的写作会有许多益处的。"

那时我们元宝山区山前乡有一位农民作家，叫王中文，松山区人，写《水浒别传》的。浩然老师听说他的情况后，约我们几个人和他一同去看望。王中文与我很熟悉，论起来我俩还有点亲属关系。说话间，王中文将一沓手稿递给我，让我帮忙给打印一下。他当着浩然先生的面表扬我，说我那篇农村题材的小说很不错，以后要多深入农村，努力地写下去。浩然先生微笑地望着我，向我投来了激励鞭策的目光。我当即红着脸把笔记本递过去，请浩然先生为我题写一句话。浩然先生接过后很娴熟流畅地写下了"甘于寂寞，埋头苦写"八个大字。第二天一早，浩然老师便悄悄起床，一人步行去了山根下的兴隆庄村。一路上他这走走那看看，还深入几户农民家中了解生产生活情况。等回到北京后不久，他便发表了一篇描写当地农村生活的小说。

由于浩然先生把对农民的深厚感情都写进了作品里，他的作品也因此被学者们称为"中国农村近半个世纪的形象画卷"。浩然先生能把对农民的挚爱倾注在纸上,铺就了《艳阳天》《金光大道》,而我也是土生土长的农村人,也是地地道道农民的儿子,为什么不能常写农民,为农民写呢?

(刊于《当代人》2019年第4期)

收获美好和幸福

妻子益云有两个儿子，老大宁波，老二宁涛。宁波22岁，就读于吉林建筑工程学院；宁涛21岁，就读于清华大学法学院。两个儿子很优秀，是2007年双双考上大学的，可谓开了宁氏家族上高等院校的先河。

2008年10月14日，我去呼和浩特办事，邀请益云和我一同前往。我的想法是如果时间方便，返回时可以在北京停一停，去看看在清华大学读书的宁涛。当我在电话里把情况向益云讲明后，她欣然同意。

益云第一次踏上通往呼和浩特的草原列车，虽然要行驶20多个小时，但她情绪乐观，精神活跃。一路上照顾我的饮食起居，关心我的健康和冷暖，唯恐我吃喝不及时而患病上火的。列车上我俩谈论了很多话题，有工作方面的，有家庭方面的，有文化方面的，有政治方面的。谈话间，我得知她去得最远的地方是山东泰山，但来回均是乘坐火车。于是我便和她说，办完事情我们飞去北京怎样，她稍微思索了一下，看着我点了点头表示同意。

我们在呼市办事情很顺利，两天后圆满结束，可是两天内没有去北京的机票。没办法，我们只好在呼市又多转了两天。终于，飞机可以从白塔国际机场起飞了。为了让益云一览天空的无限风光，充分体验坐飞机的感受，我把靠窗边的座位让给了她，我详细地为她做着讲解。她乐呵呵地观察着天空上每一块云彩的变化，仔细观察着地面高山和河流的样子。飞机在万米高空上向首都北京方向飞行着，不时还看到有飞机从远处飞过。益云说俯瞰着如诗如画的蓝天、白云、山河、村庄，就像梦游一样，整个身心都飞翔起来了。

　　清华大学的校园面积442.12公顷，建筑面积287.64万平方米，设有21个学院，59个教学系，在校生达5万余人。漫步在校园内，我的心情无比快乐。一是这所学校具有百年的历史，是教育部直属的学校，全国各地的高才生云集。我虽然没有在这所校园里读过书，但也曾日思夜想过千百次，特别是去北京办事，总想走进这座建于1911年的校园，感受一下这里的学习氛围。二是清华大学是一所拥有众多杰出人才的名校，新中国成立后，清华毕业或曾在校工作过的校友中，有中国科学院院士330人，工程院院士144人，"两弹一星"功勋奖章获得者14人，省部级以上干部超过280人，曾任和现任的中共中央政治局常委9人。

　　中午放学的时间已经过去半个多小时了，我们在清华大学南门的法学院门前终于等到了宁涛。这是我第一次见到他，一米八的个头，80多公斤的体重，英俊、健壮，乌黑而有神的眼睛里，透着积极向上、不畏艰险的劲头。他很抱歉地对我说他刚从国际马拉松大学生赛场上回来。清华大学有2000多名师生参赛，他是学院体育部的部长，自然也是比赛的组织者了，因此从筹备到比赛每一天的事情都特别多。

　　宁涛原是军人，是2007届的国防生。他很优秀，曾于2009年参加过由总政治部举办的"当代革命军人核心价值观引领我成长"全军国防生演讲比赛决赛,荣获过优秀奖。在庆祝新中国成立60周年的检阅队伍里,他作为科技方阵排头的基准兵出现。

我们的午饭是在学校北门的"听涛园"吃的。听说宁涛很爱吃肉,于是我便有意要了几个荤菜,让他改善一下生活。宁涛说话不急不慢,知识面很广。他很有修养,说话时两眼总是目不转睛地注视着你,让你感到他的忠诚朴实,透明的心里不藏一点隐私,话语里没有一点水分。记得益云曾和我提起过,宁涛从小就有股韧劲,学习踏实,思维敏捷,学习成绩从小学到高中一直很优秀,2007年曾获全国中学生奥林匹克物理竞赛一等奖。如今我坐在这位清华大学优秀学生的对面,心里十分骄傲。

我们从北京回来后的第一次冬游是去长春。我虽多次去过长春,可益云还没去过。我和她商量,正好宁波在那里读书,我们既能旅游又能去看看他,岂不是一举两得吗?于是11月14日,我俩便乘上了北去的列车。到达长春时,正好是下午七点。我们刚到检票口,就看见宁波挤在人群里向我们招手。看见他那双期盼而又欣喜的眼睛,我们倍感高兴。大约晚上8点,我们乘有轨电车到了离学校不远的一家宾馆。宾馆是宁波精心挑选的,条件还不错,标准间,屋内设施整齐干净。我和益云稍稍洗漱之后,益云便向宁波介绍了我。宁波说他已经在博客上读了我写的多篇文章,了解了一切。不一会儿,宁波站起来为我斟水。他斟满了一杯水,随即后退一步,按蒙古族的礼节跪在地上很虔诚地给我磕了一个头,然后站起来,把水杯端给我,叫了声"爸爸"。这突如其来的举动让我一下子惊呆了,宁波原来叫我王叔,现在突然改口叫爸爸,我看着他们娘俩,激动的眼泪夺眶而出。我立刻走上前,紧紧地拉着他的手说:"儿子,爸爸谢谢你,希望你好好学习,报答你爸爸妈妈对你的养育之恩,报答祖国对你的培育之情。"

那一夜，我思绪万千，难以入睡，完全沉浸在幸福与快乐之中。短短几天的北方之行，我们欣赏了北国海拉尔和牙克石深秋风光的美好，看到了白桦林的伟岸，目睹了大兴安岭林区人民生活的富足，感受到了呼伦贝尔大草原的辽阔和蒙古族人民的好客与热情。益云感慨地说："这次北方之行，让我有了难忘的四个第一。第一次坐飞机；第一次接受内蒙古广播电视台张兴茂台长的宴请；第一次在人民大会堂留下自己的身影；第一次到长春和哈尔滨看北国风光。"

我虽然不善言辞，但也是个感情丰富的人。本来身边有了一儿一女，可后半生又有了两个儿子，这能不让我感到自豪和幸福吗？特别是当两个儿子喊我爸爸时，心里的甜蜜之情就像河水一样在欢快地流淌着。我感到我年轻了，我富裕了。因为我的家庭成员增多了，亲情氛围变厚了。

此次旅行，我尽管是满腔的甜蜜，但总觉得不把甜蜜记录下来不行。于是，我打开笔记本，把甜蜜化作一行行文字送给妻子和孩子们；我有决心把这个大家庭打造成一个"文化之家""文明之家""文学之家"，让生活充满阳光，让幸福比蜜甜！

(刊于《中国工商报》2009 年 12 月 18 日)

一篇小说与一个人的命运

　　1983年，是令我难忘的一年，也可以说是我三十而立的一年。那年我第一次迈上文学之路，当然也是创作激情似火的一年。那时我已调到家乡工作，成为一名中学代课教师，每月的工资31.5元。尽管家里已有四口人，还需要照顾年迈的老人，我起早贪黑侍弄土地，从不乱花一分钱，默默地坚守在工作岗位上，正像族人讲的祖训那样："横平竖直，宁折不弯弯，倔强的性格不屈从于人。"

　　平时我在学校里是一个不太爱言语的人，除了备课上课外，就是读书看报，唯一的业余爱好就是给市电台和报社写写新闻稿。一天，家里来了一个亲戚，说起了一桩分田单干后给人家当媒人费力不讨好的事，我听后觉得这事挺有新意，土地实行生产责任制了，男女婚姻还要实行责任制？于是，就想大胆写一篇小说。学校老师听说我要写生产责任制方面的小说觉得很新奇，刘老师便问我写完了往哪投，我说给《昭乌达报》。于是他叼着烟轻蔑地说："这个玩意就是靠走后门，赤峰有认识人就能发。"一股刺鼻的烟味使我本来就很烦，加之他这么一说，我的心烦得像拧了一个麻花劲，手抖了半天再也写不下去了。当时我是用16开的稿纸写的，过了几天我便换成8开的稿纸了，这一换纸又引来一片闲话。有两个老师问我："这回换大纸该往哪投了？"我玩笑地说："纸大地方大，不往赤峰投了，往呼和浩特投。"其实我这也是一句气话，是想说给一些人听的。于是刘老师很嫉妒地说："呼和浩特的人都是从赤峰调上去的，他都认识。"

记得一个星期六的下午，学校刚开完周会，几个老师便围在小屋里打起扑克来。我当时没有回家，便拿着一张《中国青年报》看了起来。无意间，在报缝处看到了《个旧文艺》的目录。上面反映边寨生活和部队生活的文章较多，我当即记好地址，脑里有了一个想法，何不把北方的风土人情写给南方人看看呢？于是内心里的烈火一下子烧去了很多烦恼，我下决心非把小说写出来不可。

我写小说的消息不胫而走。当时的大队和学校仅一墙之隔，学校的一切工作都归属大队管理。一天我去大队室查信，正好几个干部都坐在一铺炕上扯着闲嗑，大队曹书记手拿着一张报纸仰躺在行李上。他看我进了屋，便慢腾腾地坐起来，阴阳怪气地说："作家来了？怎样，小说写完了吗？"当时他的眼睛就像两束火苗在向我喷射着，我的脸一下子红到耳根。其实这是搞写作人的通病，就怕别人冷嘲热讽。我很不好意思地说："听谁瞎讲的，我根本就没写。"他轻轻地冷笑了一下，提高嗓门说："可别吹牛了，安心教你的学得了，你要是能写出小说来，我敢把眼球抠出来让汽车压响放炮！"他这一说，躺在炕上的几个干部都笑了，可我几乎要晕倒。那天我的心比油煎还难受，真不知道是怎么回的学校。

一天下午放学前的半小时，一位老师悄悄告诉我说，校长室里有我的一封信，像是小说退稿。我一听心凉了半截，觉得肯定是投给云南《个旧文艺》的那篇。那节课是自习课，我在讲台桌

- 心海涛声 -

157

上给学生批改着作业，心里就像十五个吊桶打水——七上八下的。我想这回可完了，非挨校长训斥不可。因为学校有规定，必须专心致志地教学，不准做与教学无关的事情。就在一周前一个周六的下午，大队曹书记还曾在全校教师大会上做过训话，说有人不务正业，整天在搞"自留地"。其实我很清楚那就是在说我，不过我问心无愧，我的教学成绩始终保持上等水平，从来没有下滑过。

　　晚上放学了，我低头跟在学生队伍的后头走，唯恐被张校长发现，因为他的办公室是放学出门的必经之地。我刚路过他门前，便被他喊住了。我诚惶诚恐地到了办公室。他跷着二郎腿吸着烟，第一句话就问我，你写小说了？他的脸色倒没有不高兴的样子。我看他的办公桌上正放着我的小说稿，还有一个浅黄色印着绿字的信封，看来不能再保密了，我勉强笑了笑说，那还是以前胡乱写的呢。因为我知道退稿信就代表着小说被"枪毙"了，一嚷嚷出去挺丢脸的。我害怕张校长还要追问下去，想拿过信赶紧走，没想到他却说，这是啥时候的事，小说写得还挺热闹呢。我说全是早晚没事时写的，是别人扯闲嗑说的一个真事儿，我就给加工描写了一下。张校长笑了一下，站起来在地上转了一圈说，从明天开始给你几天假，在家好好修改修改，要是发表了可真不错。说着他把印着《个旧文艺》编辑部字样的绿色信笺递给我。我一看，在我的名字下面写着三条意见：第一，小说很有生活情节，有修改的基础；第二，篇幅要压缩在 5000 字之内；第三，小说改好后速寄编辑部王雨宁同志收。

　　1983 年 1 月，寒气袭人，滴水成冰，我的全身却是热乎乎的。自从接到《个旧文艺》编辑部的来信后，心里像是打开了一扇门，感到老师和学生都对我露出了笑脸，投以温暖的目光，尤其是张校长给予的鼓励，更令我干劲十足。尽管他批了我几天的创作假，可我一天也没有歇，白天照常上班，晚上在家开夜车，因为学校很快就要放寒假了，班级各门课程都要进入复习考试阶段，校长体谅我，我更要想到班级。晚上为了不打扰母亲休息，我干脆把圆桌往西屋一搬，开始了紧张的小说创作。说来挺有意思，我的西屋是库房，那里连炉子都没有，屋里的四周墙壁上冻着厚厚的一层冰霜，地下是老鼠爬来爬去争着吃的一堆谷糠。但我没有觉得冷和饿，相反倒觉得小说改起来很开心，写到热闹处时不由自主地笑起来，写到悲伤处就伤心落泪一会儿。一天，已是凌晨3点多了，母亲突然穿衣过来，问我在笑啥呢，我说没有啊。母亲说她听到我笑好几回了。她很心疼地劝我干脆别写了，变得疯疯癫癫的咋办？

1983年2月26日，晚5点多，我一人正在家里看书，突然院外的大铁门被急促地敲了几下，待我出门一看，原来是大队的值班民兵曹彦富。他气喘吁吁地把一封来自《个旧文艺》编辑部的挂号信递给我，我看了一下心跳得好慌，一定是小说退稿吧。那时我真没有勇气把信封打开，等我摸了半天，感到信封薄薄的，又觉得不像是小说退稿，才进屋把信封打开。天呀，原来是一张大红的请柬和一封信，我的小说《绝路逢生》发表了，《个旧文艺》邀请我3月10日去云南省个旧市领奖，并参加著名作家见面会。与会作家有丁玲、杨沫、茹志鹃、晓雪、白桦、王安忆等。

当时，我高兴得要跳起来，我根本不相信自己的眼睛，我把那大红的请柬翻来覆去看了好几遍。当时真不知哪来的劲头，我跑到窗前的菜园里，看着漆黑夜空上的星星热泪盈眶。我面向南方跪下，一连磕了一十八个答谢的响头，又站起来，向王雨宁老师连连鞠了躬表示感谢。那天晚上我真的梦游了,我梦见自己坐上了飞机飞在蓝天上,梦见了我的小说正在书店里热销,梦见……

我接到请柬的消息不胫而走,去云南领奖的新闻很快就传开了,亲朋好友纷纷前来祝贺,特别是张兆庚校长亲自为我筹备出差的路费,为我送行。别看那时我已是 30 岁的人了,但还是第一次踏上跨省的列车,我想正好这回路过北京,无论如何也要在天安门前留个影,我要永远记住这次云南之行,记住我的而立之年。

怀着激动的心情,我终于找到了《个旧文艺》编辑部。当时正好有个人在门前的水泥黑板上写着报到须知。我说,老师,报到处在哪里?他转身看了看,问我是从哪里来的,我说是从内蒙古来的。他说,你是叫王慧俊吧?我说,是啊。他说,一看你的作品就知道你是草原上的一个蒙古族的彪小伙子。我腼腆地一笑说,我是汉族。当我得知他就是王雨宁老师时,百感交集,热泪盈眶,我与他紧紧地握手,握得特别热烈,特别难忘。

第二天天刚亮,我便深吸着清新的空气,顺着弯弯曲曲的小路登山眺望。个旧,坐落在哀牢山支脉的山凹峪谷之间,东靠阴山,西临阳山,阴阳两山伸出了逶迤曲折的巨臂,紧紧拥抱着全市。正是春光明媚的时节,樱花盛开,花满山,满山花,沁人心脾,芳香四溢。在这绚丽多姿的天地里,我动了感情,我开始寻觅着,寻觅着鲜花下小草的身姿。因为,我来自大草原,我爱小草的顽强和拼搏,爱小草的追求和向往。我做梦也没想到,我这棵北疆的小草,能来到南国的边陲,能看到南国的山山水水,能接触著名作家们,的确是终生难忘的一大喜事、乐事。

正在我凝神之际,山腰处传来娓娓动听的歌声,柔和优美,情意绵绵。我循声找去，绕过了一道道树浪花簇，终于找到声音的来源。我赶忙走过去，只见那人手里正握着一个湿淋淋光溜溜的泥丸，几株绿莹莹的小草立在上头，纤细青翠。他回头见我站在身边，便咯咯地笑了。"你是新疆的吧？"我试探地问了一句。因为报到时就有人说，新疆的代表是第一个来的，而他又是维吾尔族的长相。"对啊，我叫代士喜，是新疆建设兵团的。"他腼腆地一笑，黑红的腮边绽出两个浅浅的酒窝。"听口音，你是东北的吧？""嗯，是内蒙古的。""噢，是大草原上的人，可幸可幸。"他指着手中的小草解释说："听说这草可大有用处了，草籽可以入药，叶茎还能解酒。"

　　早饭过后，在《个旧文艺》编辑部的安排下，我们30多人在人民公园的上方参加植树纪念。云南省红河州及个旧市的领导在人民公园上方专门为我们来自全国各地的文学代表开辟了一块"文学林"，由著名作家沈从文亲笔题写。彝族、苗族、布依族、侗族、布朗族等十几个少数民族的人们穿着节日的盛装，在挥锹舞镐地植树。突然，一辆吉普车开路，几辆红旗小轿车从山下驶来，著名作家丁玲同志来了。衣着朴素、体格健壮的她，下车后不停地向我们招手。"我是昨天到的个旧，从昆明来的，在桃色的云里面我飞过来了。沿路都是火一样的桃树林哪！我又是踩着油菜花、荞麦花黄色、白色的海涛浮过来的。我的心就像飞到云的上面、海的上面，轻得很啊！舒服得很啊！我知道有上千的人在等着我们，我们能够拿什么东西来报答你们呢？我想你们就是我在一路上看到的粉色的、白色的鲜艳的花朵。"陈明、蹇先艾、杨沫、茹志鹃、白桦、王安忆、祖慰等著名作家都来了。我们和作家们一起植树浇水，一起谈笑，一起留影。我是内蒙古的唯一代表，我和新疆的代士喜共同栽植下了一棵桃树，并留下了我们

- 心海涛声 -

的地址和名字。

春情不可状，艳艳令人醉。美的场面、美的景致太令人难忘了。不一会儿，听到大喇叭里在喊我的名字，也不知发生了什么事情，我忙走了过去。只见丁玲她老人家跟前站着几个人，其中就有从海南来的林晓莲。丁老听说我来自内蒙古，像妈妈一样亲切地拉着我的手询问我的工作和年龄，勉励我"写一本自己的书，用自己的生命去写一本书"。她高兴地和大家说："我左手拉着内蒙古，右手拉着海南岛，我的心舒服得很啊！"

此刻，我的心里充满着幸福的感觉。我望着极远极远的地方，当时心里只有一个想法，快快回到内蒙古大草原去，快把这美的镜头和香的话语传送给我的亲人和朋友们。

云南一行，我见到了自己的影子，见到了东方的曙光。在返回北京飞速行驶的列车上，我的脑海也随着车轮在飞快地旋转着："文学创作魅力无穷。我迷恋上了文学，要靠创作改变我的命运。"到了北京后，站在天安门前，我凝视着毛泽东主席像默默地流着泪水，自言自语地宣誓："毛主席，请您老人家放心，我今天叫王慧俊，明天一定让人管我叫作家，我要靠文学站立起来！"当我含泪走到人民英雄纪念碑前，看到那些在抗日战争和解放战争中冲锋陷阵，前仆后继的将士们的画面，热血沸腾，浮想联翩，我一字不少地记录下整个碑文。面对成千上万的游人，我为我这个农村娃感到庆幸，我感到我没有辜负父母对我的希望，我能用自己手中的笔写出文学作品，能亲眼见到著名的作家们，我感到骄傲和自豪！

回到家乡和学校，我立刻成了新闻人物。旗教育局的张春祥副局长听说后，在下乡途中，专门绕路到学校看望我，并且和张校长一起到我的家里了解生活情况。他说我小说的发表，是全旗教育界的光荣，当场拍板报销我的全部差旅费。那位曾以挖眼球为赌注的曹书记见到我很不好意思地说："你小子是挺牛的！"一天下午，我一人在办公室里批着作业，有两个老师以为屋里没人，便在窗前吸着我发给他们的"春城"牌香烟唠嗑。其中说我有认识人的那个刘老师说："你说王慧俊这人是挺牛的，没听说他在云南有什么认识人啊？"另一个老师说："这回他可能要闹大了，你想连教育局的局长都来了，他能不转正调走吗？"他俩说得真真切切，我在屋里听得清清楚楚。从那以后，我的文学梦便一个接着一个做了起来，创作的激情真像开闸的洪水一样，奔腾不息。《昭乌达报》和《百柳》杂志刊发了我的几篇散文，湖南、北京、黑龙江、云南和山东又频频传来刊稿的喜讯。

  文学创作，让我记住云南，感谢云南。1983年10月初，喀喇沁旗人民政府两位领导亲自到学校找我，要聘我到旗政府当秘书。没过几天，邻县的元宝山区教育局听说我会写小说，特聘我去做秘书。由于我工作务实，第二年便转正、入党、提干。一年半后，我便受到提拔调到元宝山区工商局工作。

  那时，我非常喜欢读书，经常阅读的两本文学刊物都是云南的，一本是《滇池》，一本是《个旧文艺》。云南是我文学生长的一片沃土，也是我人生成长的一个温暖的家。一次，一位到元宝山矿卖药的人，由于手续不全，被元宝山工商所查扣，确定罚款3000元。当时我分管着生产资料市场工作。工商所向我汇报后，我问卖药的是哪里人，工商人员说是云南大理的。我一听云南的，心里立刻同情起来。当我把这人叫到办公室后，一看他是拐腿，更有了同情心。他很费劲地说着普通话，说药品是家传秘方，不信可以打电话询问一下。经过查看，那些药物确实不是假冒伪劣，而且他还有残疾人证明。我便和工商所的人员说，云南是我国少数民族较多的边疆地区,百姓生活很贫困,让他走吧,钱不罚了。那人千恩万谢,连连给我作揖。工商所的张刚开玩笑地说,上次一个到电厂卖电件的就是云南人,他的销售合同手续上只有厂家公章,没有财务章,请示你时你给了特殊照顾,你真就像是云南的代言人一样。我笑笑说,彩云之南,情意无限。我的小说《绝路逢生》就是在云南发表的,是这篇小说成全了我,改变了我,你说我能不心系云南吗?

(刊于《山西文学》2017年第1期)

芳香的五寨

1953年，我出生在一个叫作炒米房的村子里，从我懂事的那天开始，我就知道这个村子位于一座大山的脚下，山不太高，但一座接着一座。村子很僻静，没有几户人家，多是居住在又低又矮的房舍里，其中有两家还住在被熏黑的半山腰的窑洞里。村里唯有一棵又粗又高的大榆树在彰显着生机，遮掩着贫穷。我没有见过炒米，父亲和母亲说他们也没见过，村子为什么叫炒米房，他们也不清楚。

我上小学时家里很困难，常常为买不起一分钱两根的铅笔和父母哭闹。其实他们也没办法，我经常看见父亲抽着捡来的烟头在低头叹着气。我跟在母亲后边挖野菜、捋树叶，也因为吃野菜中过毒，和父母一起肿过脸肿过腿。"偏僻贫穷"这四个字深深印在我的脑海里，有人问我是哪里人，我很不乐意说出"炒米房"三个字。

升入中学后，哥哥是我们生产队的队长，他去参观过大寨。听他说大寨在山西省太行山的昔阳县，是一个七沟八梁一面坡的穷地方。寨里有两个叫陈永贵和郭凤莲的人，头上扎着块白毛巾，天不怕地不怕地带领着大家治山治水，硬是在青石板上修成了亩产千斤的高产、稳产的海绵田。那时我曾有个想法，我也要抽空去大寨看看，亲眼见见陈永贵和郭凤莲，看看他们是如何与天斗与地斗富裕起来的。

几十年一晃而过，但要去大寨看看的想法并没有改变。2014年，我在主编《山河》杂志的过程中，每天都会接到全国各地很多来稿，有学生的、有教师的、有工人的，也有农民的。在查看来稿登记时，我突然看到一篇来自山西省五寨县一个名叫朴平的人的来稿，文章题目叫《父亲》。我欣喜地把6000多字从头到尾读了两遍，觉得稿件质量还不错，稍做改动便可以刊用。本来我们用稿的要求是散文在3000字以下，特好稿可适当放宽些。那时我就想，五寨和大寨两家肯定是亲兄弟，两个地方距离也不会太远，有大寨人做榜样，五寨人肯定也会不错的，我们应该多宣传、多支持一下。后来，朴平又发来一篇稿子，她电话告诉我说她叫刘笑梅。因为自己是个农民，没有什么文化，所以不敢写真名字，便叫了朴平——朴素平常。我说你的《父亲》这篇稿子就很有文化，语言流畅，故事性很强，也很有逻辑性。她听我这么一说，笑笑后便哭了，呜咽地感谢我。她说她文化水平太低了，经常因为有不会写的字，不会用的词而头疼。她说手头上存有一篇六七万字的小说稿，磕磕绊绊写了几年才完成的，有的字不会写就画个圈等丈夫回来教她。她把小说稿修改十几遍了，想请我给看一看。我听后感到很惊讶，一个农民，而且是一个家庭主妇，文化水平又不高，哪有时间写小说啊！她说因为家里生活困难，读完初中父亲便留她在家务农了。20岁结婚后，是当教师的丈夫手把手教她识字，教她读书。她是怀着一颗感恩的心把生活中的故事一点点记录下来，让更多的人去理解去品味。

山西的方言我有些不懂，但朴平讲的故事很感动我，接触这样一个来自贫困地区的作者，我很受教育和启发。我把她的故事向很多人做了宣传，特别是在如今已经富裕了的我的老家炒米房，我鼓励那些已为人妻为人母的妇女，拿起笔来写炒米房村贫困的历史，宣传炒米房改革开放后翻天覆地的变化，学习朴平"只要功夫深，铁杵磨成针"的锲而不舍的精神。

我很佩服朴平热爱生活、记录生活的态度。生活这本书拓展了她创作的空间，让她挺起腰杆又叫起了"刘笑梅"这个名字，我感觉用"宝剑锋从磨砺出，梅花香自苦寒来"这句话形容她，很是贴切。一天，我在编辑部会议上说，朴平的文章很有"山药蛋派"农民作家赵树理的味道，她运用朴素的感情，朴实的语言，揭示了人物心理，推进了人物的性格，表现出了鲜明的地域特色，这样的来稿尽管长一些，我们也要优先处理。我之所以这样说，是因为朴平是一个热爱文化的农村娃，如果发表她的文章，不就是在激励她更加热爱生活，热爱人生，用文化的力量去繁荣振兴山西的五寨吗？

后来，朴平给我来电话说，她争取出版一本小说集，就写五寨的人，写五寨的社会生活。另外，她有个请求，她丈夫有个学生在五寨县二中当体育老师，也爱好文学，想给《山河》投投稿，请我给予关照。我说好啊，热烈欢迎五寨人来稿。没过几天，编辑部便收到了一个叫赵东方发来的《今生做兄弟》和《不读诗无以言》两篇来稿。几个编辑看后都说文章还不错，文字清新，观点明朗。我读后，觉得是不错，便签字刊发了。后来，赵东方又发来《绝唱》《蔡琰救夫》和《燕青劝主》等几篇稿子，让我给予修正。读赵东方的文章，我觉得他不像是一个体育教师，倒像是一位历史研究者，掌握的东西很丰厚。记得1983年3月，我在云南个旧聆听著名作家茹志鹃老师讲学时，她说过这样一段话："无论是一篇小说还是一篇散文，如果读了一千字还没吸引住你的眼球，这篇作品多数是不成功的。"赵东方的作品读起来很有吸引力，有趣味，有灵性，既不拖泥带水，也不含含糊糊。

　　赵东方我没有见过，只是通了几次电话。一次我在电话里和北京《神州》杂志的马宏光副总编聊起了赵东方，马老师说东方的文章知识性、趣味性很浓，很有发展的后劲。我在电话里鼓励赵东方多读书、多思考、多写作。东方笑笑说："是哩，在我们五寨县有一大群人在鼓励我多学习，建议我多写作。比如经常写诗歌的马赛英、马晓华；写散文的李晋成、杨希存、余素芳，还有写书法的周月，搞摄影的张宏文，等等。"

　　五寨人对文学创作的执着让我很感动，我决定要亲自去五寨看看他们，说不定在五寨也能看见大寨的虎头山和赵树理走过的脚印呢。于是我乘上了去往山西的列车。下了火车后，我顾不得休息，又乘出租车赶往五寨。途中，我看到很多地方也是七沟八梁的黄土高坡，但被治理得很好。我问司机师傅最远开车去过哪里，他笑笑说："哎呀，早就想去五台山看看许个愿，可没个时间哩，就去过大同一次。"我又问他："你去过大寨吗？"他说："还没哩，等孩子大了一定去那里看看，听说那里的人很能干，家家都挂着毛主席的照片哩。"

　　车子很快到了五寨县城，时间已是下午的两点多了。朴平在哪？赵东方在哪？我想给他们一个惊喜。思考了半天，最后还是拿出手机给赵东方打了个电话。赵东方对我的到来很惊讶，他说马上打电话告诉周月等几个文友来宾馆见我。

　　初春时节，五寨的天气还很寒冷，但我心里倍感温暖。宾馆不大的房间里挤满了一张张热情的笑脸。初次见面的赵东方、周月等几个文友觉得我是来自内蒙古大草原上的人，问我能否把蒙古族的长调唱给他们,再说上几句蒙古语,让他们感受一下大草原的风情。很可惜,我是生长在蒙古草原上的一个汉族娃,歌曲唱不了,蒙古语也说不上几句。说实话,因我爱好文学,曾经几次深入大草原里采访,也唱着不太熟悉的蒙古歌曲,在蓝天白云下像寻找宝贝一样寻找藏在马蹄坑里的故事。《父亲的草原母亲的河》那首歌曲,是台湾著名作家席慕蓉的杰作,"父亲曾经形容草原的清香,让他在天涯海角也从不能相忘。母亲总爱描摹大河浩荡,奔流在蒙古高原我遥远的家乡……"那是席慕蓉落着泪,弯着腰在马蹄坑里挖掘出来的乡愁。尽管她出生在重庆,对草原的印象很淡很淡,但当她踏入故乡的草原后,发现母亲河里流淌着的故事比天上的星星还多,欢笑的河水在传唱着祖先的祝福,保佑着漂泊的孩子找到回家的路……

来到山西五寨,我感受到文友们创作的积极性,看到了五寨改革开放四十年所发生的变化。我想我应当为五寨文友们的创作加油助力。除了和他们研讨山西的风土人情,研讨五寨的传统文化,我还要把风吹草低见牛羊的内蒙古草原上的故事,以及我们炒米房所发生的故事都讲给他们听。让这些故事在这些文人的手里,变成一首首诗歌、一篇篇散文、一章章小说,飞跃高山草原,飞到祖国各地去。

让我深为感动的是,几十年来,从五寨这片土地上走出去了一大批有识之士,有从政的,也有经商的。我虽然不认识他们,但我清楚看到了他们坚实的脚印印在五寨的大地上,我要去熟悉他们、赞美他们。如中国作家协会会员、赵树理文学奖得主徐茂斌,诗人、上海某材料公司的董事长吕效东,诗人、上海企业家郝海燕,作家、山西河曲县文联主席岳占军和在神华集团工作的散文家徐治军等人,他们情系五寨,和五寨那个读书写作群形影不离,和文友们在南山上,在清涟河边,在"五寨沟"里,寻找挖掘着文学"宝贝"。经过精心加工雕琢后,有的"宝贝"飞到了五台山,飞到了北京,飞到了内蒙古,还有的飞到了安徽。刘笑梅的小说《小镇上的女人》就是一宝,2017年,获得了忻州市委宣传部文学大奖,奖金两万元。

看着热气腾腾的饭菜,我充分感受到了五寨文友们的热情。在如云如雾的热浪中,我仿佛看到了赵东方、刘笑梅、李晋成、马赛英等人藏在大脑里的文学创作线路图。果真没几天,赵东方告诉我说他的散文《我想踢球》《读"转运汉遇巧洞庭红"有感》和刘笑梅的短篇小说《小镇上的女人》均发表在国家级期刊《神州》杂志上;马赛英的诗歌《接近莲台》在安徽池州获得了第二届乡村沐野节二等奖;李晋成的散文《冰花》,余素芳的散文《生命的意义》,周月的散文《婆婆也是妈》,马晓华的诗歌《仲春之春》分别刊登在内蒙古和山东的几家文学报刊上。

太阳微红,我顺着清涟河畔登到了南山顶上。凝视着高速发展的五寨,感觉环境特别优美,空气特别新鲜。虽然时节未到,在山峦上还看不到鲜花开放,但在飘来的微风中,我已经嗅到了一股股清香。我猜,这肯定是大自然听说五寨一群文化人要在这里建设一座文化自信的乐园,要写出几部赞美五寨、记录五寨的书籍而释放出的祝福的芳香吧!

(刊于《中国散文》2018年秋季卷)

老家的味道

前段时间，我回老家准备写点东西。内蒙古赤峰市喀喇沁旗牛家营子镇西山村是生我养我的家乡，因有着多年种植中药材的历史，颇有名气。

我最初是农村户口，中学毕业后多年跟随父母在那些平整、开阔、肥沃的药材基地里劳动过，直到现在还能准确地说出"八十亩""东大地""小河套"等地名。

在"八十亩"地里劳动的人们大部分都不熟悉了，李树利和王东江是我从小的玩伴。他俩见我来了，忙放下手里的工具迎过来和我搭话。

"你俩今年又种什么药材了？"我走上前握手问道。

"我比去年多种了二亩北沙参，少种了一亩黄芪。"李树利笑笑说。

"你呢，东江？"

"我这里有一亩半二年生的桔梗马上就要挖完了，去年打点籽卖。今年只种了三亩地的北沙参。"东江指点着自己的地告诉我。

"这些年种植中药材，你俩都成百万富翁了吧？"我笑着问他俩。

"我不如树利，人家才名副其实，不仅盖上了四间新房，还在山上盖了几十间猪舍，养了一百多口猪，一家五口人生活有滋有味的。"

李树利觉得王东江过高宣传了自己，忙掰着手指计算着和我说："王东江两个儿子两处新房，自己还盖了一处楼房，算一算他的年收入，是全营子的大户了。"

记得40年前，我在"八十亩"这块地里留下过无数的脚印和汗水。承包土地的第一年，我和妻子高兴地种植了一亩二分地的桔梗，但由于不会侍弄，才收入200多元，比别人家少了1000多元。

对于土地种植，我确实是个门外汉，我之所以对种植桔梗感兴趣，因为它开花特别好看，花瓣呈紫色五角星状，俗名"包袱花"和"苦根花"，朝鲜人叫它"道拉基"，有一首非常好听的《桔梗谣》唱的就是这种植物。朝鲜族人家家把桔梗制成泡菜吃。让我难忘的是，种地时，父亲悄悄留下一把桔梗籽，把我家房前房后和树根下都撒上了。初夏一到，绿莹莹的桔梗便笑脸一样绽放着，把我们的小院装点得特别好看。

李树利笑我是个只会拿书本的料。他说种药必须要讲科学，从春种到秋收每一项活计都要精益求精。比如种植北沙参吧，需要在年前农历的大雪节气里把种子选好，然后用清水浮选干净，用布袋包好冷冻起来，直到第二年清明节才拿出来播种。播种前必须把土壤翻松整细，将农家肥均匀地撒入地里再翻松，土壤的温度在零下二三摄氏度适宜播种，种子的深浅一定要适应白天太阳的光照。播种完后，地面要压实，既要防止种子透风不宜发芽，又要防止虫害。

这些年通过种植药材，农民确实富裕了。我们整个营子彻底脱贫，现在全村盖新房、买新车、修新路、出国游不再是新鲜事。

牛营子镇有着300多年的种药传统，早在清朝康熙年间这里就建有"药王庙"。相传1784年，乾隆皇帝狩猎至此，望药花赏心悦目，闻药香沁人心脾，遂赐地名"药王村"从此家家种药，户户得益，历久不衰。

这里过去的确有过"药王庙"的称谓。记得我十多岁时去姥姥家还见过古色古香的"药王庙"呢。庙院不大，松柏挺立，庙前的石台上塑着一位身穿黄袍、手拿药签的老者，冉冉的胡须下，有一只仙鹤展翅欲飞。有人告诉我说老者是药王孙思邈，是驾仙鹤顺锡伯河一路而来的。

锡伯河，是我家乡的母亲河。清清的河水，四季流淌。在它的灌溉下，全镇两岸的土地由薄变厚，由黄变黑。也可能是由于药王的到来，人们种植中药材后，很多药材成了餐桌上的食品，不仅家家户户的大人孩子常年无灾无病，就连牛羊猪马吃完中药材的花叶和茎秆也膘肥体壮，肉质鲜美。

说话间，李树利气喘吁吁地跑来，他把几个装满物品的塑料袋递给我，说这就是当地的纯中药产品。

看着眼前具有特殊功效价值的土特产品，我决定暂时不走了，同乡亲们好好唠一唠，写写家乡的故事。

（刊于《人民日报·海外版》2020年8月31日第7版）

海南奇遇

1993年6月中旬，我应邀到海南省海口市参加一个全国性的文学表彰会。海南对我来说很陌生，整整四个半小时的飞行中，一直想象着椰岛、海浪、沙滩和仙人掌，向往着美丽的五指山和万泉河。

6月的海南，热浪滚滚。到达宾馆后，我和妻子只简单地洗漱了一下，便急着要出去观椰岛风光，充分体验一下南国风情。我们在一个森林公园转到一个书摊前，我随便拿过一本《法制故事》看了起来。突然，醒目的"血手套之谜"五个大字映入了眼帘，啊，这标题我也写过啊！怀着浓厚的兴趣，我急忙打开了书页。当我读了一段后，感觉和我写的文章一模一样。再往后看，全文一字未改，只可惜作者的名字是袁忠文。《法制故事》由黄河出版社出版，全套书分上、中、下三册。带着重重的疑虑，我买了两套书匆匆赶回宾馆的房间里。妻子看我很不快的样子，劝我不要着急上火。

那天下午我的心里很难受，因为这篇文章我还在当地当过一次被告，经历了一次法院的判决。整个中午，我气得连眼都没眨，我先后给赤峰市文联和北京的朋友打电话询问此事，询问我的稿子是否外传过，最后的答复都一样，从未外传刊登过。

从海南回到单位后，我立即就此事展开了调查，并就有关事宜进行了法律咨询。反复查证黄河出版社的地址后，我连续向出版社打了几个电话，发出了三封询问的信件。一个半月后，黄河出版社才发来于仁和同志的一封信。信中说出版社没有任何责任，只是发稿时不慎丢掉了作者的名字，袁忠文并无此人，出版社只是为了忠于原来作者文章的意思，才署名为袁忠文。经过朋友们反复的推敲，认为此解释明显是在搪塞愚弄我。那时《中华人民共和国著作权法》还没有颁布，一气之下，我便带上写好的诉状，乘上了通往济南的列车，要去出版社讨个说法。

到达济南后，我先去泰山放松一下自己的心情。巍峨雄伟的泰山给了我很大的鼓舞。那棵棵傲然挺立的不老松，更鼓舞了我写作的斗志，更觉得无限风光在险峰。经过了解，黄河出版社是中国人民解放军济南军区的一家出版社，距离济南军区司令部很近。我的住宿就选择在济南军区招待所，隔墙的东院就是济南军区司令部。

第二天，早上一上班，我就赶到了黄河出版社的办公室，并见到了于仁和同志。他说他是出版社编辑部的副主任，是《法制故事》一书的责任编辑。于仁和同志见到我感到很是吃惊，没想到我会找上门来。当我向他问及此事时，他的态度很是生硬，说法还是和信件上一样。

看到他的态度，我便和他正面交锋起来。我说："报告文学是真实的纪实文学，你是责任编辑，为啥没有见到盖有审核的公章就给刊登了呢？而且此文还是一个典型的杀人侦破案件，是由我们当地公安部门侦破的，由我详细调查后，写成的报告文学，袁忠文这个作者不是在公开侵权吗？"于仁和说："你要相信中国人民解放军的出版社，我们历来是谨慎行事的。"最后我提出要面见出版社的总编辑，并展示了我写好的几页诉讼状。

下午，我在招待所里一直静心地等待着，可到了天黑也没个人来找我。那一夜我躺在床上几乎没有合眼，我想这可是中国人民解放军济南军区的出版社呀，你惹得起吗？可又一想，我从小就喊向解放军叔叔学习，向解放军叔叔致敬，解放军是爱护人民的，不可能把我怎样，既然来了，就一定要弄个水落石出。

第二天早晨一上班，我便去了出版社。接待我的人是一个体形较瘦的大个子，花白的头发，年龄差不多有五十岁吧，一口辽宁口音。他说他是编辑部的李主任，辽宁朝阳人，和我是老乡。经过攀谈我才知道，李主任是参加过对越自卫反击战的一名老兵。他说，确实是编辑部把作者的名字弄丢了，请我原谅出版社，劝我赶紧回去，不要耽误工作，出版社给我报销来回的火车票，等他回朝阳一定到平庄去看我。

虽然李主任是一位长者，且是编辑部的主任，但我觉得我给出版社打了多次电话都没人接，连续写了三封信都不回复，就这样草草回去，我如何向单位和朋友交代啊？我和李主任说还是见见你们司令部政治部的首长吧，就这么几步路，我要把情况如实反映给首长，听听他的意见。

我这么一说，李主任立刻站起身阻止我。午间，等我回到招待所，早已等候在那里一名穿着军装的女同志告诉我，我的房间已经做了调整，从前二楼调到后三楼的高间了。"你们为什么要这样做啊？"女同志说是"首长的指示"。我说："我没有钱啊，不去那里了。"女同志说："从今天午间开始，住宿是免费的，吃饭免费到后楼首长小餐厅用餐。"等她领着我到了后三楼房间一看，屋里漂亮豪华多了，办公桌上的果盘里，放着瓜子和糖果，地上铺着高级地毯。房间由四人间突然变成一人间了。我想我的事情肯定是引起了上级首长的重视，看来气可鼓不可泄，我在自我安慰着。

待我吃完饭刚回到房间，于仁和副主任便敲门进了屋。这次他热情多了，几句话过后，他拉着我的手站起来诚恳地向我赔礼道歉。他说是他的工作失误，给我造成了精神痛苦和经济损失。我问他那个袁忠文究竟是怎么回事，他很不好意思地说，其实这人是山东某县的一名文学爱好者，是出版社的老熟人了。说话间，我看见于主任手上长着很多红色的痘。我忙问于主任："你的手怎么了?"他叹了一口气说："最近工作太忙了，妻子在印刷厂工作，近来身体不好住了院，我的手还没来得及去医院检查一下。"他这么一说，我的眼泪一下子掉了下来，真可怜，都病成这样了还不去医院检查，也太敬业了!

第三天我刚吃完早饭，李主任来了。我和李主任说，我要见你们政治部的首长。李主任笑笑说，什么大不了的事情啊，还要去见首长，首长最近几天都在外出。其实，政治部的首长根本就没有外出，昨天晚饭后，我在司令部门前散步时看见一位首长模样的人，后面还跟着两个警卫员。有人告诉我说，他就是司令部政治部的主任。

李主任反复和我讲，看在老乡的面子上，就此让步吧!我说就因为作者名字三个字，你们给我造成了多大的精神痛苦呀，为此事我不仅花钱找律师咨询，还请了半个多月的假没有上班，影响了很多的工作啊!

别看我在语言上没有让步，其实我已经做好了思想上让步的准备。主要原因是于主任太让我感动了。经过商量，最后意见达成一致，黄河出版社赔偿我经济损失3700元，并负责在《法制故事》上刊登声明向我道歉。

于主任也很感动。他亲自送我到火车站为我买票，并买了很多食品。列车即将启动了，可我俩的手还在不停地挥动着。没承想，海南的奇遇，竟让五指山的巨手托起了山东和内蒙古之间的友谊，万泉河水缔结了我与于仁和兄弟般的深情。

从此，我与于仁和之间的书信不断，佳音频传……

（刊于《天地人》1995年第2期）

眉山竹情

地处成都平原腹地的眉山，古称眉州，是宋代文学家苏东坡先生的故乡。眉山的竹子闻名国内外，已成为传播东坡文化的良好载体。据我国古代《竹谱详录》和《农政全书》载："竹之品类六十有一，三百十四种。"而眉山青神就有竹十六种，慈竹、单竹、斑竹、水竹、方竹、箭竹……

自古以来，竹子颇受文人墨客赞颂。竹子生而有节，竹节必露是高风亮节的象征；挺拔洒脱、正直清高、清秀俊逸是中国文人的人格追求。

历代以来，士人以松、竹、梅、兰、菊为寄托，松的常青、竹的坚贞、梅的高洁、兰的清幽、菊的孤傲，与文人的品性相共鸣，与"富贵不能淫，贫贱不能移，威武不能屈"的大丈夫精神相吻合。郑板桥说："盖竹之体，瘦劲孤高，枝枝傲雪，节节干霄，有君子之豪气凌云，不为俗屈。"

到眉山"三苏祠"赏竹，能充分感受到东坡先生"宁可食无肉，不可居无竹"的高尚品格。竹，是他生活里不可缺失的伙伴，见证了他的高风亮节。

我崇拜竹子像崇拜母亲一样，不仅崇拜它冲天挺拔的姿态，更崇拜它宁折不弯的傲骨。

那年我还差两天就要十岁了。一天夜里，不知因为什么，突然腹部胀痛起来，且小便困难。母亲忙起床给我沏上红糖水，又找出止痛片，可都不奏效。我的呻吟急得母亲两眼红红的，在地上走来走去，不停地搓手咂着嘴。好容易熬到了天亮，母亲用力推开了被冰雪堵住的门，顶着刺骨的风雪出了门。母亲为了忙年，一个多月没有休息了，特别是那条残腿，疼起来都站立不住，她常常一手扶着墙，一手用一根木棍狠狠地敲打着腿坚持干活。

大约一个小时的工夫，我看见母亲气喘吁吁攥着一把像花叶的东西回来。她小心翼翼地把花叶放在炕上一个碗里，两手攥着拳在嘴前哈着气。我心烦地问："你让我喝这花叶子啊？"母亲一边往碗里倒着水，一边说："沏上喝喝就好，一准是腊月蒸干粮睡热炕上火了。"看着碗里的绿色叶子，我的心更烦了。"不喝，堵着嗓子咋办？"说着，一摇头滚到炕里。"这是竹叶，是人家告诉的一个偏方，来，快喝吧！"母亲颤抖地端着碗。一边往碗里吹着气，一边擦着满头融化的雪水。僵持到最后，我只好羔羊般一点点凑近她。母亲眼里的泪花几乎要掉出来，我使劲皱着眉头闭着眼，警惕地用牙齿挡着碗里那些花叶，好半天才艰难地把水喝下去。果真，半夜时腹部不再疼痛了，小便也畅通了。

我被竹的神奇感动了，逢人便讲竹叶的功效。在学校，我不画桃花和杏花，专画绿绿的竹叶，画坚挺的竹子。

20世纪80年代初因工出差，我在湖南桃江见到了一片慈竹，对，就是这种竹叶治好了我的病。我兴奋地拥着它合影。照完相，忙把慈竹根部一棵小小的竹芽掰下来，如获至宝般带回家栽在花盆里。母亲高兴地天天给它浇水，守在花盆边看着竹子一天天拔节长高。后来，我写出了《深情》《根苦花好》《给菜娘》

等文章。

  一次，母亲去医院瞧病，大夫给开了两盒"竹康宁"胶囊。我不解地问大夫："竹属于药品吗？"大夫笑笑说："在中国最早的医书典籍中，就有用竹治病的记载。竹的全身都是宝，笋能吃，营养好；叶、根及茎秆加工制成的竹茹、竹沥，都是疗疾效果显著的药用材料。"我问："竹叶呢？"他说："竹叶更主贵，含三萜类化合物和芦竹素、白芳素、竹叶酮等，具有清心火，除烦热，治疗小便赤涩，牙龈肿痛等多种疗效。日本科技界认为，竹叶酮的结构与人体的血红蛋白相似，可以制成针剂直接注入静脉，具有抗衰老、降血脂，预防心脑血管疾病和肝病的功效。"

  从此，竹就像一粒珍贵的种子深深扎根在我心里。我不仅吃竹、看竹、画竹，也写竹，长篇散文《黑夜里那束生命之光》就是我对竹的赞颂。

  红墙环抱、绿水萦绕的"三苏祠"，曲径通幽，小桥频架，彰显着"三分水，二分竹"的岛居特色。一棵棵竹子修直挺拔，不哗众取宠，更不盛气凌人。当我在祠内看到苏洵、苏轼、苏辙父子三人塑像时，不由自主地吟诵起了董必武先生"竹叶青青不肯黄，枝条楚楚耐严霜。昭苏万物春风里，更有笋尖出土忙"的诗句，顿时难抑天马行空的思绪。我觉得是在和"凝练老泉，豪放东坡，冲雅颖滨"亲切对话，情深意切地诵读着"一门父子三词客"的诗文。

  古典园林式的"三苏祠"里，堂馆亭榭掩映在翠竹的浓荫之中。池塘边簇簇二三米高的水竹团结紧密，茎挺叶茂，多姿多彩地展露着自然秀雅的笑脸；一片片慈竹，紧系着故土，坚挺地在庭院的甬道两旁生长着，身姿比披着绿色纱巾的女子还娇媚。山涧处茶杯粗细的一棵棵单竹，竹质细腻，纤维韧性特强，像一个个哨兵威武挺立着。清风拂来，欢快地扭动着腰身，细而尖的叶子浪涌云翻，沙沙作响，如伴着优美的旋律在唱歌。

漫步在古木盎然的"三苏祠"，看到各式各样的竹子，我不禁文思泉涌。当我弯腰拾起一片片飘落在石崖和绿地上的竹叶，像是拾起了一篇篇精美的散文、一首首动人的诗词。难怪文学家们赞美竹子不仅具有"要求于人的甚少，给予人的甚多"的风格，还有着"一生宁静淡泊，一世高风亮节"的风范；赞美竹子当春风还没有融尽残冬的余寒，新笋就悄悄在地上萌发了，等春雨过后，便清明一尺、谷雨一丈地成长，船夫向它要竹篙，老人向它要手杖，厨师向它要竹笋，医生向它要秘方，孩子向它要牧笛，居民向它要竹筐……

眉山青神县的竹子之所以成长快、产量高、质量好，是因为境内有弯弯曲曲的一江五河三十二溪流，滋润着众多竹子在这里拔节生长。青神的竹编工艺历史悠久，源远流长，可追溯到古蜀时期。

"青神竹编"与丝绸、蜀绣并称"蜀中三宝"。竹编艺人用薄如蝉翼、细如发丝的竹丝，不仅编织出人们日常生活所用的帽子、书包、竹篓、竹椅、竹席，还编织出艺术含量极高的惊世之作，如《清明上河图》《中国百帝图》等。青神的中国竹编艺术博物馆，被列为国家非物质文化遗产。青神的农民靠竹编脱贫致富，"编"出了小洋楼，"编"出了小轿车，"编"出了"国家名片"，因此有"世界竹编看中国，中国竹编看青神"的美誉。

"一节复一节，千枝攒万叶。我自不开花，免撩蜂与蝶"，这是竹子的秉性；"风来笑有声，雨过净如洗。有时明月来，弄影高窗里"，这是竹子的气质；"孤生崖谷间，有此凌云气"，狂风吹得落竹叶，浩然正气魂不丢，这是竹子的风骨。人有灵魂，竹有精神。我想，随着科学技术的发展，敢于迎霜斗雪，不惧风雨抽打与折磨的竹子，一定会很快适应北方生活的。尽管水土不宜，荒漠寒冷，可它清雅脱俗，不做媚世之态的生命力是任何困难都威胁不住的，只要我们怀有"咬定青山不放松，立根原在破岩中。千磨万击还坚劲，任尔东西南北风"的坚强意志，不愁在沙漠和高山上培育不出一片笑望蓝天的竹子来。

（此文荣获冰心散文奖获奖作家东坡故里采风在场写作竞赛优秀奖）

多彩的阿克苏

去新疆阿克苏观光采风，是我多年的一个愿望。阿克苏市位于新疆维吾尔自治区塔里木盆地的西北边缘，天山南麓的塔里木河上游，是龟兹文化和多浪文化的发源地，古丝绸之路上的重要驿站。

阿克苏市环境优美，"一峰一漠一河"构筑了奇特多姿的生态景观，在维吾尔族、蒙古族、汉族、回族、哈萨克族等三十多个民族的努力下，棉花、白杨、胡杨、沙漠和河流闻名国内外，阿克苏市有"塞外江南""鱼米之乡"美誉。

葱心绿

受新疆阿克苏市文旅集团的邀请，2020年10月23日，我们乘坐的飞机在库车机场降落后，便乘车向阿克苏市沙雅县政府所在地行驶。暖阳普照，车水马龙。目睹沙雅的山山水水和一草一木，让我感到天蓝地阔物产丰美的新疆真是个好地方。特别是白杨树，公路边和田埂旁一排排一片片，葱心绿，十几米高，粗的赛水桶，细的如碗口。虽不依山傍水，但棵棵水灵灵。没有婆娑的姿态，没有屈曲盘旋的虬枝，三四米高的主干以上，所有的枝丫都鼓着劲力争上游地长着，而且紧紧靠拢在一起。

真很奇怪，这葱心绿肯定与大西北的气候有关。新疆在远离海洋和高山环抱的影响下，具有典型的干旱气候。常年降水少，相对湿度低，日照时间长，温差大，且风沙不断。可在这样的环境下，白杨树为什么那么水灵可爱？司机小哥告诉我，白杨树是不太讲究生存条件的，大路边，田埂旁，哪里有黄土，哪里就是它生存的地方。它不追求雨水，不贪恋阳光，哪怕在坚硬的土地上，只要给它一点水分，一截枝条就会生根、抽芽，就能把黄土地装点，撑起一片绿色。

看到白杨，倍感亲切。记得在我37岁那年春天，一位熟悉的果园师傅送给我一棵白杨树苗。他说这东西长势旺盛，栽上就活。我如获至宝地拿回家，挖个坑，浇上水，种植在院外的西北角。我的想法是，这是来自大西北新疆的树种，要好好珍惜。正巧，那年我的一篇文学作品在新疆某刊物上发表，这棵树很有纪念意义。春天一到，我几乎每天早晨都走到白杨树跟前，观察它的变化，看它是否适应这里的水土。不几天的时间，白杨树旁枝上绿绿的芽苞吐叶了。一周还不到，每根枝丫上长满了绿叶，密密麻麻，一层一层，在微风中轻轻摇曳，很是好看。"五一"刚过，阳光洒在翠绿明亮的叶子上非常好看，邻居们纷纷前来观赏。

后来，我又买了十几棵白杨树、苹果树、桃树和那棵白杨树栽植在一起，院子里绿地、小溪、树木、鲜花构成了一幅美的图画。我立志培养孩子们登高望远，不惧险阻，不懈追求的精神，让这片白杨林成为读书的乐园，桃李芬芳的氧吧。

白杨不需要额外施肥，也不需要像娇嫩的草坪那样去用心浇灌，它不惧寒冷和酷暑，不需修枝打杈，只要环境宽松，让它充分吸收阳光，就会挺拔生长。

沙雅的白杨树和我家的那片一样，枝繁叶茂，生机盎然。宽厚的叶子青翠欲滴，笑望着蓝天。叶子背面呈浅灰色，正面是葱心绿，光亮亮的，像刚被雨水洗过一样鲜亮。白杨就是用茂密的枝叶遮挡着暴烈阳光的照射，遮挡着风沙雨雪的侵袭。

新疆各族人民肯定会以白杨树为骄傲，学白杨、做白杨，把白杨自强不息、挺拔向上的精神传遍祖国大江南北。如果我们每个人都像白杨那样，不讲条件，不惧风雨，哪里艰苦哪安家，默默无闻地展现着自己的品格和志向，国家的繁荣昌盛，中华民族的伟大复兴，指日可待。

白杨值得称道，笔直的干，笔直的枝，如同一位忠诚的卫士站在那，精神抖擞，威武挺拔。看到它们，我不由自主地背诵起茅盾先生在《白杨礼赞》中对白杨的赞美："是西北极普通的一种树，然而实在是不平凡的一种树……但是它却是伟岸、正直、朴质、严肃……"难怪《小白杨》歌曲这样唱道："根儿深，干儿壮，守望着北疆……"

蜜橘黄

沙雅有一个多数人不知的世界之最——世界占地面积最大的胡杨林。汽车穿过塔里木乡的村落，绕过果园和棉田，便进入到没有大门，没有栅栏，没有人造景观的月亮湾公园。

沙雅县有两个胡杨林公园，一个是月亮湾胡杨林公园，一个是沙雁州胡杨林公园。月亮湾公园有湖泊和大片的胡杨。向导告诉我们，胡杨是随青藏高原隆起而出现的古老树种，在6000万年前就开始在地球上生存。月亮湾的胡杨林，拥有得天独厚的地理位置和地质环境。据说全世界90%的胡杨在中国，中国90%的胡杨在塔里木河流域。而沙雅县境内就拥有世界上面积最大、保存最完好的原生态胡杨林470多万亩。

在塔里木河沿岸两边的沙丘上，或是湖泊中的小岛上，伫立着一排排枝繁叶茂的胡杨。湖水里的胡杨，水滋润着树，树倒映在水中，也倒映着蓝天和白云。水天一色中，各种水鸟成群结队，像是参加技能比赛，一会儿钻到水下，一会儿浮上水面，一会儿又结伴展翅高飞。鸟儿在沙丘中嬉戏鸣叫，白云在天空中肆意游动。大自然这位画师精湛的艺术，独到的构思，让我想到了新疆各民族文化，是在中华文化怀抱中孕育发展的，形成了你中有我，我中有你，谁也离不开谁的多元一体的格局。

一棵棵高矮不一的胡杨，形状千姿百态。有的像是长途跋涉的行者；有的像是多年盼儿归来，翘首等待的老人；有的像久久不见的情侣，紧紧拥抱着、亲吻着；还有的像一个志同道合的团队，手拉着手，迎着肆虐的风沙，为改变生态环境在呐喊……

一定是被风沙多年侵蚀的缘故吧，胡杨龟裂的树皮，苍老的面孔，一副辛劳悲伤的样子。在绵延的荒漠上，看不见任何水灵灵的绿草和鲜花。和胡杨做伴的除了飞鸟外，就是一堆堆沙丘上的红柳和骆驼刺了。胡杨默默地站在那儿保护着它们，不管酷热炙烤，还是北风呼啸，都无怨无悔，日复一日地饱受着折磨。

胡杨叶子金灿灿的，跟蜜橘颜色一样，偶尔还有几片红红的和深绿的冒出，叶片和叶片之间，紧紧地相拥，情结着情，心连着心。从春到秋，任凭风吹雨打，它们抒天地豪情，尽情摇曳。可能只有蓝天和白云知道，它们是如何眷恋着生养它们的热土。它们引以为骄傲的是，无数只鸟儿落在枝头鸣叫过，被无数次风雨亲吻过。它们走过春夏秋冬，被无数游人的眼睛凝视过。因此，它们说不尽的欢喜和自豪，当叶片掉落在地上时，没有忧愁和伤感，笑望着阳光，平平坦坦躺在那，不卷曲，不变色。

蜜橘黄，秋日世界里最美的一抹色彩。

山风不紧不慢地吹来，胡杨金黄金黄的落叶纷纷扬扬地落下，寻找着自己的归宿。叶子是那样丰满，那样光滑，拾起一片往脸上一贴，热乎乎麻酥酥的，像有人用手在轻轻抚摸你。

无边无际的沙丘里没有路，走过一坡一岭都能看见胡杨的身影。在这个寂静的原野上，胡杨以最高规格的礼节迎接着我们，飘飘洒洒落下的叶片友好地拍打着肩膀，在嬉闹和碰撞中，发出"哗啦哗啦"的响声，似乎是在鼓掌欢迎。

一拨一拨的游人纷至沓来，有国内的，有国外的。我知道，美丽的胡杨被诗人赞美过、被作家书写过、被画家描绘过、被摄影家拍摄过。但我知道更多的人是带着一种期盼而来，参观被联合国列为"全球500佳境"之一的阿克苏，看胡杨的姿态，感受胡杨的风骨。有人赞美胡杨是"立体的画""无言的诗"，有着"生而千年不死，死而千年不倒，倒而千年不朽"的坚挺身躯，但人要是奋斗不息，追求不止，能否也生而千年不倒，倒而千年不朽，像胡杨那样"极目金黄千里秀，自成一景阅沧桑"呢？

雪花白

我第一次在塔里木乡见到百亩以上大面积的棉田，从这头到那头，白花花的棉花像雪一样铺在地上，煞是耀眼。

棉田呈现着一片深紫的颜色。一棵棵深紫色的棉枝虽矮，但长得粗壮。亭亭玉立的棉桃像馒头，一棵棉枝上结着好几个晃来晃去。

棉桃儿咧着嘴，像橘子一样一瓣一瓣的，每瓣都吐出一团柔软雪白的棉絮，风吹来一抖一抖的，像在跳着芭蕾舞。

棉花是喜光的作物，适宜在较充足的光照条件下生长。棉花光补偿点和光饱和点较高，土壤、水分、养分、温度、空气、盐碱含量等均对棉花生长有很大的影响。

棉花是重要的经济作物之一，在国民经济发展中占有重要地位，是纺织工业重要的生产原料。棉花全身都是宝，给我最直接的体会是，给人温暖，无论是做衣服还是被褥，都能把温暖送到千家万户。望着大片大片的棉田，我忙下了车，走进一块田地。采摘棉花的两个年轻的维吾尔族姑娘看见我们，不明白我们的意图。我们忙做着要帮她们采摘棉花的手势，她俩笑得跟棉桃那样美。

维吾尔族姑娘头上围着彩巾，一双大眼睛不停地闪动着，胸前挂着一个白布袋子，把摘下来的一团团棉花快速地装进袋子里。看她们采摘棉花很是羡慕，那双舞动的手快捷、利落，展现着一种特有的美。我学着她俩的样子，五个手指张开，然后伸进棉桃里，紧紧地收缩后轻轻往高一抽，棉团便整团整团地出来了。棉团捏在手里的感觉太舒服了，软软的，柔柔的，像是抓住了一朵飞跑的云，让人高兴得想要跳起来欢呼。

两个维吾尔族姑娘说，这里夏天雨水稀少，土地水分蒸发快，但棉花收成还有保证，一亩地最少产七八百斤，价值四五千元。她们每家都有上百亩棉田，除此之外，还有苹果园、枣园和葡萄园。摆脱贫困，圆梦小康，感恩党的好政策，富裕了阿克苏人。

经她俩一说，我为大西北的繁荣昌盛而高兴，为阿克苏人民的富裕而骄傲。说实在的，我走过祖国很多地方，见过很多花朵,有的洁白高雅,有的芳香灿烂,但我觉得阿克苏的棉花比我看过的所有花儿都好看,洁白的一团,如堆积的雪,如翻滚的云。虽然叫棉花,但的确不是花;叫它庄稼,五谷中没有;叫它花儿,万花丛中没有,但它实实在在比所有的花朵都更温暖,更深情,更珍贵。因此人们赞美它:"小树长桃多又大,桃儿裂了开白花,结的籽儿能榨油,采下花儿能纺纱。"

山岩红

对于阿克苏温宿托木尔大峡谷的向往,由来已久。

温宿托木尔大峡谷是天山南北规模最大、美学价值最高的红层峡谷,被誉为"峡谷之王",是中国西部最美的丹霞、雅丹、次雅丹地质奇景和中国最大的岩盐喀斯特地质胜景。著名地质学家任舫博士评价说:"红层和丹霞地貌,其实就是地质层结构发生变化的见证,是历史,是伤痕,是痛苦,也是大自然的必然过程!"

大峡谷东西长约25公里,南北宽约20公里,由3条"川"字形的主谷和12条支谷、上百条小支谷组成。进入峡谷的山坳,我们看见两棵上千年的胡杨。两棵树距离不到50米,一棵已经死了,但还挺立着,身上挂有一木牌,上面写着"哥哥站着等你三千年";另一棵一定代表着妹妹,仍枝繁叶茂地生长着,据说已有1200多年历史了。这份忠贞之爱,天地做证:爱你、恋你、等你是纯真的、高尚的、无私的。我和同行的妻子抱着两棵树合影留念,不为别的,就为让温宿托木尔大峡谷做证:我俩心贴心,肩并肩。昨天我俩攀登托木尔雪山到过4000多米处,手拉手走过云裳草原举手宣誓,今天又见证了千年胡杨的相依相守,更加坚定了我们的爱情。爱并不是瞬间的，而是永远的，用地老天荒和海枯石烂形容不为过。

温宿托木尔大峡谷是2600万年前内陆湖泊沉积的地层，在一亿多年前的中生代白垩纪，经过洪水、雨水冲刷和劲风吹蚀共同作用而形成的。在鬼斧神工般的大峡谷中行走，如醉如痴。一会儿看到天如一条线，一会儿看到一朵云就在你的头上飘动，一会儿看到人类的朋友"北山羊"在山巅上跑来跳去。从大峡谷山脚下的"生命之源"爬上山顶，有一种特殊的力量在鼓舞你，这力量让你看到擎天石柱，看到坚固城堡的惊心动魄之态，便觉得人类是多么渺小。虽然山谷没有绿色的树木可乘凉，没有潺潺流淌的泉水可饮用，但这火红的世界，惊险神秘，让你热血奔涌，眼花缭乱。

大峡谷地质地貌的丰富世所罕见，峡谷地貌、风蚀地貌、河流地貌、构造地貌、岩盐地貌，共同造就了五彩山、胡杨双雄、英雄谷、生命之源、伟人峰、巨轮飞渡、一线天、石帽峡、悬鼻崖、万山之城等众多的景观。峡谷内沟壑纵横、迂回曲折。峡谷中山壁岩层分布清晰，受挤压形成的褶皱，弯曲的线条特别明显，奇峰兀立，形态各异，到处都是红崖赤壁呈现出的千姿百态。

站在大峡谷的最高处，远眺托木尔峰，灿烂的阳光，闪烁着迷人的色彩。雪峰前是红色山岩的雄伟屏障，红白分明，如火如冰。峡谷一座座城墙和烽燧遗址，让我想到在远古尚无人类的时代，这里肯定发生过多次地壳变迁，无数场巨大、雄壮、惨烈的运动，留下了今天的状貌，留给了人类无限的思考。

海拔7443.8米的托木尔峰下的温宿大峡谷，经过长年累月的风吹日晒，雨水冲刷，景色令人叹为观止，堪称新疆"活的地质演变史博物馆""活的地质史教科书",不但具有旅游开发价值,还具有科考价值。站在这里观望,眼花缭乱。遗憾的是我不擅长绘画,只好端着相机不停地拍摄,哪怕是一棵草,一块石头,都证明我来过红层和丹霞地貌的神秘之谷,这些照片如同一本厚厚的书,展示着我永远解释不完的神来之笔。

(刊于《海燕》2021年第3期)

远方那颗星

　　父亲很瘦，约一米八高，慈祥的脸上看不出有什么脾气，一说话嘴角上扬，堆起满脸的笑纹。

　　父亲，已经离开我多年。

　　父亲很疼爱我，常说我是他的心肝宝贝儿。我十岁那年，暑期开学上三年级没几天，就加入了中国少年先锋队，鲜艳的红领巾往脖子上一扎，红透了我的心，也染红了父亲的脸。

　　可不久之后我病了，估计是吃野菜中了毒，呕吐，发烧，躺在炕上下不了地。

　　第二天黑夜，母亲也病了，脸和一条腿肿得透明，父亲连夜送她进了医院。

　　哥哥在外地读中学，离家一百多里地，父亲不让惊动他。

　　家里三口人病了两口，日子咋过，我不敢想。

　　母亲住院要交30元押金。可家里分文没有，父亲急得来回跺脚。好在一个亲戚在医院当大夫，出面求了情，允许缓交几天。

　　父亲安置好母亲，急忙赶回家看我。

　　父亲进屋摸摸我的头，把嘴贴在我的脸上，心疼地叫着宝贝儿。他两眼红红的，如同冬天冻在树上的两个干瘪的红果；嘴边的胡子又黑又长，干裂的嘴唇上有几个血泡泡。他脱下后背画满白色"地图"的黑上衣,用蓝瓷大碗从水缸舀了碗凉水咕咚咕咚喝下,然后擦擦嘴,坐在地下的凳子上,低头挠着头皮。

"爹,娘怎样了?"我急切地问。他抬头看看我,叹了口气站起来走了。

看着父亲愁眉苦脸的样子,我不想再念书了。

吃中午饭的时候,父亲回来了,饭是对面屋二婶给做的。二婶进屋问父亲:"去生产队见到队长了吗?"父亲沙哑着嗓子说:"见了,央求半天,借了3元钱。"说着,父亲把手里攥着的钱给二婶看了看。

我爬起身着急地和父亲说:"爹,赶紧想法救救娘吧,我不念书了,明天就去生产队帮你挣工分给娘治病!"

父亲转过身,瞪了我一眼。

下午父亲从大队部回来,脸色比昨天好看多了。父亲对二叔二婶说:"见到了大队党支部冯书记和王主任,他俩说我是生产队的'五好社员',应该帮助,借了20元钱。"

二叔点头微笑着,忙从衣兜里掏出几张钞票给了父亲。

父亲不停地咳嗽着,嗓子里发出"吱——吱——吱"的声音。他和二婶要了一块包布,把家里唯一值钱的几把火烟捆在包里,然后叮嘱二叔:"把家里那只花公鸡卖了,再想法凑点钱。"

"爹,花公鸡不卖行吗?全靠它打鸣催我起床上学呢。"

晚上,父亲紧紧搂着我,不停地用手摸着我的身子说:"咱姓王,千万学着好好做人,活就活个堂堂正正,横平竖直。书一定好好念,书中有黄金啊!"

"爹,你的胳臂上咋有两块疤啊?"我看着父亲胳膊上两块红里透着黑的伤疤问。

"别提了,那时社会上很乱,你爷爷去世后,家里缺吃少穿,生活十分困难，我 17 岁就被抓到抚顺煤矿给日本人挖煤去了。"

"被刺刀扎的？"

"日本人太恶毒了，挖不够煤就用带铁钉的木棍打，不少人都烂胳臂烂腿。我这两处伤口也溃烂发了炎，胳膊差一点也烂掉。"

父亲说着，眼里流出了一串泪水。

"1947 年，我们这里解放了，共产党领导穷人翻身当家做主，咱住的这房子就是共产党分的。"父亲手指着被熏黑的屋子说。

"这房子原来是谁家的？"

"南园子老曹家的。后来我们家你老叔当兵参加了共产党，队里又在西院分给了你奶奶一间。"

"爹，你是共产党员吗？"

"不是。但和你五哥我俩偷偷给哈达街老爷庙的共产党送过信，共产党带着一个排的队伍，连续三天缴获了日本鬼子五车粮食和三十多支步枪。你五哥头脑灵活有文化，刚一解放就加入了共产党。共产党领导人民打土豪分田地，是咱们的大救星。"

"老师教我们唱《东方红》那首歌，毛泽东也是我们的大救星！"

"对，他为人民谋幸福，他是人民的大救星。"

第二天早晨，那只花公鸡第一遍鸣叫，我和父亲便穿衣起床。父亲点火烧水喂猪，我看着那只花公鸡在院子来回走动着，心里很痛。饭做好后，父亲没吃，穿着那件皱巴巴的黑上衣，两手抱着胳膊皱着眉头，在外屋地一圈一圈地转着。

吃完饭，我背起书包，和父亲一起走出了家门。父亲往北走去医院，我往南走去学校。望着父亲背着包裹弓腰远去的背影，我紧紧地抓着胸前的红领巾哭了。

哥哥中学毕业后，回生产队当上了会计。每到吃饭时，就听父亲和他说："要珍惜来之不易的好日子，没有共产党，就没有新中国。要不是共产党啊，你娘的那条腿非截掉不可。"

哥哥说，他写了两次入党申请书。大队党支部书记找他谈了话，说姥姥家是富农，姑姑家是地主，岳父家也是地主，不符合入党条件。

父亲竖起的眼角又落下，安慰哥哥说："是金子在哪儿都会发光的。"

为这事儿，哥哥哭过几次，还和嫂子闹过离婚。

不长时间，姐夫来家了。吃饭时姐夫和哥哥说："共产党是我们心中的太阳，没有党就看不到光明。入党首先思想上要加入，行动上要全心全意为人民服务。"

姐夫临走时，把一个小红本给了哥哥，说是转业时连队指导员送的。小红本的纸张有些卷曲发黄，但扉页上写着的那一行字很清楚：为实现共产主义奋斗终生！

姐夫参加过抗美援朝，是立过二等功的共产党员。

第二年春天，哥哥当上了生产队的政治队长，乘坐一辆绿色的"解放牌"汽车，去山西省大寨大队参观。回来后，便带领社员治山治水，那顶带有红五星的绿色军帽每天都湿淋淋的。年底，哥哥被乡政府评选为旗级"农业学大寨"的标兵。

我毕业参加工作那天，正好是我的生日。

我早早起床，把院子打扫得干干净净，又把水缸挑满了水。母亲特意做了顿香喷喷的面条。父亲端着碗亲切地和我说："宝贝儿，千万好好教学，别虐待学生，记住饭碗是党给咱的。"

娘没有吃饭，不停地擦着眼泪，从柜子里拿出一双黑色条绒布鞋和一双白色尼龙袜子，对我说："穿上吧，心正路好走。"

我临上车时,哥哥悄悄往我衣兜里塞了一个布包。我一摸,是一个硬硬的小本本。

　　车子启动了,我看着路边的鲜花和绿草,看着鸟儿叽叽喳喳地追在车子后面。一股股凉爽的风吹来,我回忆着父亲的话语,无声的叮嘱和希望,在我的心灵深处,埋下了好好做人的种子。

　　两年后,我面对鲜红的党旗举手宣誓成了一名共产党员。看着党旗上的镰刀斧头,我想到了不怕苦和累的姐夫、父亲、母亲和哥哥。

　　晚上,月亮西斜,我聚精会神地读着哥哥送给我的那本《中国共产党章程》。看到扉页上写着的那句话,就像看到共产党员们在嘉兴的红船上参加党的第一次代表大会的情景,看到辛亥革命运动、抗日民族解放运动中无数共产党员在抛头颅洒热血,前仆后继,英勇杀敌……

　　我想当兵,像《英雄儿女》影片中的王成那样,奋不顾身冲向敌人的阵地。

　　于是,我一笔一画地把古代著名思想家荀子的"不积跬步,无以至千里;不积小流,无以成江海"写在小红本的扉页上。

　　如今,我的年龄大了,黑发少了,可想念父亲的梦越来越多。梦见父亲那双疲劳的眼睛,仍像两个干瘪的红果,他亲着我的脸嘱咐我好好工作,好好做人……

　　夜,静悄悄的,偶尔传来几声蛐蛐的鸣叫。实在难以入睡的我,披衣走上阳台望着星空。一颗颗星星眨着眼灿烂着辽阔无垠的夜幕,突然我看到远方一颗星星向我笑眯眯地走来,越看越像是父亲,我哭了。

(刊于《散文百家》2021 年第 7 期)

无边的温暖

周国平这个名字我以前是很陌生的,他已经出版几部专著了,可我读之甚少,更没有机会了解其人。今年 8 月,一个偶然的机会,我与他在赤峰建筑工程学校见面了。他中等个子,头发有些斑白,眼镜后的那双眼睛里像写着无数往事,专注中透着亲切,灵动中展现着魅力。

丢弃遗憾读经典

初次见到周国平老师,很意外也很高兴。高兴的是,近距离地和这样一位教育大师坐在一起还是第一次。听他谈文化、谈教育、谈人生,我心里充满了无限钦佩和敬仰之情。

周国平,1945 年生于上海,1968 年毕业于北京大学哲学系,1981 年毕业于中国社会科学院研究生院哲学系。现工作于中国社会科学院哲学研究所。他是一位很有责任心的哲学研究者,写了很多书,如《尼采:在世纪的转折点上》《尼采与形而上学》《周国平论教育》《人与永恒》《情欲的忧伤》《守望的距离》《妞妞:一个父亲的札记》和《安静》等。他以人生为主线,虔诚地探索现代人的精神生活,关照心灵的历程与磨难,对生命的价值、灵魂的价值提出了很多见解。《周国平论教育》是我读的次数较多的一本书。我十分赞赏他"人生问题和教育问题是相同的，做人和育人在根本上是一致的"思想。通过对生命教育和灵魂教育的学习，我清楚知道了"尊重生命是最基本的觉悟""在人生的一切价值中，生命的价值是最基本的价值"的道理。一次，我听说有一个高中毕业生，因为没有考上大学而失去了生活的勇气，给父母写了一封绝笔信后便登上了一座陡峭的山峰准备与世界告别，可就在这个关键的时刻，他的手机响了，一个在外地打工的同学准备考取教师这个职业，给他打来电话咨询什么是生命的价值，他想了半天也不知道如何回答。结果，他最后选择了回到父母跟前，开始返校重新学习。我想，这个学生之所以改变了想法，肯定是他想到了什么是生命的价值，知道了人为什么要活着，于是重新整理了自己的前进目标和理想追求。

站在周国平老师面前，我感到很遗憾，遗憾自己没有养成读书的爱好，但我要在遗憾中振作起来，坚持争分夺秒地读经典，让书籍不断丰富自己，丰富自己的情感生活和道德生活。

重视人生做好人

周国平说："人生的价值可用两个词来代表，一是幸福，二是优秀。"

周国平老师不喜欢泛泛而谈，他善于观察思索。当他看到我们学校门口的甬道旁竖立着他以及贝聿铭、韩美林、冯其庸几位大师的照片时便驻足下来，很欣赏但又很风趣地说："学校能让孩子们天天高兴地与大师们在一起，这很好。读大师的书，走自己的路，能不断提升人生的追求和向往。但你们不要把我也当成大师啊，我只是一名代课教师，我每天都在看大师的书，我的责任是把你们带到大师的跟前。"他幽默的话语，让我看到了他的谦虚严谨，看到了他高尚无私的人格魅力。

周国平老师关注最多的话题是教育和孩子。无论在校园里，还是在一望无边的草原上，他都强调要重视读书。但他不主张让学生一头扎进书堆里，成为一个书呆子，而是鼓励学生读那些永恒的书，做一个纯粹的人。他说人文教育就是要把人身上的那些最宝贵的价值通过教育展现出来，一种合格的教育就应该是把学生身上那些人之为人的价值放在最重要的位置，而不是仅仅成为能够满足社会、市场上某种需要的人。毕业于中国社会科学院研究生院哲学系的郭红老师告诉我："周国平先生对读书有一种勃发的求知欲，对书籍产生热烈的向往，一扑在书籍上，就像饥饿的人扑在面包上一样。"

重视教育，重视人生，是每个人义不容辞的责任。周国平老师很喜欢苏格拉底的那句名言：未经省察的人生没有价值。他说："人并无高低贵贱之分，唯有作为灵魂的人，由于内心世界的巨大差异，人才分出了高贵和平庸，乃至高贵和卑鄙。"当今社会上，许多人对生命抱冷漠的态度，冷漠的病菌也侵蚀了孩子们的心灵。周国平老师的高贵，在于他让人在朦胧中清楚了远方，让人在无边无际的大海中找到了自己人生的坐标。

与周国平老师在一起，我感受到了无边的温暖，领悟到人生必须对自己负责。只有这样，我们的生命才有灵气和活力。我要多读书，读好书，立志做一个对生命负责的人！

（刊于《内蒙古教育》2019年第4期）

"小米"表弟

我有个表弟姓米，叫米成，住在我们县一个偏僻的山村。由于他个子矮，刚到一米五，且脸上的鼻子和眼睛都小，所以，三十多年了，人们一直叫他"小米"。

那天我开完会绕道去了表弟家，正好表弟刚从镇里拿着红彤彤的荣誉证书回家。我本想看看表叔、表婶再说几句话就走，可表弟高低不肯，他和我说他正在研究如何打井引水上山的事，让我帮着参谋参谋。

表弟今年三十有二了，表叔、表婶身边就他一棵独苗。在表弟二十多岁时，表叔、表婶就着急想给他娶个媳妇，可表弟坚决不从。他说媳妇娶不得，整天气喘心跳上不来气，娶个媳妇咋养活？为这事，表叔背了十几万元的外债领他到北京、天津、上海多家大医院进行检查，最终的答复都一样，先天性心脏病，只能回家慢慢养着。

表弟虽说身体单薄个子小，却很有志气，一双小眼睛透着股不服输的倔强劲。有人说："小米这辈子你废了，毛猴点个，地不能种，车不会开，尿泼尿都滋不出个坑来，还倔强个啥？"表弟气得嘴唇发紫，脸色铁青，非要用实际行动做出个样子给人看看不可。他很上心地跟着父亲学了两年农活，甭说，春耕、夏锄、秋收的活计还全学会了。有人哄骗他,说:"你个子小当个出租车司机最来钱了,趁早,两千元钱卖给你个汽车驾驶本吧?"表弟说:"凭钱弄个假证多丢人?"于是他报名参加了一个月的汽车驾驶员培训,嘿,顺利领到了汽车驾驶证。

表弟第一次心脏病发是在高一读书时。一次班级里举行唱歌比赛,他选择的歌曲是《青藏高原》。等唱到结尾最高音的那一句,他双脚立起来像跳芭蕾舞,突然身子一歪,瘫倒在地休克了。老师吓得急忙打120,等救护车赶到学校,他闭着两眼大汗淋漓,呼吸特别急促。经医生紧急抢救,确诊为心脏缺血,脑组织供氧不足,属昏厥性心脏病发作。

那会儿表弟家生活十分困难,父母岁数大且都有胃病,欠外债很多,家里唯一的经济来源,就是十几亩山地产下的那点粮食。等表弟一个多月后出院,决定不念书了。他安慰父母不要着急,欠债由他来还。就在端午节那天,父亲母亲把柜子和仓房的两把钥匙都交给了他。表弟把钥匙往裤袋上一挂,正式成了家庭的"一把手"。

十几岁的表弟,从春到秋经营着那十几亩山坡地,困难可想而知,可表弟干得很有劲头。他听人说种植"黄金苗"和"毛毛谷"挺好的,就买上两样谷种开始种植,结果发现种出来的"黄金苗"不仅颜色好、颗粒大,而且父母亲吃了,老胃病还有了明显的好转。

表弟感到种植谷子挺可心的,一是谷子喜高温耐干旱,只要过了农历六月六谷穗出了头,天不下雨收成也有八分把握;二是秋天打下谷子加工出的小米,无论熬粥还是做干饭,营养丰富,能增强体质;三是谷子的秸秆可做草帘或当饲草卖,加工小米剩下的谷糠是喂猪喂鸡的上等饲料。

表弟有个堂兄叫米祥，比表弟大两岁。两家房挨着房，地挨着地。米祥跟着表弟种植了两年谷子后，说种植谷子搭工搭力不挣钱，劝表弟干脆把土地转让出去。表弟摇摇头说："只要心到、功夫到，种谷子还是很划算的。"他细致地给米祥算了一笔账，"'黄金苗'和'毛毛谷'都是密植作物，一亩地最少一万株，到秋天10株产一斤谷子，一亩地最少是1000斤。按6折出米率算，一亩地产小米600斤，一人一天吃一斤，最少要吃一年多，而且其营养价值不亚于牛奶。"

米祥白了他一眼，反驳说："大米、白面多得是，不吃小米身体照样好。"他很来气地接着说，"那些破山坡地最没良心了，你要有一次不使劲不流汗侍弄，立马就给你个眼罩戴。"

表弟生气地说："你让地有良心，首先人要有良心，你不种，转让给我，我还想再多承包种点呢！"

"到城里打工去也比种地强，有了钱吃啥喝啥随便选。"米祥说。

"我就不理解你，我们这里是中国古代旱作物农业的起源地，谷子种植已有8000多年的历史了，'敖汉小米'都得到了联合国的认证，怎么就得不到你的重视呢？"

米祥很不服气，站起来要走，表弟一把拉住他，扳着手指和他说："哥呀，人糊弄地一时，地糊弄人一年。要想吃点好小米，让土地为我们造福，不弯下腰来滴几滴汗水，耐心地和土地说说悄悄话，它能高产吗？"

米祥觉得弟弟揭了他的短，一年多没走进院子和表弟说话，每次拉回大米白面故意放在门前让表弟一家人瞧着。

表弟倔就倔在他认准的事就一干到底。他整天把铁锹镐头往三轮车上一放，开起车就进了山。不管刮风下雨，总是早出晚归，硬是一镐一镐地把一块块陡坡地修成了水平梯田。

村里男人女人对表弟议论纷纷："同一个山坡上，同一块地，米成种的谷子就黑黝黝的，秸秆既粗又壮实，而别人家的庄稼，面黄肌瘦，像是得了瘟疫病，秆细穗小叶子黄……"

表弟家的土地从十几亩，一下子扩大到了一百多亩，成了全镇谷子种植专业户。吃他家沙土地上产出的金黄色小米的确别有一番味道。有的人想吃，托人求情找表弟买上个十斤八斤的。表弟说小米的质量之所以出色，一是春天种地全部施用农家肥，一粒化肥没用；二是他把那百多亩沙土地全部治理成了水平梯田，然后深翻日晒，普遍撒上粪肥，做到保苗、保水、保肥，生长出来的小米口感绵柔，香甜可口，连米汤都油汪汪的。

表弟的确令人佩服，门前的小菜园的白菜、小葱和黄瓜全用大山里的山泉水浇灌，长得格外新鲜。夏天，金黄色的小米饭一出锅，饭桌上铺几个白菜叶，抹上大酱，再撒上少许芝麻、盐巴、小葱、黄瓜丝、土豆丝和香菜拌在小米饭里，用白菜叶儿紧紧一卷，做好的菜包你就吃吧，用老北京人的话说，"那叫一个地道，盖了帽了"。冬天，一大铁锅的酸菜猪肉炖粉条，热腾腾黏糊糊地往桌上一端，东北大菜的香味飘满了全屋。那会儿热炕上一坐，你叽叽吐噜地只管吃。吃几口菜，再扒一口碗里有点嘎渣儿的小黄米饭，那个爽劲，甭提了，比吃鸡鸭鱼肉强百倍。

表弟过日子很有远见。前年，县农业银行下来一笔助农无息贷款，村干部催他到银行去申请一下，买台货车跑跑运输，拓宽一下家庭经营项目。表弟一琢磨车就先不买了，已经盖好了几间高标准的牛舍，买几头牛养着本小利润大，如同开设一个"小银行"。等他回家把想法和父母一说，老人双双赞同。于是，他到银行贷款3万元，牵回了两头"大黄花"。

牛一回来，表弟家那百十多亩土地的农家肥可太充足了，每天都有一小车牛粪推出来。表弟把牛粪拌上羊粪和灰土，配成了"三合一"肥料，开始给庄稼追肥，不仅自己家的庄稼长得生机勃勃，邻居家用了他的"三合一"肥料，庄稼长得也特别茂盛。等到秋天一算账，表弟乐了，"黄金苗"和"毛毛谷"平均亩产都增收200斤以上，村民那个高兴啊，轮番请他吃饭，村主任主动当媒人给表弟介绍对象。

　　土地的高产，表弟功不可没，两头"大黄花"也做出了可喜的贡献。于是，表弟便对两头"大黄花"实施了奖励。他把家里的小黄米加工成米粉，再拌上黄豆面做成发糕，每天三顿放在牛槽里，当作精饲料。别说，两头"大黄花"对甜酸味的小米发糕都很感兴趣，哞哞一叫，像是在说："好吃，好吃。"结果每头牛一年产下了一头"小黄花"。

　　表弟家喂小黄米发糕产下两头"小黄花"的新闻，轰动了全村，很多人都来参观，有人还专门写稿投到了网上。人们赞不绝口地说："两个花牛犊一下生就膘肥体壮的，卖价最少两万多。"

　　"那个价小米肯定不卖，再养半年保证能翻番。等明年再各生两头，六头牛可就是十几万啊！"

　　表弟要去山里收割庄稼的那天，镇里通知他去办理"谷子种植专业合作社"的营业执照。刚出门口，村主任领着一个穿红色夹克衫的姑娘来了，那夹克衫的颜色跟表弟家门前树上的苹果一样红。表弟看着那姑娘脸立刻红了。姑娘笑笑说："忘了吧，读高一时和你在一个班级，你还给我写过信，你唱歌犯了心脏病还是我陪着去医院的。"

　　表弟的脸更红了，挠着头皮连忙说："很感谢，没有忘记。"

　　姑娘微微一笑，说："你在乡村产业振兴路上带了一个好头，你种谷子和养牛的经验我准备请报社和电视台的记者来采访一下，在全镇推广你的致富经验。"

"可谈不上经验，就是在摸索着干呢。"

"如今镇农科站的张技术员来咱们村当乡村振兴第一书记了。"村主任忙向表弟介绍并使了一个眼色。

表弟特别爱读书学习，掌握的文化知识多，几年前就拿到了大学本科自学考试毕业证。我每次到他家，他都和我唠学文化和科学种地的事儿。表叔表婶夸儿子扛起了家庭大梁，所欠的外债不但全部还清了，还帮助几个贫困小哥们搞起了养殖业，眼看着他们几家的日子一天天富了起来。

那天，表弟和我唠了很长时间。他说："现在家庭的经济状况绝对没有问题，等打完场，想再买一台车，养上十头牛，打一口井，引水上山，争取明年的谷子种植突破150亩！"

表叔和表婶端着苹果和葡萄出来和我说话。

正说话间，一个穿半袖衫的女人推着自行车进了院子。表弟忙站起来和我说是老同学来了。

那女人进了屋，称表叔、表婶为大叔、大妈。表弟介绍完我，她很礼貌地给我倒了一杯水。表弟给我介绍说，她现在是镇里的农业技术员，也是村里的第一书记。她看着表弟笑笑说："先告诉你一个好消息，我已经和北京一家医院联系好了，现在咱们国家自己生产的心脏起搏器性能良好，价格也很便宜，你做个思想准备，过几天我陪你去北京先检查一下看看。"

表弟笑笑说："我的病比以前好多了，不用再担心。今天表哥来了，我们一起吃顿饭。你帮着焖点小米饭，再炖上猪肉酸菜和粉条，好吗？"

她向表弟点点头，挽起袖子进了厨房。

米祥站在门口，不好意思地向表弟招招手，走进了院子，然后直接向牛舍走去。

我也想去看看牛舍。表弟从办公桌上拿出一张规划图和我说："我准备开春就把这三间大房子扒掉，盖上四间阳光充足的保暖房舍，门口再盖一大间车库。你看这设计怎么样？"

我向厨房屋里看了看，一股热腾腾的米香菜香飘溢出来，我给表弟递了一个眼色，笑了。

（刊于《内蒙古晨报》2021年11月19日）

向往的邢台

说起邢台，我印象深刻。记得1966年3月8日的早晨，我从中央人民广播电台听到一条关于地震的消息后，"邢台"两个字立即刻进我的脑海里，令我日夜牵挂着。尽管那时我年仅14岁，但曾不止一次地面向北京方向默默地为邢台人民祈祷祝福，因为我的祖籍地就在河北省武安县，距邢台也不太远，如果我能去的话，一定会为那里重建家园添砖加瓦。

一晃52年过去了，盼望已久的邢台之旅在2018年9月23日实现了。当我踏上邢台的土地时，新鲜空气令我激动不已。我望着那一座座崭新的高楼和条条宽敞的道路，像是在观赏着一幅幅优美的画卷。邢台的山美水美，邢台人的张张笑脸跟秋天的红苹果一样，充满着阳光和热烈，他们精神饱满，神采飞扬。

邢台学院见六净

我来自内蒙古赤峰启功书画院，对启功先生特别崇拜和尊重。早就听说邢台学院有个启功先生的学生叫六净，很出色，是著名的书法家。2010年，他曾为河北太行国宾馆木制大屏风书写过《太行赋》；2012年，革命圣地西柏坡纪念馆的大型石刻影壁

《西柏坡赋》也出自他手；2014年12月，在北京荣宝斋举办的六净"师从启功先生10周年书法汇报展"，在国内外引起了强烈的反响。于是日思夜盼的我怀着激动的心情，走下火车后顾不得洗漱休息，便赶到邢台学院去面见六净先生。

当我在学院的门卫处打听六净先生时，两位保安热情地告诉我，他在体育馆南门正搞书画展呢。喜出望外的我不顾背上沉重的行囊，加快脚步赶到了南门。南门口聚集着很多人和车辆，楼门处红色的横幅上，书写着两行醒目的白色大字：庆祝第34个教师节——六净书"习近平治国理政金句"作品展。展板前围着很多人，其中一个人身材偏瘦，戴着眼镜，穿着紫色上衣，五十多岁，我想他肯定就是六净了。

展厅分为四部分，书写的全是习近平总书记关于治国理政的经典。55幅书法大小不一，但字体典雅端庄。走在最前面的那位领导是邢台市政协的邱文双主席。邱主席和六净先生说："你的字排列有序，变化有致，力透纸背，爽心悦目，真是与启功先生的静气、正气、雅气、贵气之书风一脉相承啊！"邱主席这么一说，我突然想起了在北京师范大学李强先生讲给我的一个故事：六净先生从1979年师从薛鸿群老师，由于他对中华传统文化的敬仰和热爱，从1984年开始，他用大量的时间刻苦研究"启体"，细心揣摩启功先生文字的结构章法和黄金分割的特点。2003年，他第一次带着作品到北师大登门求教启功先生，遗憾的是启功先生公出了，他便把作品留在先生家里。等启功先生回家看到六净的作品后，这位书学泰斗亲笔写信给六净说："您写得真好，何时来京师预约再谈。"不久，六净便得到了在启功先生身边学习的机会。

我就这样在邢台和六净先生相识了。经六净先生介绍还认识了北京启功文化研究会副会长、北京海峡两岸书法家联谊会的石建堂副会长。石会长说:"六净是启功先生的关门弟子,三十四年来他笔耕不辍,一心锤炼技艺,终于修成正果。"还说,"六净先生深受启功大师学为人师风范的影响,不仅学习启功先生的书法,更学习启功先生的做人处事。他唯美俊雅的书法得到了'启体'研究专家和社会各界的好评,是我们邢台的骄傲,相信九泉之下的启功先生也会为六净有这样的发展感到自豪的。"当我邀请六净先生合影留念时,六净先生谦逊地说:"千万不要叫我书法家,我之所以叫六净,就是要一丝不苟地向启功先生学习,天天用笔书写好静气、正气、雅气和贵气。"

气,是人精神的状态,气概、气魄、气质决定一个人的人生观和价值观。六净的书风为何与启功先生一脉相承?我把思考留在了邢台。

我看《散文百家》

在我的书房里,放着厚厚一摞《散文百家》。我翻之读之爱之,有种常读常新、百读不厌的感觉。真正认识《散文百家》的时间并不长。2014年秋天一个偶然的机会,我去北京开会在一个朋友的书桌上看到了《散文百家》。朋友说,现在期刊林林总总,但《散文百家》很有质量,设计精美,内容可以说是百花齐放,百家争鸣。我问哪里办的,他说邢台文联。我叹了口气很遗憾地说,想去邢台多年喽,可惜到现在还没成行。朋友接着说,邢台有着3500多年的历史,的确应该一去,那是太行山最绿的地方,是散文的故乡,不仅有邢窑遗址博物馆,还有扁鹊庙,有中国人民抗日军政大学陈列馆和前南峪、英谈古寨等,你去了,就感觉该写的东西太多了,季羡林、铁凝、刘白羽、流沙河、毕淑敏等作家都在《散文百家》上发表过作品。我说前三年我蹲下身子学习,后三年好好转转写写,一定写点东西接受《散文百家》的检阅。

2018年9月,是《散文百家》30岁的生日,我荣幸地收到邢台文联发来的邀请函。在《散文百家》创刊30周年座谈会上,大家对《散文百家》给予充分肯定,称它是中国散文名刊、邢台的文化名片,深受全国读者的喜爱。中国作家协会创联部主任彭学明,中国散文学会名誉会长周明,河北省作家协会党组书记王凤,河北省作协副主席李延青,河北省文联副主席柴志华,原河北省作协主席、《散文百家》首任主编尧山壁等有关领导参加了会议。《天津文学》《当代人》《中国西部散文选刊》等全国知名文学期刊的主编,以及来自全国各地的知名作家纷纷汇聚邢台。《天津文学》主编张映勤说,《散文百家》有个性、有特色、有市场,每一篇精品,每一位作家,都曾在这里留下故事。百家真不愧是百佳。佳,充分体现编辑队伍的过硬和刊物质量的最佳。《当代人》主编郭文玲说,走路需要一种勇气和精神,不管路近还是路远,《散文百家》真正走出了一条自己的特色之路,奉献给读者一种高品位的享受,这就是可贵的精神。全国知名文学期刊的主编、著名作家纷纷发言,高度赞扬《散文百家》在中国文学期刊中独树一帜,坚守文学使命的办刊风格,以及既注重名家,又培养新人的办刊特色。我想,《散文百家》创刊30年来,有风雨有彩虹,从蹒跚起步到成长壮大,是民族文化血脉的传承,是邢台这片蕴含着厚重文化的热土的滋养,如果没有坚定的志向,没有一群海纳百川固守文学阵地的人,很难办出这样高质量的刊物。

《散文百家》是一块绿色的园地，是文化的摇篮，它以特色立足，以精品图强，以文学的使命传播文化的内涵，多年来不仅为邢台培养出了一大批作家，更为全国各地输送了一大批作家。从1972年创刊的《邢台文艺》，到1984年改刊的《百泉——诗与散文》，到1988年的《散文百家》，办刊人矢志不渝走过了一条探索创新发展之路，一条人才培养的阳光之路。

来了，看了，不写点东西不能放飞赞美之情。写点什么呢？欲穷千里目，就写《向往的邢台》吧！

（刊于《品鉴邢襄——全国知名作家看邢台写邢台》）

多重意趣　飞动灵奇

启功书法博师古人，典雅俊秀，飞动灵奇，美而不俗，在当代书坛独树一帜，是当之无愧的书界领袖。书法界评价他的作品："不仅是书法之书，还是诗人之书。它渊雅而具古韵，饶有书卷气息；它隽永而兼洒脱，使观者觉得余味无穷。因为这是从学问中来，从诗境中来的结果。"

结字用功

启功先生对书法有着精辟而独到的研究。他认为，书法是中华民族文化的精髓之一，既有交流的使用价值，又是一门独放异彩，具有欣赏价值的民族艺术。他著的《论书绝句百首》，以一诗一文的形式系统总结了自己几十年研究书法的心得体会，在海内外产生了广泛而深远的影响。对于执笔的高低、提腕、悬肘问题，启功先生认为都要根据所写的字体和大小来定。如写小楷不一定要提腕，因为写的字很小，若提起腕来写，那是很不容易控制的，也没有必要这样去练。腕挨着桌面有个支点，运起笔来就好控制，何必自找麻烦呢？写中楷或中小行书用提腕为好，但执笔不宜太高，而写大楷或草书等，用悬腕、悬肘好，执笔适当高一些。启功先生深有体会地说:"有一种极简单又适用的方法,即书写前用笔做空画个圆圈,所要写的字的大小,以不超过这个圈的范围为准,这就说明这时你执笔的高低,提不提腕,悬不悬肘等是符合要求的、自然的。如悬起肘来画圆圈,这个圈一定较大,也就是适合写较大的字,这是一种很自然又很科学的办法,何乐而不为呢?"

谈到什么叫功夫,启功先生说:"有人学习书法,一天写十个字,十天就写了一百个字,觉得不够;那么一天写一百个字,觉也不睡,从早到晚不停地抄,天天写,几个月后,摆起来就有几尺高,认为收获很大!请人看,人家从上到下翻翻看,越看越觉得'上面的不比下面的好',为什么?因为他开始写时,还比较认真,越写越追求数量,越写越不动脑子了,自然也就谈不上学习质量。"关于如何写字,启功先生主张:一、练字的时间不宜过长;二、书写的字数不宜过多。一般来说,一天反复练习几个字,重点记一个字,而每个字反复练习多次,它的结构、用笔印象就必然深刻,经久不忘,学得就扎实,可以说学一个得一个,时间长了积累就多了。曾有人问他,有些书法家不爱写简化字,你却用简化字去题书签、写牌匾,原因何在?启功先生回答很简单:"文字是语言的符号,是人与人的交际工具。用简化字是国务院颁布的法令,我来应用它,遵守它而已。"

有段时期兴起小孩子苦练书法的热潮,家长都希望自己的孩子从小就能成"家"。经常有人带着孩子登门,请启功先生指点窍门。启功先生则当面对家长说,小孩首先要学好功课,打好全面发展的基础。他曾不止一次讲过,书法不同于杂技,后者要腰腿灵活,自幼锻炼。而书法恰恰相反,小孩子对有些字还不认识,怎么练习书法呢?今天小孩练毛笔字,主要是记住笔画、字形。除作为认知手段之外，也能培养对民族传统艺术的爱好。年纪渐渐大了，理解能力和鉴赏能力强了，练字才更有见解、有辨别、有选择，才能写出自己的风格。

启功先生在创作书法作品时，向来严谨认真，即使是行文落款的文辞都考虑得很周到，作品中所打的名章闲章、大小位置一丝不苟，从来都是自己动手用印，绝不马虎对待，这正是启功先生做学问、做事情的严谨态度的体现。

书法家怀远先生在评价启功先生的书法时，说启功先生楷书的鲜明特点有三：

1. 字体端庄，结构严密，体态修长，字势挺拔，中宫收紧，四面放开，聚合有度，精巧架构，其字态结构完全符合黄金分割比例的要求。

2. 用笔爽朗，瘦劲纯净，粗细变化，流转自如。粗则温润雅致，极具张力；细则力道内敛，风神俊健。在使转上不激不厉，张弛有度，尽显飘逸之姿。

3. 笔法灵动，笔势利落。寓行书笔法于楷书书写之中，和谐地将端庄和灵动、紧密和舒展、俊秀和洒脱融为一体，达到了雅俗共赏的境界。

元代书法家赵孟頫曾说："书法以用笔为上，而结字亦需用功。"启功先生从学书先后和深浅的意义上发现，只讲究点画的方圆肥瘦不能解决字的结构问题，也因而得出了"乃知结字所关，尤其于用笔也"。启功先生具体到创作一幅作品的时候，通常将楷书、行书、草书三种书体的最佳造型糅合在同一幅书法作品中，使他的每一幅作品的点画都富有多种意趣，结构更加异彩纷呈。

- 心海涛声 -

打破戒律

启功先生既是知识渊博的学者，又是经验丰富、见解独到、方法科学的书法实践家和书学理论家。他经常对人说，我的职业是教师，书法只是我的业余爱好。他认为汉字字体不仅是风格问题，而且直接影响字体结构的变迁。他的书法秀逸多姿，格韵高绝，其独特的结字规律是内紧外拓，左聚右散，自然天成，相得益彰；用笔运行，轻重有别，刚柔相济，横竖撇捺，主宾有致，整幅行草或楷书章法布白，疏朗自然，简练严谨，气脉畅通。既融会了二王书风和颜柳体架，更有自己独到的革新创造，以他特有的个性风韵，在当今书坛上绽放异彩，独树一帜。

关于学书的过程，启功先生说，他六岁入家塾，自临祖父和成亲王的字，以及《九成宫醴泉铭》《多宝塔碑》略识其笔趣，然皆无所谓学书。他在小学上写字课时，很多同学都比他写得好，他追不上。从此便下决心，奋发练字，不仅在赵孟頫的《胆巴碑》上用功，同时还学董其昌，其后又杂临碑帖和历代名家墨迹，其中以习智永《千字文》墨迹临摹时间最久，用功也最勤。为其强骨，又在柳公权的《玄秘塔碑》上用功。他认为书虽一艺，但非率尔可工。在学习上其心须放、其眼须精、其手须勤，广泛借鉴，博众取长，融会贯通，方能有效。由此可见，人处在逆境、困境，不见得是坏事，它能激励人鼓起奋斗精神，追求自己的目标，达到人生的新高度。起初，启功先生从石刻碑版入手，但总也看不出其笔毛是怎么使的，连中锋、藏锋类也不理解。后来见到了唐人墨迹和高昌墓志，才恍然大悟，懂得了这是怎么回事。启功先生认为刀刻的碑帖与原墨迹是有距离的。古人用笔把字写在石头上或木板上，或用双勾的办法勾摩到石头上，然后由刻工用刀刻出来。在镌刻的过程中，原来很自然的笔道也难免会出现走样的情况。尤其是行草书中的游丝连带部分，笔端意连部分，很难自然而准确地表现出来。古代的碑流传至今，时间已很长了，再经历代的捶拓，风化雨淋，免不了崩裂受损，失去原来的风采。而古人直接用笔写在绢、纸、竹片上面的墨迹，至今依旧清晰可见，甚至先写哪一笔，后写哪一笔，以至于笔道的飞白，都看得一清二楚，而且很自然，容易理解，便于掌握。硬要用毛锥去模拟刀刻的效果，必致矫揉造作，故而应该侧重墨迹。启功先生又说，这也不是完全排斥学碑，但临摹碑刻拓本时，设想它在未刻之前的情况，要下功夫去想它原来书写用笔特点。目的明确了，写起来才会事半功倍。启功先生曾在诗中这样写道："学书别有观碑法，透过刀锋看笔锋。"这就是他从长期实践中总结出来的宝贵经验。

启功讲书法

谈到开始练字写字的情景，启功先生说，他是对着碑帖临习的，可是越临越觉得不成。后来就将透明纸放在字上面写，写着写着就体会到，原来是布局问题，而不是笔道的肥瘦和形状问题。他从此就注意分析字的结构。明白了这个道理，越写越放得开笔了，也逐渐会写字了。后来越钻研兴趣越浓，逐渐有了自己的见解，进而上升为学书的理论和方法了。

在师法古人方面，启功先生严肃地说："教我的老师，从来没有用固定的程式来束缚我，我内心也不愿这样学。我在这方面算是陷得不深，所以人家一看我的字，还不像老前辈某一家的样子。学得不像，未必是坏事，老学不像，才迫使你去摸索规律，找出一条新的路子来。"其次，向古人学习，也不一定是学某一家某一派。启功先生说，他幼年学祖父和上辈成亲王的字，后来又学赵孟頫、董其昌，研究字迹独到的规律、特点和相同之处，有选择地吸收其文辞内容。先生把这种广博学习，称为"猪跑学"。丰富的积累经过消化变为自己的东西，只有这样兼收并蓄，才能达到既有深厚的传统基础，又有自己独特风貌的境界。但也不要弄得驳杂不纯，避免书写时这笔是王，那笔是苏，如果真是那样凑合起来，就难看死了。

博彩众美

启功先生的书法，典雅挺秀，自成体格。他以真、行、草书见长，形制皆备，风致多样。其书法继承二王传统，初学欧阳询、颜真卿、赵孟頫，后转师柳公权、米元章、董其昌诸名家墨迹，于智永书《千字文》用功最久，面对它精美的书法，总似有一股朝霞之气扑面而来，令人神清气爽。

启功先生强调学习"以结字为上"，用数学、美学的原理，论证了汉字结构上的"黄金分割率"，并锲而不舍践行于创作中，融入时代的审美情趣，将汉字书写的美推到了极致。启功先生的楷书，结字精严，点画清朗，揖让有度，风神俊爽，既具庙堂气象，又富流美之态。加之先生书写作品的内容，大都为自作的诗词文赋和鉴定题跋，因而散发出浓浓的书卷气息，更显高雅，他的书法体系被世人称誉为"启体"。

学习书法，需从何体入手为好？启功先生说，楷、行、草三体字的关系正像一个人，从小到大，同会站、会走、会跑的过程一样。一岁左右,在大人的帮助下,先学站,待站稳了,再迈开步子学走路,然后才会跑。

  学习书法也是这样,需先练楷,然后再学行草。但又不能完全教条地像人学走路。"楷书宜当行书写,其点画顾盼不呆板。"启功先生说每一个字都有它自己美的自然轨迹,写得符合它的自然规律就好看,违反了就难看。所以在书写时,笔笔都要运行在它自己的轨道上。有的地方虽然是一笔带过,或笔墨不到,但不等于运笔时不经过这一段。他举例说,北京早晚上下班时的公共汽车,有慢车和快车,慢车站站都得停,而快车则大站停,小站不停,它从一个大站到下一个大站,小站虽然不停,但它必定从此经过,才能达到下一个大站。楷、行、草之间的关系也是这样。这一生动通俗的比喻,不但解决了问题,而且使人经久不忘,并能举一反三地去应用。

(刊于《人民文艺家》2016年第1期)

绿色的力量

绿是水的颜色，树的颜色，山的颜色。绿色是大自然的颜料，它覆盖着整个地球，就连人们的生命都标注着绿色。

也许出生在七月的缘故吧，在红、黄、绿、蓝、紫五色中，我从小就对绿色痴迷和热爱，无论是浅绿、草绿，还是葱绿、碧绿，都给予我无限的快乐和享受，我渴望着绿色长久驻足在眼睛里，流淌进心脏里。

绿色的古榆树

西山坡的炒米房村，是生我养我的地方，村子已有300多年的历史。村里那棵绿绿的古榆树很高很大，爷爷听他的爷爷说，最早有个骑枣红大马到炒米房村盖房子做炒米的蒙古人，都不晓得树是谁家栽的，他看见时榆树就有水桶般粗细了。

古榆树位于我的老宅门前，高30米有余，胸径5米多，树冠圆圆的，远看像是一把绿色的大伞，为人们遮风挡雨；近看像是一位老人在守望着自己的家园，热情迎送着南来北往的宾客。疙疙瘩瘩灰白纵裂的树干外表，隆起几个饭盆大小的树瘤子，上面结着一层铁锈样的东西，被密密麻麻的蜘蛛网笼罩着。粗壮的树干和分枝上,留有风沙切削打磨的痕迹。树的根部像是多根手指扎在地里,凸起着雕塑品似的一个个树包包。

看苍劲挺拔的古榆树,如读一部历史。我曾骄傲地和小朋友们说,古榆树是我们王家的,它的根深扎在我们王家的大院里,让我们的人口越来越多,保佑着大人和孩子的健康。

春天一到,古榆树便枝繁叶茂地绽放,有时下点小雨,绿色的枝叶便随着雨点的敲打而微微颤动。树叶经风一吹,发出沙沙沙的响声,如同一首旋律优美的乐曲,不紧不慢,娓娓动听。

古榆树的颈部向东南西北各伸展出四条弯弯曲曲的枝干,如爬行的巨蟒、扭动的虬龙。"大跃进"吃食堂时,生产队长担心四条枝干被折断,便命令几个社员在地面竖起了四根粗壮的松木木桩支撑住。树下的绿荫特别凉爽,几乎一束阳光也透不进,人们视这里为最好的"休闲中心"。男人们有打扑克的,下象棋的,看书读报的;女人们有缝洗衣服的,唠嗑的;小孩子有唱歌跳舞的,也有肚皮一拍学摔蒙古跤的,还有的把绳子往树干上一搭玩起荡秋千和"倒挂金钟"的。

四五月间,正是翠绿欲滴、百花争艳的时节。富有营养价值又圆又大的串串榆钱儿,散发出浓郁的芳香,馋人心,醉人眼。吸一吸它独特的味道,沁人心脾,神清气爽。有的人家把一穗穗榆钱儿和嫩绿的树叶采摘回去,放上玉米面和盐蒸在锅里做饽饽吃,浓郁爽口,味道鲜美;还有的人家等榆钱儿稍黄一些,把它采摘下来用清水洗干净,然后用葱花或蒜苗炒后放上大米或小米煮粥喝,口感特佳。

所谓榆钱,就是榆树的种子,形状圆,圆边薄,中间突,似古时的铜钱,故有榆钱之说。榆钱又名榆荚,唐代诗人白居易赞美曰:"春风先发苑中梅,樱杏桃梨次第开。荠花榆荚深村里,亦道春风为我来。"

　　古榆树上有两个洞,一个叫"水帘洞",另一个叫"百蛇洞",是哪个才人命名无从考证。"水帘洞"长在树干分支的左侧。树洞很大,能藏住几个人。夏天一到,树洞的上端便有晶莹透明的水珠滴下,品一品甜丝丝儿的。"百蛇洞"长在树干分支的右侧。由于洞子较小,人们经常看见一些色彩不一的蛇在里面,但没人看见蛇下过树,更没听说伤过人。

　　古榆树犹如一位慈祥善良的老人。无论春夏秋冬,人们总乐意来到树下歇歇脚、说会儿话,觉得这里是个温馨快乐的家。因此,村子里有大事小情,人们都喜欢在古榆树下聚谋商量。有人说古榆树下有魔力,孩子们来读书学习,记忆深刻,思路敏捷;小商贩们来不用叫卖,眨眼工夫货便销售一空。特别是当邻里之间发生矛盾时,都愿意来到古榆树下求个证、发个誓,哪管两人来时是满腔怒火,拔刀相拼呢,等在树下待上一会儿,感到心情平静多了,抬头笑笑手一握,大事化小,小事化了。

　　从前村里有两个不太孝敬公婆的儿媳,经常让老人干苦力还不给饭吃,邻居们气得忍无可忍,在一个下午,生产队宣布在古榆树下召开会议,决定把两个不守孝道的女人叫到树下好好教训一顿。生产队长刚开口不一会儿,天西边便有两块乌云骤起。霎时,两个雷闪着光在树边炸响,接着便下起了倾盆大雨。风裹着雨,雨伴着风。只见古榆树使劲地晃动着身子,一些树枝和树叶掉落在地上。不一会儿,地面积水成河,落叶漂浮在水上颤动着。人们纷纷议论说人在做,天在看……

　　后来,这事儿越传越有色彩。从此,村里孝顺贤惠的人多了,打架斗殴的少了;学知识学文化的多了,游手好闲的少了。随之,一个不成文的规矩形成了:每天晚上,村里两个男壮劳力自愿组合，攀到树上义务为全村人站岗放哨。等过年过节时，人们纷纷来到树下，搬着梯子在树枝处系上红布条或者红葫芦，祝愿古榆树平安吉祥，福乐安康。谁家孩子娶亲或嫁人，当兵考学或是参加工作，都要到古榆树下告告别，祈求吉祥幸福，四季平安。

　　古榆树是自然界和前人留下的珍贵遗产，或记载着一段逸闻，或联系着先贤明达，或凝聚着仁义礼智信的灵魂。一些居住在大城市的人，看到这棵古榆树的苍翠、繁茂，三五成群地带着照相机或是画架子，来给古榆树摄影、画像。他们说，看到这样的古榆树，住在钢筋混凝土的城市里，感到有滋有味了。有一年，村里来了个电影摄制组，树上树下拍摄了好长时间。一位大胡子导演拿着剥下的几块树皮说，这树树龄最少有四百年了。据《王氏家谱》记载，先祖曾留遗嘱："树固人，树富人。叶为念，根为本。"后来，经族人聚会商议，从第十代起，男人和女人名字中间分别占"淑"和"树"字，意欲地有常青树，心生贤淑情。淑珍、淑香、淑敏、淑红、淑丽和树志、树风、树明、树国、树仁、树信等名字便是传承家训的证明。

　　大音乐家贝多芬曾说："我爱一棵树，甚于爱一个人。"

　　古榆树下，成长起炒米房曹、王、李、赵家一代又一代人。每当人们外出时，最想念的便是古榆树了。春夏，想念它不辞辛劳，孕育出绿绿的树叶和甜甜榆钱儿的情景，开犁种地时节，夏风一吹，一个个榆钱儿像天女下凡，飘飘洒洒地飞向山河大地，争先恐后寻找着自己扎根的沃土；秋冬，想念着古榆树桀骜不驯，枝头上红布条和小红葫芦引逗百鸟欢歌，热闹非凡。

　　随着年龄的增长，我的乡愁越来越深，对绿色的古榆树倍加思念。思念之情，如涓涓流淌的溪水，奔流在隔山隔水的岁

- 心海涛声 -

月里。

　　一个春季的晌午,古榆树突然倒下了,四条粗壮的胳膊被摔折了。人们纷纷赶到跟前,痛心地看着从树干里汩汩流淌出的血液般的积水,两个潮湿的树洞里生长着很多小生物。一些鸟儿没有了往日叽叽喳喳的欢乐,像是无家可归的孩子在树枝上一动不动地呆落着。人们静静地回忆着关于古榆树的一个个说不完数不清的故事。有人说,古榆树作为炒米房的历史见证,阅尽了几个世纪的沧桑巨变,它是珍贵的遗产。现在古榆树太累了,也该休息休息了,但我们一定不要伤及它的根,有根在,我们的财富就在。还有人说,周围三五里地的一棵棵大榆树和小榆树都是古榆树繁衍的后代,我们要好好爱护它们。这棵树倒下了,又一棵小树会长出来,几年就蔓延成一大片绿色,大家要抓紧时间像培养人才一样培育出第二棵、第三棵榆树来。

　　古榆树,是炒米房绿色的丰碑,记载着历史的沧桑,记载着村里蒙古族、满族和汉族兄弟姐妹石榴籽一样紧密团结的故事。于是人们纷纷从古榆树的身上折走了一个个枝杈,要把绿色栽植在房前屋后,让绿色常驻在心里。

绿色的沙棘林

　　我的老家在一个大山脚下,山上有松树、桦树、榆树和杨树,此外,还有成片的山楂树、酸枣树和大枣树。有山就有树,有树就有水。清澈透明的山泉水围着大山日夜流淌,引得百鸟欢歌,四季常青,不然,树不会长得那么旺盛,果也不会那么甜脆。

　　我从小就住在四合院子里的六奶奶家。六奶奶家里就她一人，两间房，一铺大炕。六奶奶很喜欢我，经常把兜里红红的酸枣掏出来给我吃。她说只要我在她家常住，酸枣管够。我不解地问："您为什么老是喝瓶子里的水，吃酸枣啊？"六奶奶说她胃肠有毛病，喝山泉水养胃，吃了酸枣能多吃饭菜，干活时才有劲。我平时很喜欢小脚大个的六奶奶，她爱说爱笑，很干净，特别是那杆长烟袋嘴上一叼，讲出的笑话像山泉水一样，潺潺流淌个不停。

有一次我问六奶奶，您家怎么没有孩子啊？六奶奶笑笑摸着我的头说，让狼叼走了。我摇摇头说，不信，你在骗我。六奶奶有些生气了，没有给我酸枣吃。等我回家去问母亲，母亲脸一沉，不准我再问六奶奶这事儿了。母亲说以前六爷爷整天在山上巡山植树，他特别疼爱六奶奶，每天都给六奶奶往回送山泉水喝，摘下的酸枣足够六奶奶吃一年的。为了弄清山泉水的来历，我还真跟六奶奶去寻找过。两眼山泉都在大山沟底的一个石崖处。那泉水很怪的，夏季天越热，水流越旺，泉眼咕咕地向上冒着花，喝一口，清凉甘甜，通心通肺的。六奶奶喝山泉水吃酸枣，果然把胃病给治好了。

母亲说，六奶奶有一个儿子，整天在山上和六爷爷看护林子，挑水浇树，开荒种地。为了在山上挖个窑洞遮风避雨，结果在窑洞里避雨时，窑洞土方坍塌把父子俩全埋在了里面。

看着六奶奶家里露着蓝天的房子，我问六奶奶："房顶的瓦片都坏了，可房上的檩木为啥没坏啊？"六奶奶端着那杆长烟袋指着房顶说："这些松木和桦木全是你六爷爷爷俩挑着山泉水浇灌出来的，结实得很啊！"

我向六奶奶保证说："您爱吃酸枣，等我长大了，一定弄回几棵来，栽植到院子里，也用山泉水浇灌，让您整天坐在树下吃着酸枣给我们讲笑话。"

六奶奶呵呵地笑着,笑得前仰后合,眼睛里溢满了泪花花。

那年我在元宝山区工商局,接待一位从日本回国考察的学者。他说他在日本一家科研部门工作,重点研究沙棘油的用途。我问:"什么是沙棘油?"他说:"沙棘是一种生命力很强的落叶性灌木,耐旱,抗风沙,它的根、茎、叶、花、果均有着丰富的营养物质,是目前世界上含有天然维生素种类最多的珍贵经济林树种,其维生素的含量远远高于鲜枣和猕猴桃,有着'维生素之王'的美称。""它能治病吗?""能啊,不仅能消炎止咳,对心脏病、青光眼具有独特的药用价值,还能降低胆固醇,活血化瘀。"

"我的家乡有山有水,全是沙土地,应当广泛种植啊!"

"种植沙棘树利国利民,中国的华北、西北、西南地区都大量种植,用于改良土壤和沙漠绿化。"

后来,我托在市里林业部门工作的一位朋友,给买了几斤沙棘种子,回老家种植了几亩地。可惜家人不熟悉沙棘种植技术,就当作杏树种植了,结果第一年出苗不全,长势也不好。家人很来气再也不种了,说还不如种粮食省心呢。谁想第二年开春,一场春雨,地里催生出很多新的沙棘苗来,新苗和老苗长势很旺,绿绿的披针形的叶子手拉着手在晃动着,那些老苗从主干处长出了许多枝杈,身上还带着扎手的毛毛刺儿。

为了让老家人能充分认识沙棘的重要作用,第二年清明节,我与老家村干部联系,在山上栽植点沙棘看看效果怎样,同时,我在六奶奶坟前栽植了一大圈,全是用山泉水浇灌的。我的想法是让沙棘尽快成长起来,改变土壤结构,打造一个富裕美好的生态环境,给人们提供丰富的营养品,让绿水青山变成金山银山。

于是，我又动员家人，继续种植沙棘，绿化美化坡坡岭岭。我的想法得到了老家林业部门领导的大力支持，他们说沙棘不仅能防风固沙，改善土壤，还能保护耕地和树木，为国家创造财富。经林业部门的人员一讲解，人们充分认识了种植沙棘的重要意义，不长时间，老家几个村的山坡上，绿油油的一片片，一坡坡，沙棘成了一道亮丽的风景。

一年秋天，我回老家办事，在餐桌上无意中见到了一盘有红有黄如黄豆粒大小的水果。我好奇地问这些水果叫什么名字，产地在哪，朋友笑笑说，这是沙棘果，产地就在眼前，这就是你在山上种植的那些沙棘结出的果实！

太出人意料了，走，马上上山看看去。当时正值秋收时节，天高云淡，火热的太阳在头顶上烤着，高粱涨红了脸，谷子笑弯了腰。等我走到一堆堆蓬勃旺盛的沙棘前一看，一棵棵粗壮的树枝上，结着密密麻麻的果实，颜色或橙黄或橘红，像玛瑙一样，晶莹剔透得令人垂涎欲滴。我试探着摘了几个放在嘴里咬一咬，甜酸甜酸的，味道清新，浸润心田。我想，六奶奶肯定会喜欢吃这个的，它比酸枣的营养价值要高得多。想着，我向六奶奶的坟地走去。

此刻，我突然想起一个故事。我的一个外甥，在元宝山一家煤矿上班。他平时很爱读书学习。几乎每周都要到我家与我交流探讨几个问题。后来很长一段时间他没有来家，我很是想念，打电话找他，关机了，问他家人回答说外出学习去了。直到半年后我才彻底清楚，原来外甥到日本考察去了。

记得外甥曾几次和我提及沙棘的事情。他说他一位矿友的舅舅在日本，他舅舅回国探亲带回一瓶沙棘油，说含有丰富的营养物质和生物活性物质，能治疗很多疾病，很昂贵。

- 心海涛声 -

后来，我的外甥和他的那位矿友利用节假日时间，收购了很多沙棘果，准备开沙棘饮料厂。那位矿友的舅舅很支持两个小青年的想法，鼓励他们学习沙棘顽强生长的精神，不仅免费给提供了机器，还提供了生产和化验技术，结果两个小青年的沙棘饮料厂办得有声有色，红红火火。

外甥的沙棘饮料经常送我品尝。半年后，他们又研制出来沙棘膏和沙棘茶，很受消费者的青睐。他俩锲而不舍、孜孜以求的精神令我心潮澎湃，热血奔涌。我自告奋勇地对外甥说，有什么困难我来解决，如果饮料厂建到我的老家去，用我那山上的沙棘果和山泉水制作，产品销售一定会兴旺的。

（刊于《山东文学》2022年第6期）

91 岁高龄仍笔耕不辍

——访著名国学大师冯其庸先生

秋阳高照，丹桂飘香。2013 年 9 月 30 日，在著名青年雕塑家纪峰先生的引领下，我同赤峰建筑工程学校的巴易尘校长、申国君老师一起拜见了 91 岁高龄的国学大师、红学家、书画家冯其庸先生。

冯老居住在一个环境优雅的二层白色小楼的院子里。楼房和门楼都体现着江南水乡的建筑特点。大门与楼门相连的是一条方砖铺地的甬道。甬道两旁是珍奇的树木和名贵的花草。门楼左侧那棵梧桐树迎风招展，树下的小溪流水潺潺，几十条金鱼在水里游来追去。楼前老先生亲手栽植的那棵据说有 18 年树龄的海棠树已亭亭如盖，结满了硕果；桂树、桃树、南方竹、樱花和生长旺盛姿态万千的白玉兰、紫蔷薇展现着特殊的美感。

冯老听说我们要来家里，一早就等候在一楼的书屋里。他的书屋不大，东墙是书架，架上摆着满满的书和一些古盘、陶罐。西墙上挂着非常醒目的"瓜饭楼"三个大字。参观冯老的书屋，仿佛置身于一个小博物馆。难怪启功先生到他家无不赞赏地说这小楼应叫瓜饭楼博物馆了。冯老拄着手杖和我们一一握手后坐在沙发上，虽然步履不似从前矫健，但依然精神矍铄。他的夫人夏慕涓老师忙为我们沏茶倒水。她热情地告诉我们说，老先生听说我们要来，精神很不错。他是个一时也闲不住的人，即便在病中，也在坚持着看书查资料。

冯老是中国文化界的学术泰斗。虽已91岁高龄，可记忆清楚，话语自然。我们对他充满了敬佩之情，感谢他为我们题写了"启功书院"院名，感谢他担任我们学校的文化导师。巴易尘校长将申国君老师编写的《冯其庸画传》校本教材交给他审阅，他戴上花镜一页页仔细地翻看着。看完后操着一腔很浓的无锡口音说这是一个不小的工程，图片不少，内容也比较全面。他说："前段时间就已经和出版社打过了招呼，他们同意出版《冯其庸画传》，要在全国发行。但一定要好好再看一看，文字和照片千万安排调整好。"接着他饶有兴趣地告诉我们，本来35卷的《瓜饭楼丛稿》要早几个月出版的，他看完后认真反思了一下，觉得还不够完善，又做了一些修改补充。35卷的《瓜饭楼丛稿》集冯其庸先生一生学术研究之大成，内容广博，思想深邃，是冯老半个多世纪以来对中国文化的起源和中国文化民族性格的形成等方面的深入思索和实地探究，对弘扬传统文化精髓，塑造民族文化性格的引领价值不言而喻。

当我把刚刚出版的第七期《山河》杂志递给冯老敬请指正时，他一看封面上有启功书院四个大字很高兴。他戴上花镜认真看着书里的照片和文字，不一会儿又摘下花镜用高倍放大镜看。老人家不停地摸着膝盖上的那块小棉毯，一字一板地对我说刊物很不错，文字搞起来很辛苦的。这时，他的手机响了，他稍停顿了一会儿接了一个电话，等放下电话后，很认真地看着我说："以后办什么事情都要认真反思一下，千万要给自己留有余地。

我无锡有一个做紫砂壶的朋友，他工作起来一丝不苟，做一把壶要用三个月的时间，可他也要看上三个月，看也是学习嘛。"冯老笑笑接着说，"我自己写一篇文章，至少要看上十遍二十遍的，草草写好了，读了不行还要改。"冯老放下手里的书继续回忆，他的写作与小时候喜爱读书有很大的关系，那时的读书环境很不好，一边种地，一边躲着日本侵略者。小学五年级失学后，在战乱的苦难中，他仍醉心于读书、写字和画画。没钱买书，就东借西借，那时只要能借到一本书，就天天如饥似渴地读到深夜，早晨下田地前也要读，从地里回来，泥腿没洗净进屋就读。他很喜欢读爱国志士和英雄人物的书，以后自己自然而然就会走好人生这条路了。

冯老求知求学的精神尤为令人感动。20年来，他十赴新疆，两度穿越塔克拉玛干大沙漠，三上帕米尔高原，以83岁的高龄登临4700米高的明铁盖山口，留下了"看尽龟兹十万峰，始知五岳也平庸。他年欲做徐霞客，走遍天西再向东"的宝贵诗篇。他深入研究五代两宋，画古龟兹的山水，如见真山真水；他画的《祁连秋色》和《金塔寺前》等，以强烈的色彩，开创了西部山水全新画法的新画派、新路子，令人通过山影水光，感受清远高妙的意境。

冯其庸为人宽厚，爱憎分明，是性情中人。他以"宽堂"为号可能也就是表达这种人格上的追求，而这种人格力量也反映到他的画上。他将自己的家取名"瓜饭楼"就是为了记住以瓜代饭的苦难岁月，他园子种南瓜，屋里放南瓜，做饭吃南瓜，作品画南瓜，让纸上画的和墙上挂着的"瓜饭楼"相映成趣。冯老在他的《永不忘却的记忆》那篇文章中说："我家老屋的西墙下有一片空地，长满了杂草。面积不大，倒有个好听的名字，叫'和尚园'。每到秋天，大人在这里种的南瓜就会丰收，那硕大的金黄色的南瓜，一个个在南瓜叶底下露出来，那就是我们一家人秋天的粮食。"

冯老的画率意天真，寥寥数笔而能全其气韵神采，一切无不透露学养功底。他的画远追青藤、白阳，近受齐白石、刘海粟、朱屺瞻的影响，但是生活相殊，表现出与前辈们不尽相同的艺术方式。

冯其庸先生的画还有"写"的特色，反映了他在书法方面的造诣。他的书法神清气朗，意远韵长；文气勃发，雅致四溢。他的书法风格，潇洒而不失法度，清秀而远离流俗，规矩而没有造作。这些书法品格都奠定了他的绘画基础，在他的书法中有时又反映出绘画的谋篇布局和笔墨韵致，表现出中国书画两种艺术形式在创作中的相互作用，也论证了书画同源的道理。

观冯老的书法绘画，品冯老的美文佳句，心中充满了无限敬仰之情。

那天，冯老高兴地陪我们在院子里转着。我们穿行在有着苏州园林味道，散发着艺术气息的庭院里，感到充满了活力。正巧，张家湾镇党委书记张晓艳和冯老的学生谭凤环女士都来向冯老祝贺国庆快乐，院子里的气氛显得更活跃了。冯老高兴地用手杖指着一棵古梅树说，花一开十分好看，满院清香，树的两个主干缠绕在一起很有特色。

在夏老师和纪峰先生的陪同下，我们分别同冯老和夏老师夫妇，在古梅树下由冯老亲笔题写的"石破天惊"太湖石旁留下了难忘的合影。冯老听说我们要成立启功书院，非常高兴，忙让夏老师上楼给我们拿出几套启功先生的书和冯老刚刚出版的著作。

这是特别珍贵的无价之宝。

　　书,是冯老一生的财富,他的人生是用一本本书摞起来的。我们能结识这样一位热诚宽厚而又学识渊博的仁厚长者,乃是一生的幸运。

　　　　　　　　（刊于《光明日报》2017年9月21日）

春天魅力无限

春天似烟、似雾,在不知不觉中,悄然无声地来了。

春天,是地球上一幅最美丽的画卷,春风、春雨、春光、春雷浓墨重彩地把春风和煦、春意盎然、春回大地、春色满园描绘。

春风,有轻歌曼舞的身姿。它不喜欢狂风暴雨,它是那么朴素、纯洁、友好,不管走过山川,还是掠过城市,总是默默无闻地用神奇的扫把清除着污垢灰尘,传送着亲切和温馨。春日的晨曦,扑朔迷离,因此,春风一到,便喜得杨柳和桃杏枝条上美美地鼓起了芽苞,如云似霞;封冻了一冬的冰河有节奏地发出"咔嚓、咔嚓"的脆响,青蛙打了个哈欠,伸了伸腰,走出家门;燕子、杜鹃、鸽子和麻雀放开动听的歌喉,跳着欢快的舞蹈,在河边叽叽喳喳地给耕牛身上的牧童唱着冬天的歌谣,欢天喜地看着"一江春水向东流。"

春雨,有晶莹剔透的身影。既喜欢白天的山河,也喜欢黑夜的星辰。凉爽柔润的春风一吹,晶莹的雨滴顺势落下,如同带着胶水的线,没有间断的空隙,优美的声音,如弹奏着清脆的交响乐,前天,柳儿绿了,昨天,花儿红了,今天,草儿青了,雨滴落地泛起一圈圈的波纹,把万物浇灌得生机勃勃。春雨不迷恋温暖的阳光，不贪图云和月的宴请，用小小的珍珠把桃花染红，把柳絮漂白，让花草翩翩起舞，为"一年之计在于春"而歌。春雨谦卑地问大地："为什么我一到，草儿就钻出厚厚的土层，笑望着蓝天，开始生根发芽？泥土芬芳、花草清香为什么令人那么迷恋？"大地温情地告诉春雨："好雨知时节，当春乃发生。随风潜入夜，润物细无声。"

春光，迈着一泻千里的步伐。绚丽多姿的七彩线无比神奇，把天空照射得蔚蓝蔚蓝，蓝得如透明的镜子，连个云丝都没有。柔软的大地，热气袅袅升腾，人一躺下，无际苍穹的飞鹰翱翔鸣叫，不一会儿你便进入了梦乡。梦见山涧的溪流潺潺，溪流里漂着桃花和杏花，水流到哪儿，就把哪儿染得五颜六色。一群孩子欢乐地追逐着彩蝶疯跑，五彩缤纷的鲜花立刻开满了山峦大地，引得蜂飞蝶舞，鸟语花香。蜜蜂驮着孩子们，冲破积满雨滴的云层，驾着和谐霞光远航，招手微笑着去观赏"等闲识得东风面，万紫千红总是春"。

春雷，有着豪爽坦诚的性格，青春勃发的年华，喜欢直来直去。当大地还在严冬下昏睡时，它轻轻拨动一下琴弦，大自然这个舞台就亮起了炫目的灯光。轰隆隆几声，霎时，天地合一，白茫茫的一片，完全没有了边界之分。待弯弯的彩虹现出，云蒸霞蔚，像是换了一个世界。其实，天地本来是一对亲密无间的兄弟，春雷早就和大地有约，为青山绿水呐喊，为百花争艳助威，因此有诗为证："谁道乖龙不得雨，春雷入地马鞭狂。"

我爱春天，春天魅力无限。

（刊于西部散文学会电子期刊 2022 第四期）

后　记

出书了，很高兴。

读书、品书、写书是我的一大爱好。因为书是用一个个文字写出来的。

我读的书很杂，且很少记笔记。印象比较深刻的如《烈火中永生》《钢铁是怎样炼成的》《青春之歌》等，都给了我很强大的力量，让我明确了人生前进的方向。

研究文字是很艰难的一项工作，任何一个人，不熟悉文字，不研究文字，自然会掉进"文盲"的陷阱里。

读完别人的书，总有一种恋恋不舍和敬佩感，敬佩人家的论述深刻，语言优美，立意新颖，情节令人难忘。

汉代大文学家刘向说："书犹药也，善读之可以医愚。"

我认为，读书本身就是在看医生，多读书可以提高和完善我们的认知能力。比如储备各种各样的知识见识，优化我们思考和解决问题的方式方法。多读书可以不断改变、优化我们的大脑，多读书自然会身心健康的。不仅吸收了氧气，开阔了视野，增加了肺活量，有了新鲜的血液输入，还启迪了心智，开阔了心胸，拓展了大脑的思维空间。

因此，我很乐意看书、写书。如果别人认为读完我的书有所收获，可以提高自己，我则会说谢谢您，您也写书吧！

  我曾写过几本书，其目的不是赚钱，更不是炫耀自己，而是想把自己走过的路程，和人生所经历过的记忆深刻的事情，做个记录，整理出来晒一晒，让大家审查检阅一下，好也罢，赖也罢，毕竟是自己的亲力亲为，用"汇报"一词说则更为贴切。

  令我高兴的是，我的这本小书，竟被纳入了"书香力扬·雅阅书系书香补贴出版工程"中，著名作家胡世宗先生和王玮先生分别为该书写序，不胜感激，深躬致谢！

  感谢朋友们给予的关怀，感谢每一位读者。

2022 年元月于锦山东来书屋